문우영 신무협 장편소설
ORIENTAL FANTASY STORY & ADVENTURE

악공전기(樂工傳記) 6
무정강호(無情江湖)

초판 1쇄 인쇄 / 2008년 9월 9일
초판 1쇄 발행 / 2008년 9월 19일

지은이 / 문우영

발행인 / 오영배
편집장 / 김경인
펴낸 곳 / (주)삼양출판사 · 드림북스

주소 / 서울특별시 강북구 미아8동 322-10호
대표 전화 / 02-980-2112~4 팩스 / 02-983-0660
편집부 전화 / 02-980-2116 팩스 / 02-983-8201
홈페이지 / www.sydreambooks.com

등록번호 / 제9-00046호
등록일자 / 1999년 3월 11일

ⓒ 문우영, 2008

값 8,000원

(주)삼양출판사 · 드림북스의 서면 허락 없이는 어떠한
형태나 수단으로도 이 책의 내용을 이용하지 못합니다.

ISBN 978-89-542-2769-8 04810
ISBN 978-89-542-2584-7 (세트)

* 지은이와 협의하에 인지는 생략합니다.
* 잘못된 책은 구입한 곳에서 바꾸어 드립니다.

문우영 신무협 장편 소설
ORIENTAL FANTASY STORY & ADVENTURE

樂王傳記

악공전기 ❻

무정강호

목차

제1장 멸겁무상진(滅劫無常陣) • 007

제2장 일만이면 가득하다(一萬滿也) • 041

제3장 달빛이 전하는 말(月亮代表我的心) • 075

제4장 진실의 빗장 • 113

제5장 호형호제(呼兄呼弟) • 143

제6장 길이 아닌 길(非道行) • 177

제7장 죄를 다스리다(治罪) • 205

제8장 강호(江湖)를 등지다 • 237

제9장 진무궁(震武宮) 천하(天下) • 269

제10장 강촌(江村)에 부는 바람 • 303

제11장 세상이 온통 길이다 • 333

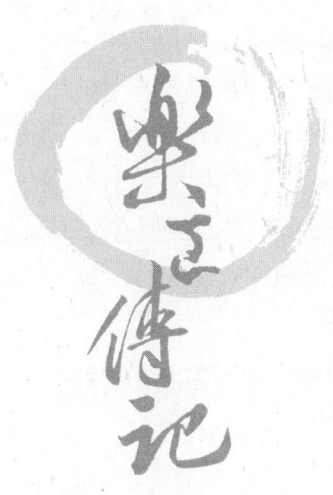

　모용세가에서의 임무를 마치고 남쪽으로 내려가던 무림맹 별전대가 천마협의 신물(信物)인 승천패를 뒤쫓아 신가촌이라는 버려진 마을에 접어든 것은 봄의 온기가 느껴지는 화창한 날이었다.
　따스함을 머금은 햇살이 아직은 메마른 벌판을 환하게 내리쬐는 가운데 신가촌에서 그리 멀지 않은 언덕 위에 300여 명의 사람들이 모습을 드러냈다.
　날씨와 달리 신가촌에는 안개가 자욱했다. 진법에 의해 인위적으로 벌어진 현상이다.
　공교롭게도 불과 한 시진(2시간) 전만 해도 무림맹 별전대가 이곳에서 신가촌을 치기 위해 머리를 맞댔었다.

하지만 이제는 상황이 바뀌어 무림맹을 노리는 세력이 언덕 위에서 신가촌을 내려다보고 있었다.

별전대를 신가촌으로 끌어들이는 임무를 성공적으로 완수한 200여 명의 사내들이 안개를 헤치고 나타나 언덕으로 달려왔다. 그 선두에 선 사람은 여운도를 속여 암습을 가했던 이적행이다.

우무중과 군사 허이량을 비롯한 녹림맹의 수뇌부가 언덕 위에서 이적행을 맞았다.

"여운도는 어찌됐습니까?"

허이량이 서둘러 물었다.

이번 작전의 가장 중요한 목표가 바로 무림맹주를 처리하는 것이었으니만큼 궁금함을 참기 어려웠다.

"크흠, 여운도는 잡지 못했다네. 내상을 입었으니 당분간 힘을 쓰지는 못하겠지만."

이적행은 여운도를 놓친 게 못내 아쉬운 듯 입맛을 다셨다.

그렇게 가까운 거리에서 기습을 당했는데도 여운도가 자신의 절초를 피할 수 있었던 까닭은 둘 중 하나이리라. 여운도의 무공이 생각 이상으로 강했거나, 자신에 대한 믿음이 완전하기 못했거나.

"허허, 노 선배께서 큰일을 해주셨습니다."

허이량은 여운도를 잡지 못했다는 소식에 의외로 실망하는 기색을 보이지 않았다.

혹시나 하는 일말의 기대가 있기는 했지만 여운도를 함정에 빠뜨려 무림맹의 전력에서 이탈시킨 것만 해도 충분한 성공이라고 허이량은 믿었다.

"큰일은 무슨…… 싸움은 이제부터라면서……."

"그렇기는 하지요."

이적행의 대꾸에 허이량이 가볍게 고개를 끄덕였다.

모든 사람의 시선이 허이량에게 쏠렸다. 그의 계책대로 별전대를 묶어뒀으니 다음 작전에 대해서 설명을 들을 차례였다.

허이량이 그 기대에 부응해 입을 열었다.

"일찍이 말씀 드렸듯이 이번 싸움은 단순히 별전대를 잡는 것으로 끝날 일이 아닙니다. 무림맹의 4대 조직 가운데 계림대와 도산대의 고수 300명이 이곳에서 하루 거리에 다가와 있습니다."

허이량이 손을 들어 벌판 끝을 가리켰다. 풀이 우거진 들판이 끝나는 곳에는 창림(蒼林)이라 불리는 울창한 숲이 시작되고 있었다. 그 숲 건너편에 무림맹의 고수들이 접근해 있는 것이다.

녹림맹의 수뇌부들이 긴장된 눈빛으로 서로를 바라봤다.

사실 주요 산채에 갑자기 소집령이 떨어진 것은 무림맹 별전대가 모용세가로 떠난 직후의 일이었다. 당초에는 귀환길의 별전대를 치는 것으로 결론이 난 상태였다. 하지만, 무림맹이 또 다른 움직임을 보이고 있다는 정보가 입수됐다.

사실 그 단초는 무림맹이 스스로 제공한 셈이었다. 녹림맹이 별전대를 그냥 보내지 않을 것을 예상한 사마중이 지원대를 파견하자고 제안한 데 대해 십대문파가 반대를 표하고 나선 탓이다. 문파 간의 알력이란 것이 본시 쉽게 소문을 타는 일인지라, 무림맹에 심어놓은 녹림맹의 간자들이 이를 놓칠 리가 없었다.

무림맹이 300명에 달하는 고수를 내보내기로 하는 바람에 녹림맹의 대응 수위 또한 자연스럽게 높아졌다. 소집령을 받은 녹림맹 5대 산채는 허이량의 지시에 따라 달포가 넘게 오늘의 작전을 준비해왔다.

그럼에도 불구하고 무림맹의 지원대가 가까이 다가왔다는 소식에 긴장감이 감돌았다. 녹림이 본래 숫자만 많았지 병력의 질과 고수의 숫자에서는 언제나 정파에 열세를 면치 못했다.

"험, 300명이라…… 그들도 진법에 몰아넣자는 거요?"

대별산채의 채주 도광철의 물음에 허이량이 고개를 저었다.

"사마중은 쥐가 걸린 덫에 다시 걸려들 바보가 아닙니다. 아마도 우리가 별전대를 미끼로 삼아 자신들을 기다리고 있으리라는 사실까지도 파악하고 있을 겁니다."

"그러면 여기서 이렇게 죽치고 있을 필요가 없는 거잖소? 이러다가 그쪽의 농간에 놀아나는 거 아니오?"

사마중이 이쪽 상황을 꿰뚫고 있을 거라는 이야기에 대오산채의 채주 왕정이 따져 물었다.

허이량이 슬쩍 미소를 머금었다.

"머리를 쓰는 자에게는 머리를 쓰게 해줘야 싸움이 되는 법이지요. 그동안 준비해 온 것이 있는데 무얼 그리 걱정합니까? 더구나 이번 싸움만 승리하면 단번에 무림맹을 와해시킬 수 있는데 말입니다."

"무림맹이 와해된다고?"

"오호!"

녹림맹의 수뇌부가 탄성을 내뱉었다.

무림맹의 와해!

참으로 광오한 이야기다.

그러나 곰곰이 생각해 보면 불가능한 일도 아니었다.

애초에 녹림맹을 결성했을 때부터 허이량이 줄기차게 외쳐왔던 이야기가 있었다. 단단한 성벽도 주춧돌이 빠지면 쉽게 무너지는 법이라고.

여운도와 사마중만 제거하면 무림맹은 저절로 무너질 것이라는 주장이다.

여운도는 이미 진법에 갇혀 있으니 허이량의 계책에 따라 사마중만 해치우면 되는 것이다. 사실 두 사람이 동시에 무림맹을 벗어난 것만 해도 녹림맹에게는 다시없을 행운이었다.

"소란 떨지 마라! 허 군사의 계책을 믿고 따르면 된다."

흥분과 긴장으로 다소 들뜨던 분위기가 녹림맹주 우무중의 한 마디에 바로 가라앉았다.
"그 계책을 구체적으로 들어봅시다."
도광철이 허이량에게 자세한 설명을 청했다. 뭔가 대책이 있다면 확실히 알고 따르고 싶다는 나름의 소신이었다.
하지만 허이량은 시원한 답변을 내놓지 않았다.
"손자병법에 이르기를 싸움은 물 흐르듯 해야 한다고 하지요. 상황을 봐가며 대처할 뿐입니다."
"험험, 그런가……."
도광철이 머쓱하게 헛기침을 했다.
손자병법에 그렇게 쓰여 있다니 딱히 더 따져 물을 게 없었다. 문자 앞에서 한없이 약해지는 것이 산적들의 생리였다.
그때 누군가의 묵직한 음성이 들려왔다.
"저 진(陣)에 대해서는 더 이상 신경을 쓸 필요가 없는가?"
구화산채의 채주이자 녹림맹 부맹주인 하후공(夏候恭)이다.
하후공은 녹림왕의 후예인 우무중이 나타나기 전까지만 해도 녹림18채의 최강자로 불리던 고수다.
우무중에게 패해 2인자로 몸을 낮춘 지금에 와서도 그의 말에는 여전히 남다른 무게가 실렸다. 녹림맹을 통틀어 허이량에게 하대를 할 수 있는 사람은 우무중과 하후공뿐이다.
하후공의 물음은 그 음성만큼이나 가볍지 않은 것이었다.
여운도를 비롯한 별전대의 고수를 가둔 진법이 완전치 못할 경우 녹림맹은 앞뒤에서 적을 맞게 될 위험성이 있었다. 하후공은 허이량에게 그에 대한 대비가 돼 있는지를 물은 것이다.

허이량이 다시 미소를 지었다.

"멸겁무상진(滅劫無常陣)은 사마세가의 오행금쇄진 따위와는 비교할 수도 없는 천고의 절학입니다."

"저 안에는 진법의 으뜸이라는 사마세가의 소가주가 있다. 헌데 그렇게 여유를 부려도 되는 건가?"

하후공은 평소부터 허이량을 곱게 보지 않았다. 오늘처럼 중요한 대목에서는 더더구나 믿음이 가지 않는 모양이다.

"부맹주께서 걱정을 하시니 간단히 설명을 드리겠습니다. 진법은 구궁(九宮)에 팔문(八門)을 배치하고 여기에 다시 시주(時柱)나 일주(日柱) 등을 세워 공간과 시간에 변화를 주는 것이 기본입니다. 모두들 들어보셨으리라 생각됩니다만, 팔문이란 생문(生門), 상문(傷門), 두문(杜門), 경문(景門), 사문(死門), 경문(驚門), 개문(開門), 휴문(休門)을 가리킵니다. 중궁을 제외한 팔궁에 팔문을 여덟에 여덟 번씩 배치한 것이 멸겁무상진입니다. 생문이 모두 64개라는 뜻이지요."

"아니, 생문이 그렇게 많으면 빠져 나오기가 쉬운 거 아니오?"

도광철이 놀라서 끼어들었다.

진법에 대해서는 도통 알 수 없지만 저 손바닥만 한 신가촌에 생문이 64개나 있다면 좀 과한 게 아닌가 하는 생각이 들었다.

"허허, 바로 그게 문제올시다. 64개의 생문을 순서대로 찾아 지나오지 않고는 밖으로 나설 수가 없으니 말입니다. 게다가 그 생문 또한 생멸전변(生滅轉變; 생기고 없어지고 변화함)하여 상주(常住)하는 것이 없으니 그것이 바로 불가에서 말하는 무상(無常)이올시다. 좀 더 설명을 드릴까요?

진을 파훼(破毁; 깨뜨림)하려면 먼저 구궁에 숨어 있는 은복지지(隱伏地支; 감춰진 12간지)를 알아내고, 다시 중궁(中宮)에 배치되는 홍국수(洪局數; 사주를 따져 도출해내는 수)를 계산해야 합니다. 문제는 그 계산이 대단히 복잡하다는 것입니다.

은복지지가 12개고, 중궁에 홍국수를 배치하는 방법만 18가지입니다. 게다가 홍국수는 다시 천반수(天盤數)와 지반수(地盤數)로 나뉘고, 여기에 다시 순포(順布; 순서대로 배치)와 역포(逆布; 거꾸로 배치)를 뒤섞으면 그 숫자가 얼마나 되겠습니까? 게다가 계절의 변화, 날짜와 시간의 변화를 감안해야 합니다. 이런 식으로 팔문을 순서대로 찾아내 배열하려면 신산(神算)의 재주를 가졌다고 해도 시간이 절대적으로 부족하겠지요."

녹림맹의 수뇌부가 침묵에 빠져들었다.

설명이 너무 어렵기도 했지만, 허이량의 어조에 힘이 실린 탓에 선불리 대꾸를 할 수가 없었다.

"크흠, 허면 저 안에서는 앞으로 무슨 일이 생기는 겐가?"

질문을 던진 사람은 이적행이다.

트집을 잡으려는 의도가 아니라, 순수한 호기심이었다.

"멸겁무상진은 애초에 수련의 방편으로 만들어졌습니다. 진법 안에 스스로를 가두고 자기 자신과 싸워 진정한 깨달음에 이르려는 것이지요. 지옥을 건너지 않고는 피안(彼岸; 이승의 번뇌를 이겨내고 열반의 세계에 이르는 경지)에 도달할 수 없습니다. 멸겁무상진은 바로 그 지옥을 보여줄 겁니다."

"아니, 그러면 그 안에서 득도를 할 수도 있다는 이야기가 아니오?"

오태산채의 채주 장무곤이 호들갑을 떨며 물었다.

다른 사람들도 놀란 표정이었다. 수련의 방편으로 만들어진 진법이라니! 처음 듣는 이야기였다.

하지만 허이량은 태연하기만 했다.

"그 질문에는 이렇게 말씀드리겠습니다. 멸겁무상진 또한 사람이 만든 것이니 깨질 수도 있겠지요. 하지만 적어도 사마세가의 실력으로 될 일은 아니라고 확신합니다. 더구나 득도를 하는 문제라면 답이 더 명확하겠지요. 혹시 지금껏 살아서 신선이 되거나 부처가 된 사람을 만나 본 일이 있습니까? 세상에 어느 누구도 신선과 대적하게 될 가능성을 염두에 두고 싸움을 벌이지는 않습니다만."

"크흠, 그런가?"

장무곤이 어색하게 고개를 끄덕였다.

신선이 대체 어디서 어떻게 만들어지는지는 모르겠지만, 그런 가능성까지 걱정하는 건 하늘이 무너질까 겁을 내는 것이나 마찬가지였다.

"허나, 만일의 경우에 대비해 따로 병력을 배치해 둘 생각입니다. 어쨌거나 그 안에는 여운도가 들어 있으니까요."

허이량이 한 발 물러나는 것으로 논란은 마무리됐다.

하지만 허이량은 멸겁무상진이 깨질 것이라는 걱정은 조금도 하지 않았다. 병력을 남겨두기로 한 것은 다른 목표물이 있었기 때문이다.

* * *

사방에서 쏟아지는 화살을 걷어내며 앞으로 나가던 별전대원들은 머지않아 멸겁무상진의 중앙에 도달했다.

분명 네 방향에서 상대를 포위하고 있었음에도 신가촌 한복판, 그러니까 녹림맹의 수하들이 버티고 있던 자리에는 아무도 보이지 않았다. 불길한 기운을 뿜어내는 거대한 안개기둥이 그 자리에서 소용돌이치고 있을 따름이었다.

진법에 갇힌 것을 깨달은 뒤, 별전대는 무량진인의 지시에 따라 안개기둥을 중심으로 원진을 짰다.

원진을 갖추면서 별전대는 침착함을 되찾았다. 짙은 안개와 흙먼지를 날리는 강한 바람 외에는 특별한 위험이 드러나지 않았기 때문이다. 탈출구는 보이지 않았지만 공을 들이면 어떻게든 빠져나갈 기회는 생길 것 같았다.

여유를 회복해가는 다른 사람들과 달리, 석도명은 줄곧 불안감에서 헤어나지 못했다.

그것은 형언할 수 없는 위화감이었다. 좌정하고 앉아 마음을 진정시키려고 해도 뭔가가 계속 자신을 끌어당기고, 흔드는 듯했다. 심장 박동이 빨라지고, 호흡 또한 편하게 이뤄지지 않았다.

'이상하다. 왜 나만 이런 거지?'

주변을 둘러봐도 불편한 기색을 보이는 사람은 전혀 없었다.

그것은 석도명의 감각이 가장 예민한 탓이었다. 본시 오감(五感) 가운데 청각을 집중 단련한 석도명이지만, 관음의 경지가 열린 뒤로는 전체적인 감각능력이 인간의 수준을 벗어난 상태였다. 무공은 몰라도 감각에 있어서만큼은 천하제일을 다툰다고 해도 과언이 아닐 것이다.

역으로 말하자면, 멸겁무상진에 가장 큰 영향을 받는 사람이 바로 석도명이었다.

우웅, 우우웅.

석도명에게 불편한 증상이 하나 더 추가됐다. 끊이지 않는 이명(耳鳴; 귀울음)이 시작된 것이다.

석도명이 망설임 끝에 소리의 기운을 불러 일으켰다가 바로 멈췄다. 소리를 다스려 보려고 했는데 소리의 기운이 부풀어 오르는 것과 동시에 오히려 이명이 걷잡을 수 없이 커졌기 때문이다.

 이상한 것은 그뿐이 아니었다. 관음의 경지로 살펴본 세상이 기묘하게 변했다. 태어나 처음 접하는 광경이었다.

 석도명의 가슴 속에서 불안감이 걷잡을 수 없이 커졌다. 다른 것도 아니고, 자기 몸 안에서 울리는 소리조차 마음대로 하지 못하다니!

 게다가 방패 같은 형상 수백 개가 사방을 에워싼 채 상하좌우로 빙글빙글 돌고 있는 저 기묘한 형상은 무엇이란 말인가?

 석도명이 주변을 둘러봤다. 도움을 구할 사람이 필요했다. 가까운 곳에 한운영이 있었다.

 "진법이란 무엇입니까?"

 석도명은 그렇게밖에는 물을 수가 없었다. 진법에 대해서는 당최 아는 게 없는 탓이다.

 한운영이 석도명을 물끄러미 바라봤다. 뜬금없는 질문이기는 했지만 석도명의 표정이 진지한 탓에 한운영 또한 잠시 생각을 정리해야 했다.

 "진법이란 기본적으로 시간과 공간, 오행을 사람의 뜻에 맞춰서 다루는 것이에요. 있는 것을 감추고, 없는 것을 만들고, 그럼으로써 그 안의 세상을 특정인의 의지대로 조작하고 지배한다고 해요. 하지만 진법의 효용과 설치 방법은 무궁무진해서 한 마디로 정리하기가 불가능하죠. 후우, 솔직히 저도 지금 이 진법이 어떤 것인지는 잘 모르겠어요. 석 악사께 도움을 줄 수 있는 사람은 한 명뿐인데…… 지금 몹시 바쁜 것 같군요."

한운영이 고개를 돌려 한곳을 바라봤다.

그곳에는 사마형이 머리를 싸맨 채 깊은 고민에 빠져 있었다. 그 뒤로는 여운도가 창백한 얼굴로 운기조식을 하는 모습이 보였다. 그 옆에서는 무소진과 무량진인 등이 근심 어린 표정으로 주변을 살피는 중이었다.

사마형은 땅바닥에 앉아 나뭇가지로 뭔가를 바쁘게 써내려가며 연신 중얼거렸다.

"태을구성(太乙九星; 기문에 사용하는 9개의 별)을 칠형음둔(七型陰遁)으로 풀면…… 섭제(攝堤; 태을구성의 2번째 별로 소란을 주도하는 흉성)는 지풍승(地風昇)이요, 청룡(靑龍; 태을구성의 6번째 별)은 천화동인(天火同人)이요, 초요(招搖; 태을구성의 4번째 별로 싸움을 일으키는 흉성)는 풍지관(風地觀)이라……."

그렇게 제법 오랜 시간이 흐른 뒤 사마형이 불쑥 일어섰다. 그리고는 전후좌우로 걸음수를 달리하며 기묘하게 발을 옮겼다. 그러더니 갑자기 안개 속으로 사라졌다.

"오호라, 소군사가 생문을 찾은 모양이오."

무량진인이 들뜬 음성으로 말했다. 사마형이 마치 문이라도 열듯이 안개를 장방형으로 가르며 들어갔기 때문이다.

무림맹 무사들이 일제히 안도의 한숨을 내쉬었다. 역시 기문진식으로는 사마세가를 따라올 곳이 없다는 경탄과 함께였다.

잠시 뒤 사마형이 다시 모습을 드러냈다. 자신들을 구하러 되돌아왔다고 믿은 별전대원 몇 명이 섣부른 환호성을 터뜨렸지만 사마형의 얼굴은 어두웠다.
 사마형이 손을 꼽아 사주(四柱; 연월일시)를 다시 계산하더니 안개 속으로 사라졌다. 사마형은 그런 식으로 사라졌다 되돌아오기를 여덟 번이나 반복했다.
 여기저기서 한숨이 쏟아졌다. 뭔가가 뜻대로 되지 않고 있음을 누구라도 알 수 있었다.
 무량진인이 다가가 조심스레 물었다.
 "뭐가 문제인가?"
 "시간이 더 필요합니다. 진식이 생각보다 복잡합니다."
 그 말에 무량진인이 고개를 끄덕이며 물러섰다.
 적이 설치한 진법을 깨는 것은 쉬운 일이 아니다. 다행히도 당장은 큰 위협이 느껴지지 않으니 사마형의 재주를 믿고 기다려 보는 게 옳았다.
 기다림은 생각보다 오래 걸렸다.
 툭.
 사마형의 손에 들려 있던 나뭇가지가 부러졌다. 생각이 잘 풀리지 않자 사마형이 자신도 모르게 손에 힘을 준 탓이다.
 '생문은 생문이 아니고…… 변하여 멈춰 서는 게 없구나.'
 땅바닥에 기이한 도형과 수식을 어지러이 그려가던 사마형의 손이 우뚝 멈춰 섰다. 뭔가를 깨달은 눈치였다.

'헛! 무상진. 설마…… 천마협이 무상진을 손에 넣다니.'
사마형의 전신에 소름이 돋았다.
무상진은 변화막측하여 인간의 머리로는 쫓아갈 수 없다는 전설의 진법이다. 더구나 그것이 어디에서 왔는지를 생각하면 충격을 가눌 수가 없었다.
사마형이 넋을 잃은 표정으로 하늘을 올려다봤다. 자신의 능력으로는 무상진을 파훼하는 게 불가능하다는 절망감과 함께였다.
가까이에 있던 몇몇 사람이 사마형의 기색을 눈치챘지만 차마 다가가 말을 걸지는 못했다. 행여 사마형의 생각에 방해가 되지 않을까 싶어서다.
헌데 누군가가 벌떡 일어나 사마형에게 다가갔다. 이제나저제나 말을 붙여볼까 눈치만 보고 있던 석도명이다.
기척을 느낀 사마형이 고개를 들어 석도명을 올려다봤다.
하지만 정작 석도명은 사마형을 보고 있지 않았다. 땅바닥에 어지럽게 널려 있는 도형을 뚫어져라 살피기에 바빴다.
석도명이 조심스레 손가락을 움직여 그 도형 위에 몇 가닥의 선을 그었다.
"이건 오른쪽으로 돌고, 이건 왼쪽으로 돌고…… 여기서 앞으로 나가고……."
석도명이 중얼거리는 소리를 들은 사마형이 입을 쩍 벌렸다.

"자, 자네가 어떻게 그걸…… 파, 팔문의 움직임을 어찌 알았나?"

"이게…… 팔문입니까?"

석도명이 아무것도 모르는 얼굴로 되물었다.

사마형이 그려 놓은 도형이 기이하게도 관음의 경지로 본 이상한 형상과 비슷한 배열을 이루고 있기에 혼잣말을 했던 것뿐이다. 그것이 팔문의 움직임일 줄은 상상도 하지 못했다.

다만 자신이 어떻게 그것을 알았는지를 사마형에게 털어놓기는 망설여졌다. 자신이 관음의 경지에 들어섰다는 것을 아는 사람은 아직 없었다.

사마형이 석도명의 팔을 잡았다. 그만큼 마음이 급하다는 증거다.

"말해 주게. 어서!"

석도명이 땅바닥에 '관음(觀音)'이라는 두 글자를 적어 보이고는 재빨리 지워 버렸다. 주변의 시선이 두 사람에게 쏠리고 있음을 의식한 행동이다.

사마형이 석도명의 팔을 놓았다. 그리고는 잠시 생각을 정리했다.

석도명이 이룩한 관음의 경지가 무엇인지 어느 정도 짐작이 됐다.

묵음의 연주를 통해 소리를 눈으로 보여주던 솜씨가 아니던가? 거기에서 한 걸음 더 나아간다면 남들이 보지 못하는 것을 눈으로 보는 것도 가능한 일일 터였다. 그러고 보니 진천보와의 싸움에서 석도명이 보여줬던 기이한 재주가 이제야 온전히 이해됐다.

사마형은 속으로 놀라움을 감출 수가 없었다. 처음 무림맹에서 석도명을 봤을 때 그를 눈여겨보라던 부친의 말이 어떤 의미였는지 이제야 알 것 같았다. 눈 아래로 보고 있던 석도명이 자신과는 다른 차원으로 가고 있다는 사실에 부러움과 시샘까지 느껴졌다.

그러나 지금은 감탄만 하고 있을 계제가 아니었다.

"자네가 아는 걸 좀 자세히 설명해 주게."

사마형은 '아는 걸'이라는 대목에 힘을 실었다. 석도명이 감추고 싶어 하는 관음의 경지에 대해서 굳이 떠들 필요는 없었다.

그때부터 두 사람은 머리를 맞대고 앉아 낮은 음성으로 대화를 나누기 시작했다. 몇 사람이 청력을 돋워 두 사람의 대화에 귀를 기울였지만 이내 나가떨어졌다. 도통 대화 내용을 알아들을 수가 없었기 때문이다.

사마형은 석도명의 도움을 받아 복잡한 그림을 그려나갔다. 석도명이 눈으로 본 것을 설명해 주면 사마형이 궁금한 것을 되묻는 방식으로 이뤄진 작업이었다.

그렇게 얼마가 흘렀는지 아무도 알지 못했다. 진법이 작동을 시작한 뒤로 시간의 흐름이 제대로 느껴지지 않은 탓이다.

시간은 흐르다 멈춘 것 같기도 했고, 반대로 신가촌에 도착한 것이 까마득한 과거의 일 같기도 했다. 심지어 기억속의 사건들조차 어느 게 먼저 일어난 일인지 가물가물했다.

70여 명의 사람들이 언제부턴가 땅바닥에 좌정을 하고 앉아 깊은 생각에 빠져들었다. 이제는 몸 안의 생각과 몸 밖의 일조차도 구별되지 않았다.

다만 석도명과 사마형만이 하던 일에 계속 몰두해 있었다.

"쿨럭!"

사마형이 무상진의 밑그림을 거의 완성했다고 생각한 순간, 석도명이 기침과 함께 피를 토해냈다. 온몸을 뒤흔드는 진동과 이명을 무시하고 무리하게 관음의 경지를 펼친 결과였다.

"괜찮은가?"

사마형이 걱정스럽게 물었다.

파리한 석도명의 안색은 전혀 괜찮아 보이지 않았다.

그러나 사마형에게 심장이 멎는 듯한 충격을 던져준 것은 석도명의 엉뚱한 대답이었다.

"문이…… 사라집니다."

"문이 사라지다니?"

"문이 문 속으로 들어갑니다. 기문이 좁혀 들어오고 있습니다. 쿨럭, 쿨럭!"

석도명이 힘겹게 말을 맺고는 연이어 피를 토했다. 그리고는 털썩 주저앉아 가쁘게 숨을 고르기 시작했다. 더 이상 진법의 압박을 버텨내며 소리의 기운을 운용할 엄두가 나지 않았다.
"……"
사마형은 할 말을 잊었다.
8문을 여덟 곱에 여덟 곱을 해서 만들어진 512개의 기문을 모두 찾아내 그 배치형태와 순환주기를 겨우 계산해낸 상태였다. 무상진의 기본 구조를 알아냈다는 희열을 느낄 겨를도 없이 또 다른 변화가 시작되다니!
이윽고 사마형의 표정이 딱딱하게 굳어졌다.
주변의 공기가 달라지고 있었다. 뭔가가 목을 조르는 듯한 압박감이 서서히 높아졌다. 별전대를 둘러싸고 있는 무형의 기문들이 석도명의 말대로 조여들고 있다는 증거였다.
'기문이 사라진다고? 설마……'
사마형의 뇌리에 또 하나의 이름이 떠올랐다.
바로 무상진과 쌍벽을 이루는 전설의 진법인 멸겁진이었다. 무상진이 진법의 시작이라면, 멸겁진은 진법의 끝이라고 했다. 무상진은 살아 있는 것을 놓아주지 않지만, 멸겁진은 생기(生氣) 자체를 소멸시키는 최후의 진법이기 때문이다.
석도명이 본 대로 기문이 사라지고 있다면 이곳은 머지않아 죽음의 공간으로 바뀔 터였다.
사마형이 호흡을 가다듬으며 주변을 살펴봤다.
과연 별전대가 둥글게 원진을 짜고 있는 바깥쪽에서 거센 돌풍이 몰아치면서 안개가 서서히 회전을 하고 있었다. 높은 장벽으로 변한 안개의 장막은 짙어지다 못해 검은 기운마저 감돌았다.

그리고 여기저기서 낮은 신음소리가 들려왔다. 석도명과 사마형 외에도 몇몇 고수들이 진법에서 가해지는 압력을 먼저 느끼기 시작한 것이다.

'이대로 앉아서 죽음을 맞아야 한단 말인가?'

사마형이 절망감을 이기지 못하고 고개를 떨어뜨렸다.

진식에 아무리 조예가 깊다고 한들 사라지는 기문까지 멈출 수는 없는 법이다. 진식과 한 몸이 되어 뒤틀린 시간과 공간을 바로잡기 전에는 말이다. 그건 자신은 물론, 부친인 사마중에게도 불가능한 일이다.

사마형이 석도명에게 말을 붙여보려다 그만 두었다.

석도명은 눈을 감은 채 입을 앙다물고 고통을 이겨내느라 애쓰는 모습이었다.

사마형은 석도명이 누구보다 심한 고통을 받고 있으리라는 것을 알았다.

눈에 보이지 않는 기운까지 읽어내는 예민한 감각이 지금 같은 경우에는 오히려 독이었다. 남들이 겪지 못하고, 느끼지 못하는 것을 고스란히 감수하고 있을 테니까.

그런 사람에게서 무슨 도움을 기대하겠는가?

사마형이 원통한 눈빛으로 땅바닥을 내려다봤다. 거기에는 석도명의 도움을 받아 완성한 무상진의 기본 진식이 그려져 있었다. 기연을 만났는데 이대로 두고 죽기가 너무나 억울했다.

'아버님께 이거라도 전해야 한다!'

사마형은 마음이 급해졌다. 어떻게 해서라도 무상진만큼은 사마세가에 전하고 싶었다.

사마형이 겉옷을 벗어 바닥에 펼쳤다. 그리고는 손가락을 깨물어 그 피로 겉옷에 무상진을 그려나갔다.

시간이 얼마나 남았는지를 자신할 수 없는 탓에 세부적인 것은 포기하고 핵심 중의 핵심만 그릴 수밖에 없었다. 최소한의 골격만이라도 남겨두면 부친이 나머지를 완성할 것이라고 믿으면서.

사마형은 어느새 자기 자신을 잊고 무상진에 매달렸다.

한 획 한 획을 그을 때마다 뭔가가 가슴 속에서 울컥울컥 일어났다 가라앉기를 반복했다. 절체절명의 위기 앞에서 사마형은 태어나 한 번도 경험한 적이 없는 완벽한 무념무상의 경지에 빠져들고 있었다.

* * *

멸겁무상진 안쪽의 사람들은 시간을 잊고 있었지만 그 바깥에서는 이미 다음날이 시작되고 있었다.

무림맹의 고수 300명과 녹림맹의 고수 400여 명은 신가촌에서 50여 리쯤 떨어져 있는 창림에서 맞붙었다.

싸움은 서로 손발을 맞추기라도 한 듯이 간명하고 빠르게 전개됐다.

녹림맹은 사마중이 이끄는 무림맹 본대가 다가오는 것에 맞춰 숲으로 들어갔다. 사마중의 특기인 진법을 펼칠 시간을 주지 않기 위해서였다.

허이량은 신가촌에 멸겁무상진이 발동된 상태에서 무림맹이 무모하게 다가오지는 않을 것임을 알았다. 반대로 사마중은 자신이 아무리 유인을 한다고 한들 녹림맹이 신가촌에서 멀리 벗어나지 않으리라고 판단했다.

결국 사마중과 허이량은 서로가 맞붙을 수 있는 곳은 벌판 끝자락에 위치한 숲뿐이라는 결론에 도달했다. 두 사람 모두 나름의 작전과 자신감을 바탕으로 고른 장소였다.

양쪽의 두뇌가 미리 싸움의 양상을 예측한 탓에 양 진영 사이에 설전이나, 개별적인 도발은 벌어지지 않았다. 싸움은 마치 군대와 군대가 맞부딪치듯이 질서정연하게 시작됐다.

녹림맹은 중앙 부분이 앞으로 돌출된 쐐기 형태의 진용으로 과감한 선제공격에 나섰다. 본시 저돌성을 특징으로 하는 게 녹림을 비롯한 사파의 특징이다. 허이량은 그런 특성을 싸움 초반에 십분 발휘할 요량인 듯했다.

녹림맹의 산적들이 요란한 함성을 지르며 달려갔다.

"와아! 녹림천하!"

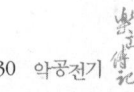

사마중이 그 모습을 보고 고개를 끄덕였다. 상대의 속셈을 간파한 것이다.

숫자로는 무림맹보다 100여 명이 많지만, 평균치로 따져서는 실력이 떨어지는 녹림맹이다.

대신 핵심 고수의 질과 양에서는 오히려 녹림맹이 우위에 있었다. 무림맹 측에서는 십대문파 장문인과 오대세가 가주가 빠진 것과 달리 녹림맹은 5대 산채의 고수들이 총동원된 덕분이다.

특히 하후공을 비롯한 5대 산채의 채주는 물론, 녹림맹주인 우무중을 막을 만한 고수가 보이지 않았다. 그들 가운데 한 사람이 사마중을 제압하는 순간, 싸움이 끝이 날 터였다.

허이량의 첫 포석은 핵심 고수를 가운데에 집중 배치하는 것이었다. 전체 병력이 뒤섞여 난전을 벌이기 전에 사마중이 버티고 있는 무림맹 진영의 심장부를 일거에 무너뜨리겠다는 계산이다.

녹림맹이 지척에 다가올 때까지 가만히 서 있던 사마중이 알 듯 말 듯한 미소와 함께 손을 번쩍 쳐들었다.

"개진(開陣)!"

무림맹 무사 300명이 일시에 좌우로 흩어지며 나무 사이를 파고 들어갔다. 움직임은 매우 복잡했지만 크게 보면 다섯 갈래의 흐름이 숲을 장악해 나갔다.

선두에서 달려가던 우무중이 잠시 멈칫거렸다. 상대의 숫자가 갑자기 5분의 1로 줄었기 때문이다. 갑자기 싸움터를 이탈해 도망을 갔을 리는 없으니, 시야에서만 사라진 것이 분명했다.

적 병력의 8할이 사각지대로 숨어 버린 상태에서 심장부만 노리고 쳐들어가는 것은 분명 미련한 짓이다.

우무중이 제일 앞에서 걸음을 늦추는 바람에 한껏 올라 있던 녹림맹의 기세가 순간적으로 꺾였다. 더 큰 문제는 전체적으로 대형이 흐트러져 버린 것이다.

그 모습을 본 우무중이 자신의 실책을 깨닫고는 서둘러 검을 치켜들었다.

상대의 움직임을 꿰뚫고 그에 맞춰 임기응변을 취하는 것은 자신이 아니라 허이량의 몫이다. 별도의 작전이 떨어지기 전에는 주어진 역할에 최선을 다해야 했는데 상대편의 변화에 본능적으로 반응을 보이고 말았다. 일 대 일의 대결이라면 몰라도 수백 명이 뒤엉키는 이런 싸움이 생소한 탓이리라.

어찌된 까닭인지 형세를 지켜보기 위해 뒤편에 처져 있는 허이량에게서는 아무런 신호도 떨어지지 않았다.

'쯧, 허 군사가 그렇게 당부했는데.'

우무중이 속으로 혀를 찼다. 싸움이 시작되면 허이량의 신호에 전적으로 따르겠다고 해놓고 그 약속을 지키지 못했다는 사실이 미안했다. 같은 실수를 두 번 해서는 안 될 터였다.

"돌격!"

우무중의 돌격 명령을 받은 산적들이 다시 요란한 함성을 내질렀다. 흐트러졌던 대열이 빠르게 복구되기 시작했다.
 문제가 생긴 것은 바로 그 순간이었다.
 "와아!"
 녹림맹 진영 양옆에 무림맹 무사들이 나타났다. 나무속에서 걸어 나온 게 아닐까 싶을 정도로 갑작스런 등장이었다. 무림맹 무사들은 일말의 주저함도 없이 녹림맹의 허리를 파고들었다.
 길게 늘어서 있던 녹림맹의 대열은 칼을 맞은 뱀처럼 허무하게 앞뒤로 잘려 나갔다.
 그렇게 끊긴 대열이 뒤에서 또 한 번 잘렸다. 쇠뿔처럼 뾰족했던 녹림맹의 대형은 어느새 다섯 토막이 난 채로 각기 고립되고 말았다.
 "으헉!"
 "뭐, 뭐야?"
 산적들 사이에서 경악성이 터져 나왔다.
 조금 전까지만 해도 상대를 압도하던 자기편은 다 어디로 갔는지 숲이 온통 무림맹 무사들로 가득했기 때문이다.
 대열이 토막토막 잘렸을 뿐 아니라, 자신들보다 몇 배 많은 적에게 포위를 당하고 나니 싸우겠다는 의지 또한 안개처럼 스러지는 기분이었다.
 그리고 어디선가 날카로운 음성이 들려왔다.
 "오행금쇄진이다!"
 그 한 마디에 산적들이 하얗게 질렸다.

오행금쇄진!

가공할 천마협의 세력을 불과 한나절 만에 궤멸로 몰아넣은 사마세가의 절진에 갇힌 것이다.

"오행금쇄진이라고?"

우무중은 도저히 믿을 수가 없었다.

오행금쇄진은 멸겁무상진과 마찬가지로 지형이나, 각종 기물을 이용해 설치하는 진법이지만 그런 물건은 구경도 하지 못했다.

더구나 숲에는 녹림맹이 먼저 도착했기 때문에 무림맹이 따로 진을 구축할 겨를도 없었다.

대체 사마중이 무슨 재주로 오행금쇄진을 펼쳤단 말인가?

"으악!"

"정신 차려라!"

산적들 사이에서 비명과 고함이 난무했다.

실제로는 수적 우위에 있으면서도 오행금쇄진에 홀려 전혀 힘을 쓰지 못하는 상황이었다. 포위망 안에서 산적들이 속절없이 쓰러졌다.

그 모양을 지켜보던 허이량이 낮게 중얼거렸다.

"사람으로 진을 펼친다…… 이거였나?"

허둥대기에 바쁜 다른 산적들과 달리 허이량은 사마중이 펼친 수법을 단번에 알아챘다.

오행금쇄진은 본랜 일정한 장소에 진법을 펼쳐 놓고 적을 끌어들이는 고정된 기문진식이다.

 헌데 사마중은 이를 연환진으로 바꿔 병력의 움직임을 통해 진법의 묘리가 나타나게 한 것이다. 사마중이 별다른 대책 없이 녹림맹이 버티고 있는 숲으로 진입한 것은 그런 까닭이었다. 사람이 있는 곳이 바로 오행금쇄진이니 굳이 적을 유인하느라 애를 쓸 필요가 없었던 것이다.

 허이량의 미간이 잔뜩 좁아졌다. 상황을 파악하는 것과 동시에 대책을 쥐어짜는 중이었다.

 잠시 뒤 허이량이 입꼬리가 말려 올라갔다.

 "흥, 오행금쇄진에는 별로 발전이 없었던 모양이군."

 기물을 사람으로 바꿨다고 해도 진식의 기본은 달라지지 않았다. 게다가 허이량이 무엇보다 공을 들여 파헤친 게 바로 오행금쇄진이다.

 '오행이 구궁에 상극(相剋)하니 오신살(五神煞)이 복중복(伏中伏)이라……. 감(坎)은 복음잡초(伏吟雜草)요, 리(離)는 녹야조로(祿野朝露)로구나. 천지가 적막하고 용(龍)이 둔(遁; 숨음)하여 발톱을 세운다.'

 허이량이 속으로 뭔가를 되뇌면서 고개를 끄덕였다.

 연환진으로 바뀐 오행금쇄진의 변화는 복잡했지만 그 기본 원리는 허이량이 알고 있는 것을 벗어나지 않았다. 잠깐의 계산으로 해법이 손에 잡힌 것이다.

 "가랏!"

허이량의 입에서 낭랑한 음성이 터졌다. 그의 손이 허공에서 기묘하게 춤을 추었다.

허이량 뒤편에 서 있던 다섯 사내가 그 손짓에 화답해 공중으로 날아올랐다. 사내들은 등에 커다란 깃발을 하나씩 꽂고 있었다.

깃발은 청백적흑황(靑白赤黑黃; 오행을 나타내는 색)으로 각기 색깔이 달랐다.

다섯 사내가 이리저리 몸을 틀더니 연꽃 모양을 만들어내며 사방으로 흩어졌다. 그들이 떨어져 내린 곳은 공교롭게도-아니, 사실은 의도된 행동이리라- 다섯 토막이 난 채로 분전하고 있는 산적들 한가운데였다. 다섯 명이 각각 한 곳씩을 맡은 형국이었다.

"천부(天符) 철(綴)! 청룡(靑龍) 조(兆)! 태음(太陰) 서(舒)! 헌원(軒轅) 질(疾)! 태을(太乙) 둔(遁)!"

허이량이 양팔을 허공에 엇갈려 휘저으며 알아들을 수 없는 소리를 외쳤다.

그에 맞춰 다섯 개의 깃발이 힘차게 펄럭였다. 덫에 갇힌 멧돼지처럼 정신없이 날뛰기만 하던 산적들이 깃발을 향해 모여들었다. 그리고 깃발 신호에 맞춰 일사불란하게 한 방향으로 움직이기 시작했다.

어느 무리는 멈춰서고(綴) 어느 패거리는 무리를 지어 한 방향으로 빙글빙글 돌았다(兆). 다른 무리는 느릿느릿 움직였는가 하면(舒), 다른 편은 번개처럼 빠르게 몸을 놀렸다(疾).
　머지않아 다섯 패로 갈려 있던 녹림맹의 산적들이 무림맹 무사들 사이로 바람처럼 사라졌다. 수백 명에 달하는 산적들이 거짓말처럼 오행금쇄진 속으로 녹아들어간 것이다.
　"헛!"
　"이게 뭐야?"
　일방적인 공격을 퍼붓던 무림맹 무사들 사이에서 경악성이 터져 나왔다.
　그러나 과연 명문정파의 제자들로 이뤄진 무림맹 무사들다웠다. 오행금쇄진에 갇힌 산적들이 갈피를 못 잡고 우왕좌왕하던 것과는 달리 무림맹 무사들은 침착하게 대열을 유지했다. 오행금쇄진 또한 형태가 그대로 유지됐다.
　하지만 상대에게 진식을 간파당한 상황에서는 그게 더 나쁜 결과를 가져왔다. 오행금쇄진은 이미 무림맹의 것이 아니었다.
　"반(返)!"
　허이량이 다시 외쳤다.
　그러자 다섯 갈래로 나뉘어 있던 무림맹 무사들의 대열이 오른쪽 방향을 향해 서서히 회전을 하기 시작했다. 무림맹 사이로 파고 들어간 산적들의 움직임에 휘말려 들어간 것이었다.
　'허, 그동안 미친 짓을 한 건 아니었군.'
　청색 깃발을 따르며 수하들을 독려하는 하후공의 얼굴에 경탄의 빛이 떠올랐다.

녹림맹이 결성되자마자 5대 산채에는 기이한 명령이 하달됐다. 녹림맹에서 파견한 훈련관의 지시아래 병법을 단련하라는 내용이었다.

그런데 녹림맹에서 나온 훈련관이 시킨 일이라고는 깃발을 따라서 죽어라 달리는 것뿐이었다. 물론 무작정 달리는 게 아니라, 약속된 형태를 갖고 움직이는 것이었지만 그리 대단한 병법처럼 보이지는 않았다.

하후공은 그 미친 짓이 허이량의 작품이라는 것을 알고 심한 반감을 품어왔다.

그러나 이제는 허이량에 대한 생각을 바꿔야 할 것 같았다.

마침내 무림맹 속에 섞여 들어간 산적들이 공격을 퍼부어대기 시작했다. 오행금쇄진의 위력이 사라진데다 역으로 산적들의 움직임에 휘말린 무림맹 무사들이 여기저기서 속절없이 쓰러졌다.

적과 아군이 뒤섞인 난전이 벌어졌다. 하지만 산적들이 합격진의 형태를 취한데 반해, 무림맹 쪽은 한줌씩 흩어져 그 안에 갇힌 꼴이었다. 싸움이 진법 대결로 바뀌면서 무림맹의 장점인 무공의 우위는 사라졌다.

오행금쇄진에 갇혀 삽시간에 100명 가까운 인명손실을 입은 녹림맹이 그 피해를 무림맹에 고스란히 되돌려주는 데는 고작 일각 남짓한 시간이 걸렸을 뿐이다.

그 광경을 지켜보는 사마중의 얼굴이 돌덩이처럼 굳어졌다.

"허어, 이미 들통이 난 수였구나."

천마협이 오행금쇄진을 깨부수는데 혈안이 돼 있을 것이라던 부친의 경고가 새삼 떠올랐다. 그래서 오행금쇄진을 연환진으로 바꿨는데 상대는 너무나 쉽게 진식을 무력화했다.

아니 오히려 역공의 발판으로 삼기까지 했다. 오행금쇄진의 기본 원리를 정확히 알고 있지 않으면 불가능한 일이다.

'그래서 빠져 나오지 못한 것인가?'

사마중은 신가촌에 갇혀 있는 별전대에 생각이 미쳤다.

시간이 다소 걸리더라도 사마형이 충분히 진법을 깨고 나올 것이라고 믿었다. 그래서 무리하게 신가촌에 들어가려 하지 않았다. 설령 사마형이 해결을 하지 못한다 해도 자신이 녹림맹을 물리친 뒤 달려가면 되리라고 판단해 우선순위를 늦췄던 것이다.

그런데 오행금쇄진을 간단히 깨버릴 정도로 진법의 대가가 상대편에 있을 줄이야! 대체 녹림맹에 어떤 인물이 버티고 있단 말인가?

생각해낼 수 있는 답은 오직 하나였다.

천마협.

사마중이 어금니를 으득 깨물었다.

아무래도 숨겨진 한 수를 동원하지 않고는 이 싸움을 이길 것 같지가 않았다.

제2장
일만이면 가득하다(一萬滿也)

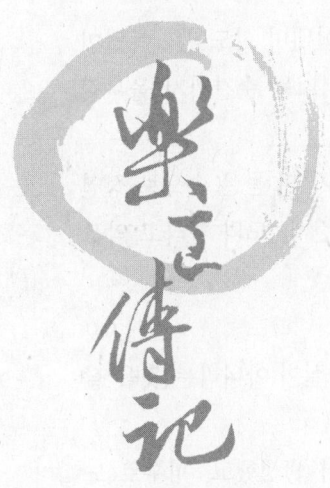

우웅, 우우웅.

정체를 알 수 없는 소리가 계속해서 석도명을 괴롭혔다. 귓속에서 시작된 울림이 이제는 몸 구석구석으로 번져나가 석도명의 온몸을 사정없이 흔들어 댔다. 그 진동이 얼마나 심한지 이가 딱딱 부딪쳤다.

눈을 감고 앉아 그 괴로움을 버텨내던 석도명은 결국 의식을 놓치고 말았다. 가슴인지 머릿속인지 알 수 없는 저 깊은 곳에서 검디검은 뭔가가 스멀거리며 피어올랐다.

공포.

검은 그림자 속에서 석도명이 만난 것은 공포였다.

장아삼이 뻥 뚫린 가슴에서 피를 뿜어내며 석도명의 목덜미를 잡고 늘어졌다. 장아삼은 숨이 끊어지는 순간까지 울부짖는다.

살려줘, 살려줘. 그 뒤편에서 막창소가 피 묻은 손으로 정연을 안아 들고는 유유히 숲속으로 사라진다. 도와 달라고 악을 쓰는데도 나타나는 사람은 아무도 없다.

'꿈인가?'

석도명은 눈앞에서 벌어지는 일이 사실이 아니라는 것을 잘 알았다.

하지만 이어지는 광경은 현실보다 더 생생했고, 피부로 느껴지는 그 끔찍함은 떨쳐지지 않았다.

불덩어리에 휩싸인 막간대채의 산적들이 비명을 지르며 매달렸을 때 석도명은 뜨거워서 발버둥을 쳤고, 정연이 상당문이 펼친 구궁무한진 안에 쓰러져 피투성이가 됐을 때는 목 놓아 울었다.

마침내 유일소가 광소를 흘리면서 저벅저벅 다가왔다. 그 손에는 시퍼런 비수가 햇빛을 받아 번쩍였다.

"크흐흐 도명아, 눈만 빼면 되는 거란다. 네 눈을 다오."

유일소의 뭉개진 눈동자에서 쉬지 않고 피가 흘러내리는 모습을 보며 석도명은 몸서리를 쳤다. 어린 시절의 기억 속에 깊이 각인돼 있던 소름끼치는 공포가 되살아났다.

그때 문득 이질적인 느낌이 한 오라기 실처럼 가늘게 석도명의 가슴 밑바닥에서 일어섰다.

석도명은…… 슬펐다. 초라하기만 한 사부의 모습이.

'사부님, 제 눈을 드릴게요!'

소리가 입 밖으로 나오지는 않았지만 석도명은 목청을 다해 외쳤다. 칼을 뽑아든 사부에 대한 공포심을 한 가닥 연민이 이겨낸 것이다. 기꺼이 눈을 뽑겠다는 마음이 들자 유일소에 대한 그리움과 미안함이 올올이 되살아났다.

지금껏 석도명의 머리와 가슴을 가득 채우고 있던 공포가 시퍼런 슬픔으로 바뀌었다. 그리고 흐려져 있던 의식이 서서히 되살아났다.

'나는 미망(迷妄; 갈피를 잡지 못하고 헤맴)에 빠졌다.'

석도명은 무엇이 잘못됐는지를 깨달았다. 자신을 사로잡은 것은 그저 헛된 두려움이다.

정신을 찾은 덕분일까? 영혼을 송두리째 뒤흔드는 정체불명의 울림 속에서 가느다란, 그러나 규칙적인 소리가 들려왔다. 살아 있음을 알리는, 살고 싶다는 본능이 담긴 소리는 바로 심장의 박동이었다.

석도명은 자신이 느끼는 공포의 근원이 무엇인지를 알았다. 진법에서 울려나오는 기이한 소리가 문제였다. 자신의 능력으로도 어쩔 수 없는 소리에 좌절을 느낀 것이다.

'소리를 따르는 자가 소리를 두려워하다니!'

석도명이 스스로를 꾸짖었다.

일만이면 가득하다(一萬滿也) 45

정신을 되찾자 모골이 송연해지는 기분이었다. 소리를 빼고 나면 자신의 인생에서 대체 뭐가 남는다는 말인가?

그러나 겨우 환각에서 벗어났을 뿐, 소리의 고통은 조금도 가시지 않았다.

허이량의 말대로 멸겁무상진에 빠진 사람은 각자 자신만의 방식으로 지옥을 만나게 돼 있었다.

석도명은 이제 겨우 그 지옥이 무엇인지를 자각한 상태다. 스스로 지옥을 빠져나갈 방법은, 더 나아가 멸겁무상진에서 벗어날 방법은 전혀 가닥을 잡지 못했다.

"크흑!"

의식이 돌아오면서 잊고 있던 육체의 고통이 고스란히 되살아났다.

온몸을 바스러트릴 듯이 거세지는 진동 속에서 석도명이 미친 듯이 뭔가를 중얼거렸다. 위기 때마다 목숨을 구해 준 주악천인경이다.

석도명이 초인적인 인내력을 발휘해 고통과 맞서고 있는 동안 무림맹 별전대의 무사들도 각자의 지옥을 만나고 있었다.

무량진인과 무소진을 비롯한 고수들은 이마에 굵은 땀방울을 흘리며 몸을 떨었다. 마음을 파고드는 심마와 싸우느라 심력은 물론, 기력과 체력이 빠르게 고갈되고 있었다.

그중에서 가장 심각한 상황을 맞은 사람은 여운도다. 내상

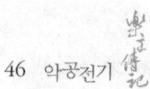

을 당하는 바람에 몸도 마음도 쉽게 추슬러지지 않는 게 원인이었다.

여운도의 지옥은 기억에도 남아 있지 않은 아주 오래된 과거에서 찾아왔다.

그의 눈앞에는 천마협의 공격을 받아 불에 휩싸인 여씨세가의 장원이 그려지고 있었다. 부모와 누이들이 피를 흘리며 쓰러졌다. 사방에서 날카로운 비명이 들려왔고, 마당에는 붉은 피가 흥건히 고였다.

여운도는 그 핏속을 기어가며 목이 터져라 울었다.

문득 메케한 연기 속에서 누군가가 나타났다. 창백한 얼굴의 앳된 여인이 울면서 여운도를 노려본다. 그 품에는 강보에 싸인 어린아이가 안겨 있다. 여인의 눈에서 흘러내리던 눈물이 어느새 핏물로 바뀌었다.

그 모습을 똑바로 쳐다보지 못한 채 여운도는 떨고 또 떨었다.

눈앞의 장면이 현실이 아님을 알면서도 여운도는 가슴을 움켜쥐었다. 겨우 억누르고 있던 내기가 다시 역류하기 시작했다. 이대로 가면 주화입마에 빠져 목숨이 위태로울 터였다.

'난 아직 죽을 수 없어!'

여운도가 이를 악물었다.

모든 것을 포기한다고 해도 결코 목숨을 놓을 수 없는 한 가지 이유가 남아 있었다. 움켜쥔 여운도의 주먹 안에서 손톱이 손바닥을 파고들었다. 여운도는 피가 뚝뚝 떨어지는 주먹으로 두 무릎을 꽉 누른 자세로 필생의 힘을 짜내고 또 짜냈다.

한편, 사마형은 그 무렵 겉옷에 피로 그린 무상진을 막 완성하고 있었다.

사마형은 무상진을 끝내기가 무섭게 눈을 감고 운기조식에 들어갔다. 멸겁무상진이 발동한 상태에서 무상진의 기본진식을 가다듬느라 심력을 무리하게 소비했기 때문이다.

'어차피 죽기 아니면 살기 아니더냐.'

사마형이 잠깐의 망설임 끝에 사마세가의 비전 무공인 선천공(禪天功)을 펼쳤다.

다른 사람 앞에서는 절대로 선천공을 쓰지 말라는 부친의 철석같은 당부가 있었지만 죽음을 눈앞에 둔 마당에 이것저것 따질 겨를이 없었다. 게다가 지금 주변에는 전부 죽어가는 사람들뿐이다.

얼마간의 시간이 지나자 사마형의 신색은 눈에 띄게 편안해졌다. 다른 사람들과 달리 쉽게 심마를 극복하고 자기를 되찾은 것이다.

사람들의 눈에는 보이지 않았지만 사마형의 전신에서는 은은한 황금빛이 퍼져 나오고 있었다.

그때였다. 잠시 숨을 고르고 있던 사마형의 뇌리로 뭔가가 스쳐갔다.

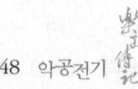

선천(禪天)은 멸겁 안에 생멸(生滅)한다.

사마형이 눈을 번쩍 떴다.

부친이 자신에게 선천공을 가르치며 들려준 구절이다. 이제야 그 의미가 깨달아졌다.

'멸겁 안에도 생멸은 존재한다. 모든 것은 무상하니까.'

사마형이 옅은 미소를 머금었다. 조금 전 죽을 각오로 무상진을 그리면서 그 안에 담긴 삼라만상(森羅萬象; 세상 모든 것)의 생성과 소멸의 비밀을 한 자락이나마 움켜쥘 수 있었다.

그리고 그 깨달음이 선천공의 구결과 이어진 것이다.

사마형이 벌떡 일어나 멸겁무상진 한가운데에 솟아오른 거대한 안개기둥을 향해 걸어갔다. 그리고 두 손 끝에 내력을 모아 안개 기둥 속으로 내뻗었다.

그르르릉.

돌과 돌이 서로 갈리는 듯한 무거운 소리가 터져 나왔다.

안개기둥을 뚫고 팔꿈치까지 들어갔던 사마형의 두 팔이 그 소리와 함께 뒤로 밀려 나왔다. 사마형이 몇 차례 같은 시도를 해봤지만 번번이 똑같은 결과가 되풀이 됐다.

"헉, 허억⋯⋯."

사마형이 거친 숨을 몰아쉬며 주저앉았다.

통탄스럽게도 사마형의 선천공은 멸겁진을 뚫고 들어가기에 충분치 않았다. 사마형의 경지는 잘해야 6성의 성취에 불과했다.
 사마형의 얼굴에 절망의 그림자가 다시 드리워졌다. 자신이 생각해낸 것이 진짜 해법인지는 모르겠지만, 그것마저도 시도해 볼 힘이 부족했다.
 사마형이 고개를 들어 저편에 앉아 있는 한운영을 바라봤다. 창백해질 대로 창백해진 한운영의 입가에는 한 줄기 선혈이 흘러내렸다.
 사랑하는 여인조차 지키지 못하는 자신의 무능함에 사마형은 가슴이 갈기갈기 찢기는 기분이었다.
 '하아, 시간이 얼마 남지 않았는데……'
 기문이 사라지면서 지속적으로 좁혀진 안개의 장벽은 이제 지척에 이르고 있었다. 안개 장벽과 안개기둥 사이, 그러니까 별전대가 둥글게 원진을 짜고 앉은 틈은 고작 1장 남짓한 거리였다.
 사마형의 계산이 맞다면 대략 이각 뒤엔 그 공간마저 완전히 사라질 것이다.
 그때 사마형의 눈에 석도명이 들어왔다. 조금 전까지 잔뜩 일그러져 있던 석도명의 얼굴은 더할 나위 없이 평온해져 있었다. 어찌된 영문인지 모르겠지만 석도명 또한 멸겁무상진을 이겨낸 것이다.
 사마형이 다급하게 석도명을 불렀다.
 "석 악사, 석 악사! 내 말 들리나?"

"후우……."

석도명이 긴 숨과 함께 눈을 떴다.

"자네는 진법의 영향을 받지 않는가? 아니, 그걸 어떻게 이겨냈나? 혹시 여길 뚫고 나갈 방법을 찾았나?"

석도명은 쉽게 답을 하지 못했다. 사마형이 생각을 정리할 틈도 주지 않고 질문을 퍼부은 탓이다.

석도명이 오른 손을 들어 왼쪽 가슴을 지긋이 움켜쥐었다. 모든 답은 바로 그곳에 있었다.

조금 전까지 필사적으로 주악천인경을 되뇌던 석도명의 마음에 하나의 구절이 계속 와 닿았다.

암중수심(暗中守心), **어둠 속에서 마음을 지켜라.**

석도명은 스스로에게 물었다.

몸도 지키지 못하는데 어떻게 마음을 지킬 것인가? 이 연약한 몸 어느 구석에 마음이 들어 있는가?

아무리 고민해도 답은 떠오르지 않았다.

쿵쿵쿵.

심장 뛰는 소리만이 그치지 않고 들려왔다. 마치 이곳에 마음이 들어 있다고 외치기라도 하듯이.

문득 암중수심의 구결을 깨우치던 날의 기억이 떠올랐다.

염씨 노인의 집에서 천장구를 상대로 사투를 벌이며 무엇을 깨달았던가? 살아남기 위해 최선을 다하는 진실한 마음, 순수한 본능이 바로 천장구의 울음소리가 아니던가?

생각해 보면 살고 싶다는 본능 그 자체인 심장 박동이야말로 자신의 진실한 마음이자 소리의 원천일 것이다.

석도명이 주저하지 않고 소리의 기운을 끌어올렸다. 소리의 기운이 부풀어 오르자 뼈와 살을 톱으로 잘라내는 듯한 떨림과 고통이 더해졌다.

석도명은 그 아픔을 참아내며 소리의 기운을 심장에 몰아넣었다. 소리의 기운을 빨아들이면서 심장 소리가 더욱 커졌다.

쿵쿵쿵쿵, 쿵쿵쿵쿵.

마치 온 세상이 석도명의 심장 박동 소리로 가득 차는 것만 같았다. 멸겁무상진에서 시작돼 석도명의 몸을 쥐고 흔들던 정체불명의 소리가 몸 밖으로 밀려나가 박동 소리만 남겨진 탓이다.

석도명의 몸은 그렇게 멸겁무상진의 속박에서 벗어났다. 몸 밖의 세상은 여전히 뜻대로 되지 않았지만 말이다.

"겨우 제 몸 하나를 건진 것 같습니다. 몸 밖에는 뭐가 있는지도 모르겠습니다."

석도명은 사마형에게 그렇게밖에는 설명할 수 없었다.

사마형이 말없이 팔을 뻗어 석도명의 가슴에 손을 댔다. 그리고 선천공의 공력을 가만히 석도명의 몸에 흘려보냈다.

잠시 뒤 사마형이 고개를 끄덕이며 손을 내렸다.

설명할 수는 없지만, 석도명의 몸 안에서 벌어진 상황을 대략 이해할 수는 있었다. 석도명은 멸겁무상진 안에 들어 있으면서도 진법의 영향을 전혀 받지 않았다.

 자신의 경우 선천공의 공력으로 멸겁무상진에서 쏟아지는 기의 흐름을 억지로 이겨냈다면, 석도명은 진법 안에 있으면서도 진법을 벗어난 것과 마찬가지였다.

 '하아, 대체 끝을 알 수 없는 친구로구나.'

 사마형이 자신도 모르게 얄팍한 질투심이 생기는 것을 애써 누르며 입을 열었다.

 자신이 해내지 못한 일을 석도명이라면 해낼 수 있을 것 같았다. 아니, 지금 이곳에서 멀쩡하게 몸을 움직일 수 있는 두 사람이 마지막 노력이라도 쥐어짜야 할 절박한 상황이다.

 "중궁(中宮)으로 들어가 주게."

 사마형이 안개 기둥을 가리키며 말했다.

 구궁의 핵심이자, 진식의 근원인 중궁이 그곳에 위치해 있었다.

 석도명이 대답 대신 물끄러미 안개기둥을 바라봤다. 자신의 영혼을 뒤흔들던 기이한 소리가 그 안에서 아직도 울려 퍼지고 있었다. 역시 모두를 구할 해법은 그 안에 있는 모양이다.

 잠시 뒤 사마형과 궁리를 끝낸 석도명이 소용돌이치는 안개 기둥을 향해 천천히 걸어갔다.

석도명은 안개기둥 속으로 어렵지 않게 한 발을 들여 놓았다. 사마형의 몸을 거세게 밀어냈던 안개기둥은 의외로 순순히 석도명의 진입을 허용했다.

아니, 한 발을 내딛는 것과 동시에 거센 소용돌이가 석도명의 몸을 휘감더니 안으로 빨아들였다.

고오오오.

안개기둥 속은 암흑의 세상이었다.

석도명이 관음의 경지를 펼쳤음에도 눈앞은 깜깜했다. 기의 흐름이 존재하지 않아서가 아니다. 오히려 기운이 너무 촘촘해서 보이지 않는다고 함이 옳았다.

"흡!"

곧바로 좌정하고 앉은 석도명의 입에서 낮은 신음이 새어나왔다. 밖에 있을 때와는 비교도 할 수 없는 거대한 파동이 석도명의 몸을 사정없이 두드려댔기 때문이다.

몸 안을 가득 채운 소리의 기운이 이번에는 몸을 지켜준 덕분에 석도명은 그 충격을 가까스로 이겨낼 수 있었다. 조금 전까지는 맨몸으로 나무 몽둥이를 맞는 느낌이었다면, 지금은 두꺼운 솜이불을 뒤집어쓰고 철퇴를 맞는 것 같았다.

문제는 솜이불이 언제까지 철퇴를 견뎌내느냐는 점이다.

단전이 서서히 비어가고 있었다. 다른 때와 달리 비워진 단전은 다시 채워지지 않았다. 몸 바깥에서 받아들일 수 있는 소리의 기운이 차단된 상태였다.

석도명이 팔을 앞으로 곧게 내뻗었다. 사마형이 당부한 일을 해내기 위해서다.

"지금 우리는 무상진과 멸겁진이라는 만고(萬古)의 기진(奇陣)에 빠져 있다네. 무상진은 존재하는 모든 것을 변화의 굴레 안에 가두고, 멸겁진은 살아 있는 모든 것을 생멸의 최후단계로 밀어 넣는다고 하지. 우리는 지금 생멸의 최후, 즉 소멸을 앞둔 상황이라네."
"그 소멸을 막을 방법이 있단 말인가요?"
"어디까지나 이론이네만…… 생멸이란 하나의 순환 고리를 따라가는 것일세. 만약 그 순환의 바퀴를 뒤로 돌릴 수 있다면 멸겁진 자체가 소멸하지 않을까…… 나는 그렇게 생각한다네."
"그게 가능합니까?"
"중궁에 역진(逆陣; 반대의 진법)을 펼치는 걸세. 그걸 자네가 해주게."

사마형의 생각은 간단했다. 멸겁무상진의 중궁 안에 무상진을 거꾸로 펼치면 생멸의 순환이 멈출 것이라는 발상이었다.
석도명은 지금 무상진이 그려진 사마형의 겉옷을 뒤집어 입고 있었다. 한 번의 설명으로 각인시켜 주기에는 무상진이 너무 복잡했기 때문이다.
몸의 감각이 예민해질 대로 예민해진 터라 사마형의 피에 담긴 이질적인 기운이 등에 선명하게 느껴졌다. 그게 바로 무상진의 진식이다. 그 그림을 땅바닥에 한 치(3센티미터) 깊이로 새기기만 하면 되는 것이다.
 하지만 석도명은 앞으로 내뻗은 손을 마음대로 움직일 수가 없었다. 거센 소용돌이가 석도명의 팔을 잡고 놔주지 않았다.
 '내공이 부족하다.'
 석도명의 이마에 식은땀이 맺혔다.
 중궁에 자리를 잡고 앉아 겨우 손을 내밀었을 뿐인데 벌써 단전이 3분의 1가량 비어 버렸다. 손을 내리기 위해 내공을 더 밀어 넣는다면 무상진을 제대로 그리기도 전에 단전이 텅 빌 것이다.
 그렇게 되면 사마형의 경고대로 자신은 육신이 산산이 찢겨 티끌이 될 터였다.
 석도명이 다급하게 머리를 굴렸다. 내공이 쉬지 않고 소모되는 상황에서 빨리 대책을 찾지 못한다면 모든 게 끝이었다.
 '내공이 부족하면…… 그래 일만격이다.'
 단호경이 구화진천무를 펼칠 내공이 부족하다는 사실을 깨닫고 좌절해 있을 때 일만격의 묘리를 설명해 준 사람이 바로 석도명 자신이다. 같은 고민에 처하게 되자 자연스레 일만격이 떠오른 것이다.
 석도명이 일만격의 묘리에 따라 자신의 손끝에 무상진의 첫 획을 쌓고 또 쌓았다. 과연 허공에 떠 있는 오른팔이 견딜 수 없이 무거워졌다.
 그러나 그렇게 무거워진 팔도 무상멸겁진을 받치고 있는 기의 소용돌이를 극복하지는 못했다. 팔이 무겁다 못해 아예 뼈가 부러질 것 같은데도 정작 아래로는 조금도 움직이지 않았다.

일만격으로도 충분치 않자 석도명은 오기가 치솟아 올랐다.

'오냐, 일만격으로 부족하면 이만격, 삼만격이다.'

일만 개의 획을 쌓아서 안 된다면 이만 개, 삼만 개라도 쌓으면 되지 않겠냐는 단순한 생각이었다. 그전에 팔이 먼저 부러질지도 모른다는 불안감이 있기는 했지만 말이다.

숫자에 집착한 탓이었을까? 문득 부도문의 음성이 석도명의 귓가에 울렸다.

"한 가지만 알려주마. 검이든 불이든 숫자로 말하는 게 아니다. 끄끄끄……."

부도문이 자신의 무공을 시험한 뒤에 해준 말이다. 이 급박한 상황에서 마치 운명처럼 그 말이 떠올랐다.

사실 그것은 석도명의 깊은 고민과 맞닿아 있는 이야기이기도 했다.

구화진천무를 완성하면, 그러니까 제삼식을 펼칠 수 있게 되면 한 번에 9개의 불을 피울 수가 있다고 했다. 한 번에 3개의 불을 피울 수 있는 자신이 9개의 불덩어리를 쏘게 되면 구화진천무의 위력이 단순히 3배가 된다는 의미는 아닐 것이다.

만일 숫자만큼 위력이 늘어나는 것이라면 9개가 끝이 아니라, 27개, 81개가 되는 게 더 좋지 않겠는가? 결국 단순히 숫자를 늘려서 해결되는 문제가 아닌 것이 분명했다.

모든 것이 한 가지로 같으니(萬事一如)
일만이면 가득하다(一萬滿也).

실제로 일만격 일만고의 구결 앞에는 일만이면 가득하다는 구절이 있지 않은가?

석도명이 무리하게 획을 쌓으려던 생각을 버렸다. 그리고는 쉼 없이 떨리는 자신의 팔을 내려다봤다.

'이 안에 뭐가 담겨 있을까? 과연 무엇을 채워야 할까?'

석도명이 깊은 생각에 빠져들었다. 그 순간에도 단전은 계속 비어가고 있었다.

한참을 들여다보니 어딘가에 이르고 싶어 하면서도 정작 가지 못해 힘겨워하는 지금의 상황이 낯설지 않다. 사부의 삶이 그랬고, 자신의 삶 또한 그와 마찬가지였다. 그러면 그 힘겨운 삶을 지탱해온 것은 또 무엇이던가?

'그래 의지요, 마음이다. 이 안에 담겨야 할 것은.'

한계에 부딪쳤을 때 그것을 넘게 해준 것은 언제나 간절한 소망이자, 의지였다. 궁극의 목표에 도달하기 위해 따로 이유를 달거나, 명분을 내세울 필요는 없는 것이다. 내가 가야 할 길이 곧 나 자신이기 때문이다.

돌이켜보면 그 어떤 깨달음도 간절한 마음에 앞서지는 않았다.

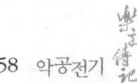

석도명은 이 안에서 살아나가고 싶었다. 혼자서가 아니라, 자신이 지켜내야 할 가까운 사람들과 함께. 그렇게 떳떳하게 살아남아 정연에게로 돌아가고 싶었다.
 석도명이 그 마음을 담아 자신의 손끝을 응시했다.
 가슴에서 응어리졌던 뭔가가 올올이 풀어 헤쳐져 팔을 타고 흘러가는 것 같았다. 그리고 마침내 석도명의 강철 같은 의지가, 그리움으로 가득한 마음이 손끝에 닿았다.
 손이 서서히 아래로 떨어졌다. 이어 손가락이 땅을 깊이 파고 들어가더니 기이한 도형을 그려나가기 시작했다.
 가슴 벅찬 순간도 잠시.
 '헛!'
 석도명은 하마터면 비명을 내지를 뻔했다.
 어느새 단전이 바닥을 드러내고 있었다. 일만격의 묘리로 손을 움직이고는 있지만, 무상멸겁진의 한복판에서 버텨내느라 내공이 빠르게 소모되는 중이었다.
 석도명이 바쁘게 손을 놀렸지만 무상진의 완성을 몇 획 남겨 둔 채 내공이 고갈되고 말았다.
 "크흐흑⋯⋯."
 석도명의 몸을 감싸고 있던 소리의 기운이 흩어지면서 다시 고통이 몰려들었다. 살갗을 칼로 난도질하는 것 같기도 하고, 짐승의 발톱으로 잡아 뜯는 것 같기도 한 날카로운 통증이 온몸을 휘감았다.

'한다. 죽어도 한다!'

석도명이 힘을 잃고 앞으로 쓰러지면서 마지막 의지를 쥐어짰다.

순간, 석도명의 손끝에 푸르스름한 빛이 뭉쳤다. 그리고 손가락이 눈에 보이지 않을 정도로 빠르게 움직였다.

찰나.

그렇게밖에는 설명할 수 없었다. 석도명의 손가락이 마지막 일곱 획을 땅에 새겨 넣은 시간은 그렇게 짧았다.

그 다음 순간 완벽한 적막이 찾아들었다. 집요하게 석도명을 괴롭히던 진동과 소음이 거짓말처럼 사라졌다. 그리고 거대한 회오리를 일으키던 안개기둥이 소리 없이 멈춰 섰다.

허이량은 신선이나 부처가 되지 않고서는 멸겁무상진을 깰 수 없다고 장담했다. 그러나 사마형과 석도명은 전혀 다른 방식으로 파진(破陣; 진을 깨뜨림)을 해낸 것이다.

신가촌을 뒤덮고 있던 짙은 안개가 빠르게 걷혔다. 바람이 흩어낸 것이 아니라, 햇빛에 녹듯이 홀연히 사라졌다. 안개가 걷힌 자리에는 수십 개의 돌탑이 흉물스럽게 모습을 드러냈다. 이제는 쓸모가 없어진 평범한 돌덩어리일 뿐이다.

"우하하, 우하하!"

그 돌탑 사이로 사마형의 웃음이 퍼져나갔다.

사마형은 너무 통쾌해서 웃지 않고는 배길 수가 없었다. 무상진을 손에 넣었고, 멸겁진을 깨뜨렸다. 자신의 생애에 이렇게 감격스런 날이 두 번 다시 올 것 같지가 않았다.

비록 석도명의 결정적인 도움을 받기는 했지만, 자기 자신이 너무나 대견스러웠다.

하지만 사마형의 웃음은 오래가지 못했다. 신가촌 외곽에서 검은 그림자들이 조용히 몸을 일으켰기 때문이다.

사마형의 등줄기에서 식은땀이 다시 배어나왔다.

힘겹게 진은 깼지만 별전대는 적과 싸울 수 있는 상태가 아니었다. 별전대원 대부분이 심각한 내상을 입거나 기력을 완전히 소진한 처지였다. 개중에는 심마를 이기지 못하고 안개에 뛰어들었다가 죽은 사람도 10여 명을 헤아렸다.

특히 무량진인을 비롯한 고수들은 주화입마 직전까지 갔다가 목숨을 건진 탓에 기혈이 들끓어 아직도 상태가 위험했다. 그들이 몸을 움직이려면 족히 몇 시진은 운기조식을 해야 할 것으로 보였다.

석도명도 제자리에서 꼼짝하지 못하는 것을 보면 그의 도움을 기대하기도 어려웠다.

반면 신가촌을 에워싼 상대는 100명에 가까운 숫자였다.

더구나 제일 앞에 선 사람은 무림맹주 여운도가 선배로 대접하던 이적행이다. 자신이 쉽게 이길 수 있는 상대가 아니다.

"질긴 놈들…… 흐흐흐, 차라리 잘된 건가?"

이적행이 고개를 절레절레 저으며 다가왔다.

이적행은 사마형을 보고 있지 않았다. 그의 유일한 관심은 여운도였다.

 허이량이 천하무적이라고 장담했던 멸겁무상진이 깨진 것은 분명 의외였지만 그로 인해 여운도를 사로잡을 기회를 다시 얻게 된 것은 천운이라 할만 했다.

 "쩝, 사마세가의 애송이는 내게 맡겨 주시오."

 이적행 뒤편에서 누군가가 입맛을 다시며 앞으로 나섰다.

 녹림맹 5대 산채 가운데 말석을 차지하고 있는 대오산채의 채주 왕정이다.

 과거 녹림18채 가운데 구화산채와 대별산채, 오태산채, 경석산채, 대오산채를 일컬어 따로 5대 산채라고 했다. 이들의 세력이 다른 곳을 월등히 앞서기도 했지만, 채주의 무공 또한 발군이었다.

 대외적으로 녹림18채의 일원이라고 거들먹거리고 다니는 다른 산채의 산적들도 5대 산채 앞에서는 고개를 숙였다.

 그리고 냉정하게 평가했을 때 녹림맹에서 십대문파의 장문인들과 자웅을 겨룰 수 있는 사람은 5대 산채의 채주 정도였다.

 그 같은 왕정이 지금은 자존심에 살짝 금이 가 있는 상태였다. 허이량이 자신과 수하들을 예비병력으로 빼놓았기 때문이다.

 만일의 상황에 대비해 신가촌의 상황을 살피라는 지시가 함께 내려졌지만, 그건 어디까지나 구실에 지나지 않았다. 허이량은 멸겁무상진이 깨지는 일은 없을 거라고 확신했으니까 말이다.
 '나를 쭉정이로 봤다 이거지.'
 왕정이 으득 이를 갈았다.
 5대 산채 가운데 말석을 차지한 탓이라는 자격지심을 지울 수가 없었다. 그나마 사마형의 목이라도 베어야 최소한의 체면치레를 할 수 있을 것 같았다. 이 중요한 싸움에서 대오산채는 구경만 했다는 이야기를 남길 수는 없었다.
 물론 마음만 먹으면 여운도와 무소진을 비롯해 무당의 무량진인, 화산의 소인종 같은 고수들을 해치울 수도 있을 것이다.
 그러나 왕정에게도 무림인의 마지막 자존심이 남아 있었다. 산송장이나 다름없는 자들을 해치우는 게 무슨 의미가 있겠는가?
 "크흠, 애송이 따위는 관심 없네."
 이적행이 순순히 왕정에게 사마형을 양보했다.
 그때 누군가가 신가촌 외곽에서 빠른 속도로 달려와 이적행과 왕정을 가로막았다. 부도문이었다.
 "끄끄끄, 나는 애송이랑 노는 걸 좋아하지."
 부도문이 이적행을 향해 손가락을 까닥였다.
 자신을 애송이라고 불렀는데도 이적행은 화내는 기색을 보이지 않았다.
 "흐흐, 그렇지 않아도 기다리고 있었다."

허이량이 이적행과 대오산채를 신가촌에 남겨둔 진짜 이유는 바로 부도문을 잡기 위해서였다. 별전대가 함정에 빠진 것을 알면 부도문이 반드시 나타날 것을 알았기 때문이다.

오늘 부도문을 해치움으로써 녹림맹을 과거 혈제와 녹림왕이 맺은 맹세 즉, 혈림지맹(血林之盟)으로부터 해방시키는 일도 허이량의 목표 가운데 하나였다.

부도문과 이적행, 사마형과 왕정이 맞부딪치는 것과 동시에 100명의 산적들이 신가촌을 덮쳐나갔다. 무림맹 쪽에서는 이에 맞설 수 있는 사람이 보이지 않았다.

'죽었구나.'

추헌의 얼굴이 하얗게 질렸다.

산적들이 짓쳐들어온 곳이 하필이면 종남파가 몰려 있는 쪽이었다. 대적은 고사하고 몸을 일으킬 수도 없으니 고스란히 목을 바쳐야 할 판이었다.

마침내 선두에 선 산적 10여 명이 괴성과 함께 날아올랐다.

그때 겨우 몸을 추스른 추헌의 사제 2명이 비틀거리며 일어나 그 칼을 대신 받았다. 내공이 제대로 실리지 않은 두 사람의 검이 힘없이 허공을 가른 반면, 산적들의 칼은 가차 없이 그들의 목을 벴다.

다음은 추헌의 차례였다.

퍼엉.

하지만 그 순간 뜻밖의 폭발음이 터졌다.

추헌이 질끈 감았던 눈을 천천히 떴다. 육중한 몸집의 사내가 앞을 가로막고 있었다. 그 어깨 너머로 십여 명의 산적들이 불길에 휩싸여 비명을 지르는 모습이 보였다.

추헌은 자신의 목숨을 구한 사내가 누구인지를 알았다. 검으로 불을 뿜어댈 수 있는 두 인물 가운데 저런 덩치를 가진 자는 단호경뿐이다.

"제길……"

겨우 내기를 다스린 추헌이 검을 딛고 일어섰다. 평소 경멸해 마지않던 단호경에게 구원을 받았다는 사실에 만감이 교차했다. 이 일을 고마워해야 할까, 아니면 부끄러워해야 할까?

"크흑……"

추헌을 구해낸 단호경의 거구가 힘없이 무너졌다. 일만격에 의지해 겨우 한 번의 불덩어리를 쏘아낸 것으로 기력이 다한 탓이다.

추헌이 그 모습을 보며 힘겹게 호흡을 가다듬었다. 자신의 상태도 단호경보다 나을 게 별로 없었다. 당장 끌어다 쓸 수 있는 내공은 고작 한줌이었다.

추헌은 이대로 죽으리라 생각하며 검을 세워 들었다.

하지만 아무래도 오늘 죽을 운명이 아니었던 모양이다. 뒤편에서 누군가가 앞으로 달려 나와 산적들을 맞받아쳤다. 무모하게 산적들의 정면을 치고 들어간 사내는 모두 다섯이었다.

그 모습을 보고 추헌이 낮게 중얼거렸다.

"재수 없는 놈들……."

또다시 추헌의 목숨을 구한 것은 천리산을 비롯한 단호경의 수하들이다.

추헌은 이해할 수가 없었다. 이 많은 고수들 가운데 어떻게 저 보잘 것 없는 다섯 사내가 제일 먼저 무공을 회복했을까? 어째서 석도명 주변에 붙어 다니는 놈들은 하나같이 괴이한 실력을 보이는 것일까?

고작 다섯 명에 불과했지만 산적들 한복판으로 뛰어든 다섯 사내의 위력은 생각 이상이었다. 합격진이라도 익혔는지 다섯 사람이 혼연일체가 돼 산적들을 착실히 베어나갔다.

그들의 손에 들린 다섯 자루의 검은 때로 무겁고, 때로 날카로웠으며, 바람 같은 변화 속에서 나지막이 울어댔다.

'바람이 분다…… 나뭇잎이 떨어진다…… 구름이 가라앉고, 산이 일어선다…….'

다섯 사내는 황홀한 꿈에 취해 있었다. 다섯 사람이 같은 것을 보고, 같은 호흡으로 숨을 쉬었다. 생각이 같아지니 손발이 같이 어울렸고, 어딘가 부족함이 보이면 알아서 채워나갔다. 다섯이 하나이고, 하나가 다섯인 일심동체의 경지에 들어선 것이다.

다섯 사람을 하나로 묶어준 것은 하나의 운율이었다. 석도명이 전해 준 검의 노래였다.

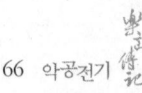

66 악공전기

무상멸겁진 안에서 공포에 휘말린 다섯 사람은 누가 먼저랄 것도 없이 그 노래를 부르기 시작했다.

죽어라 같은 노래를 되풀이하다 보니 다섯 사람의 마음이 가느다란 실로 연결되는 기분이었다. 그 실오라기에 매달려 다섯 사람은 같이 두려워하고, 같이 슬퍼하고, 함께 죽음을 맛봤다.

석도명이 안개기둥으로 걸어 들어갈 무렵, 다섯 사람은 서로의 마음에 의지해 가슴속의 공포를 이겨내고 있었다. 그리고 멸겁무상진이 소멸됐을 때는 누구보다 먼저 내공을 회복할 수 있었다.

천리산과 이광발 등의 분전으로 별전대는 그나마 시간을 벌게 됐다. 문제는 다섯 사람으로 막기에는 상대의 숫자가 너무 많다는 사실이다.

산적들이 수적 우세를 이용하기 위해 대열을 좌우로 벌렸다. 중앙의 산적들이 천리산 등을 상대하는 동안 활짝 펼쳐진 양쪽 날개가 별전대에 공격을 퍼부었다.

그사이 가까스로 몸을 추스른 별전대원들이 속속 싸움에 가담했지만, 무공을 회복하지 못해 허무하게 목을 내놓는 사람이 적지 않았다.

그런데 이상하게도 별전대의 핵심이라고 할 수 있는 고수들은 여전히 움직이지 못했다. 누구보다 깨달음의 경지가 깊었던 만큼, 그들이 지옥에 가장 가까이 다가섰던 탓이다.

혼전의 와중에 무량진인과 무소진을 비롯한 고수들 모여 앉아 있는 곳으로 누군가가 바람처럼 날아갔다. 이적행의 손녀인 이진매였다.

암기 한 줌만 뿌려도 여럿을 해칠 수 있는 상황이었지만 이진매는 다른 사람은 거들떠보지도 않았다. 오직 여운도의 목덜미를 낚아채 신가촌 바깥으로 달아났을 뿐이다.

"안 돼!"

그 광경을 본 한운영이 날카로운 비명을 지르며 벌떡 일어섰다. 하지만 다음 순간 제자리에서 피를 토하며 고꾸라졌다. 무리해서 몸을 움직이는 바람에 기혈이 역류한 탓이다.

한운영이 팔을 앞으로 뻗으며 안타깝게 소리를 질렀지만 그 말은 입 밖으로 나가지 못했다. 한운영이 당장 걱정해야 할 것은 여운도가 아니라, 자신의 목숨이었다.

석도명이 고개를 든 것은 바로 그 무렵이었다.

'도와주세요…… 제발…….'

이진매가 여운도를 낚아채 달아나고, 한운영이 쓰러지는 모습이 환영처럼 흐릿하게 보였다.

그리고 한운영의 애타는 음성이 환청처럼 들려왔다. 아무도 들을 수 없는 소리였지만, 석도명은 한운영의 절박한 마음을 고스란히 읽을 수 있었다.

석도명이 스르르 몸을 일으켰다.

급히 다가가 한운영의 혈맥을 짚은 석도명의 얼굴은 무거웠다. 한운영의 몸 안에서 기혈이 사납게 진탕(震盪; 뒤흔들림)해 대고 있었다. 누군가가 더 강한 내공으로 눌러주지 않는다면 기혈이 뒤집혀 주화입마에 이를 터였다.

그럴 능력이 되고도 남았지만 석도명은 그러지 못했다. 극심한 고통 중에도 한운영이 애처롭게 자신을 바라봤기 때문이다. 여운도를 구해 달라는 애원이었다.

석도명이 고개를 들어 주변을 살폈다. 누군가의 도움이 필요했다.

콰콰쾅.

때 마침 요란한 폭발음이 석도명의 주의를 끌었다.

저편에서 부도문과 연달아 부딪친 이적행이 충돌의 반탄력을 이용해 높이 몸을 띄웠다. 그리고는 허공에서 방향을 바꿔 달아나기 시작했다.

부도문을 이길 수 없다는 판단이 들자 미련 없이 생각을 바꾼 것이다. 어쨌거나 여운도는 사로잡았으니 말이다.

석도명이 한운영을 안아 들고 부도문에게 달려갔다.

"뒤를 부탁합니다!"

한운영을 부도문에게 건네주는 것과 동시에 석도명은 이적행이 사라진 방향으로 몸을 틀었다.

"쩝, 또 뒤치다꺼리냐?"

부도문이 가볍게 투덜거렸다.

말투와 달리 부도문의 신색은 편치 않았다. 이적행과 싸우면서 알 수 없는 불안감을 느낀 탓이다. 그 불길한 기분이 무엇인지 부도문은 좀처럼 헤아릴 수가 없었다.

"와아!"

석도명이 달려 나간 방향에서 요란한 함성이 터져 나왔다. 별전대의 고전을 목격한 석도명이 급한 김에 산적들 머리 위에 불덩어리 몇 개를 쏘아낸 직후였다.

그에 힘입어 싸움의 양상이 바뀌기 시작했다. 별전대 쪽에서 싸움에 가담하는 숫자도 점점 늘고 있었다.

신가촌의 싸움은 양쪽에 많은 희생자를 내면서 서서히 마무리되고 있었다.

* * *

무림맹과 녹림맹의 주력이 맞붙은 숲 속의 싸움도 끝나가는 중이었다.

"사마세가를 너무 얕잡아 봤군."

허이량이 쓴웃음을 지었다.

오행금쇄진을 역이용해 무림맹을 궤멸직전으로 몰고 갔던 게 불과 얼마 전의 일이다. 하지만 지금은 녹림맹의 고수들이 몰살의 위기를 맞고 있었다.

전세를 역전시킨 것은 무림맹의 힘이 아니었다.

녹림맹이 오행금쇄진을 깨부순 여세를 몰아 무림맹 무사들을 거세게 몰아치는 상황에서 갑자기 화살이 퍼부어졌다. 단순한 궁병의 공격이 아니라, 무공으로 단련된 고수들의 공격이었다. 묵직한 내공이 실린 화살 세례는 피아(彼我; 적과 아군)를 가리지 않았다.

그 무차별적인 공격에 오행금쇄진을 유린하고 있던 녹림맹의 기세가 한풀 꺾였다. 눈앞의 적을 찔러 죽이는 것보다 머리 위에서 쏟아지는 강력한 화살을 쳐내는 게 더 급했다.

화살비가 멈추자 커다란 함성과 함께 100여 명의 무사들이 진형을 갖추고 돌진해 들어왔다.

그들의 손에 들린 것은 군대에서나 볼 수 있는 극(戟; 끝이 갈라진 창)이었다. 원거리에서 적을 찌르거나 병장기를 걸어 무력화시키는 데 유용한 무기다.

극으로 무장한 고수들은 녹림맹의 대열을 거침없이 밀어 붙이고, 잡아당기며 혼란으로 몰아넣었다. 무림맹 무사들을 에워싼 녹림맹의 합격진이 순식간에 분쇄됐다. 그로 인해 무림맹과 녹림맹이 피아의 구분 없이 뒤섞여버렸다.

이제 숲 속은 앞도 뒤도 따질 것 없이 서로 죽여야만 하는 난투의 현장으로 변했다. 그 난장판을 향해 다시 100여 명의 검사가 들이닥쳤다. 그들의 무위는 십대문파와 오대세가의 제자들로 이뤄진 무림맹 본대를 능가했다.

뜻밖의 공격에 녹림맹은 삽시간에 회생불능의 상태로 접어들었다.

"궁병과 극병, 검병의 조합이라…… 아예 군대를 만들었군."

허이량이 고개를 흔들었다.

기습적으로 나타난 무사들은 하나같이 검은 무복을 입고 있다. 그들의 가슴에는 노란 국화 한 송이가 아로새겨져 있었다. 사마세가의 표식이다.

사마중이 비밀리에 동원한 최후의 한 수였다.

그들은 무림인으로 구성된 군대, 아니 무공으로 양성한 군병이라고 보는 게 옳았다. 진법과 지략에 능한 사마세가가 무공에 병법을 접목시킨 형태로 전력을 키워왔던 것이다.

"저희가 나설까요?"

허이량 옆에 서 있던 짙은 녹색 무복의 거한이 물었다.

허이량은 어느 틈에 10여 장 정도 뒤로 물러난 상태였다. 그를 보필하듯 에워싼 것은 하나같이 녹색 무복을 입은 50여 명의 무사들이었다.

진무궁(震武宮)에서 허이량을 데려가기 위해 파견한 정예고수들이다.

거한의 물음에 허이량이 고개를 저었다.

"우리가 나설 싸움은 아닐세. 오늘은 이 정도 성과면 충분해."

사내가 허이량에게 고개를 숙여 보이고는 수하들에게 나지막이 외쳤다.

"허 군사를 뫼시고 귀환한다!"

허이량과 진무궁의 고수들이 소리 없이 숲을 빠져나가 동쪽으로 사라졌다.

 이날 싸움에서 녹림맹은 500여 명에 달하는 5대 산채의 정예를 대부분 잃는 치명적인 피해를 입었다.
 무림맹의 손실도 심각했다. 계림대와 도산대의 고수 300명 가운데 250명이 죽었고, 70여 명의 별전대원 가운데서는 고작 20여 명이 살아남았을 뿐이다.
 무림맹과 녹림맹 양쪽에 씻을 수 없는 상처를 남긴 채 창림의 혈전은 막을 내렸다.
 하지만 그것은 앞으로 시작될 거대한 싸움의 서막에 불과했다.

제3장
달빛이 전하는 말
(月亮代表我的心)

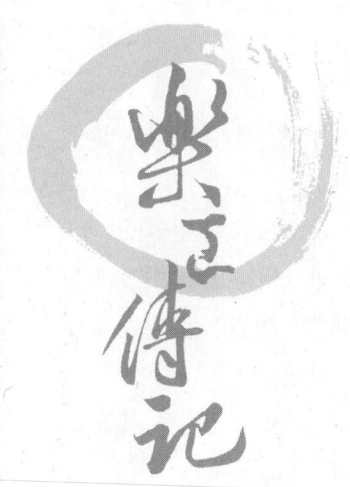

　사방에 짙은 어둠이 내려앉은 밤이다.
　낭아산의 어느 골짜기에 노인 하나가 나타났다. 노인은 발자국 소리조차 내지 않고 골짜기 속으로 깊이 들어가더니 계곡 끝에서 홀연히 사라졌다. 어디로 증발한 것이 아니라, 절벽 밑에 입을 벌린 동굴 안으로 들어간 것이다.
　동굴은 깊었다. 몇 굽이를 돌아 들어가자 마침내 안쪽에서 불빛이 새어나왔다. 사전에 약속이 돼 있었는지 노인은 불을 피운 상대를 확인하지도 않고 거침없이 불빛을 향해 다가갔다.
　"늦으셨네요."
　앳된 여인이 노인을 맞았다.

노인은 이적행, 여인은 이진매다.

제일 안쪽에는 여운도가 핏기 없는 얼굴로 동굴 벽에 기대앉은 모습이 보였다. 이적행을 쏘아보기만 할 뿐 아무 움직임이 없는 것을 보니 점혈을 당한 모양이다.

"웬 녀석이 따라오기에 멀찍이 따돌리고 오느라 좀 늦었다."

이적행은 부도문을 감당할 수 없다고 판단되자 곧장 이진매를 뒤따랐다. 신가촌에서 북쪽으로 달려간 이진매는 벌판을 벗어나자마자 곧장 깊은 숲으로 뛰어든 상태였다.

이적행은 이진매가 사라진 곳과는 다른 쪽으로 방향을 잡았다. 누군가가 자신을 뒤쫓아 오고 있음을 알았기 때문이다.

제법 끈질기게 따라붙던 상대는 이적행이 다른 곳으로 자신을 유인하고 있다는 것을 뒤늦게 알아차리고는 황급히 되돌아갔다. 이진매가 사라진 숲에서 다시 흔적을 찾을 요량인 듯했다.

그럼에도 이적행은 먼 길을 돌고 돌아 이곳으로 왔다. 혹시라도 미행을 당할까 싶어 여러 차례 뒤를 살피는 것도 잊지 않았다.

그 바람에 밤이 깊어서야 목적지에 도착할 수 있었던 것이다.

이적행이 차가운 눈으로 여운도를 쏘아봤다.

"그래, 무림맹주 노릇을 해보니 좋던가?"

"선배……가 내게 이럴 줄은 몰랐소. 힘을 모아 천마협을 물리치자고 했던 그 맹세는 어디로 갔소이까?"

"흥, 천마협? 네놈이 그런 말을 할 자격이 있나? 따지고 보면 모두 한 뿌리가 아니던가?"

"……"

이적행의 반문에 여운도는 대답을 하지 않았다. 이적행 또한 더는 따져 묻지 않았다. 서로 입에 담기 버거운 사연이 있음이 분명했다.

잠시 뒤 여운도가 입을 열었다.

"네게 뭘 원하시오?"

"내 주인께서 가선공의 비급을 원하신다."

이적행의 대답에 여운도의 눈이 커졌다.

"설마…… 그들이……."

"흐흐, 알고 보니 사정이 복잡하더구먼. 그래서 결심했지. 이도저도 아닌 바에야 이기는 쪽에 붙자고."

"선배…… 젊은 날의 협의는 어디로 간 게요? 이기는 게…… 전부는 아니지 않소이까?"

"겁도 없이 천산을 헤집고 다니다가 죽을 뻔했지. 그때 주인께서 내 목에 칼을 들이대고 이렇게 말씀하시더군. '모두가 책을 믿는다면 책이 없는 것만 못하다(盡信書則 不如無書)'고. 그러니까 사람들이 전부 협의만 쫓아다니면 협의가 없는 것보다 못하다…… 뭐 이런 이야기겠지. 나 하나쯤 잘 먹고 잘 살아도 세상이 망하는 것도 아닌데 말이야."

"궤변이오."

"네놈이 무림맹주를 하고 있는 게 더 궤변이지."

이적행이 벌떡 일어나 여운도에게 다가갔다. 그리고는 여운도의 목을 움켜쥐었다. 이적행의 눈에 살기가 감돌았다.

"비급을 바치고 엎드려 빌면 주인께선 네 목숨도 살려 주실 게다."

"그럴 생각 없소."

여운도가 이적행을 노려봤다.

'내가 죽어 널 지킬 수 있으면 좋으련만…….'

목숨을 구하자고 비급을 바칠 수는 없었다. 어떤 일이 있어도 살고 싶었지만, 이제는 비급을 지키고 깨끗하게 죽는 것이 최선이었다.

이적행이 비릿하게 웃었다.

"흐흐, 네놈의 골수를 뽑아서라도 필요한 건 얻고 말 테다."

이적행이 여운도의 목덜미를 잡아 당겨 땅바닥에 짓눌렀다. 그리고 이진매를 바라봤다. 고문은 자신이 아니라, 이진매의 특기였다.

이진매가 가슴에서 작은 꾸러미를 꺼내 바닥에 펼쳤다. 그 안에서 나온 것은 기이하게 생긴 몇 가지 종류의 쇠붙이였다. 날카로운 꼬챙이가 있는가 하면, 폭이 좁고 긴 소도(小刀)도 보였다. 또한 끝에 톱날이 달려 뼈를 잘라내기에 적합해 보이는 도구도 있었다.

골수를 뽑아내겠다는 이적행의 말은 단순한 엄포가 아니었다.

이진매가 작은 칼을 들어 여운도의 귀밑에 들이댔다. 칼날이 턱과 귀 사이를 파고 들어갔다. 가녀린 외모와 달리 이진매의 손속은 잔인했다.

"크흑……."

여운도가 비명을 삼켰다.

이진매가 그에 아랑곳하지 않고 끝이 낚시 바늘처럼 휜 쇠꼬챙이를 집어 들었다. 칼로 벌려 놓은 틈새에 밀어 넣을 요량이었다.

그때였다.

"백정도 그런 짓은 하지 않습니다."

동굴 안에 노기 어린 음성이 울려 퍼졌다.

어둠 속에서 석도명이 걸어 나왔다.

"네, 네놈이 어떻게……."

이적행이 놀라서 입을 다물지 못했다.

상대는 자신을 쫓다가 나가떨어진 어린놈이다. 조심에 조심을 거듭했는데 어떻게 이곳까지 따라왔을까? 아니, 상대가 동굴 안으로 들어와 지척에 이를 때까지 어찌 아무런 기척도 느끼지 못했더란 말인가?

이적행은 상상도 하지 못했다. 석도명이 일부러 모습을 감춘 뒤 관음의 경지를 펼쳐 멀리서 자신을 뒤쫓아 왔다는 사실을. 석도명에게 기척을 지우는 것쯤은 일도 아니라는 것을.

이적행이 두 손을 가슴께로 끌어 모은 채 석도명을 가로막았다. 이진매 또한 여운도에게서 손을 떼고 일어섰다. 일단은 동굴 안에 들어온 적을 해치우는 것이 먼저였다.

그에 맞서 석도명이 신중한 자세로 검을 세웠다. 침착한 겉모습과 달리 머릿속은 복잡했다.

'어떻게 맹주를 구하지?'

일단은 동굴 끝이 막혀 있으니 자신과 이적행이 싸우는 동안 이진매가 여운도를 안고 달아날 염려는 없었다.

하지만 상황이 불리해질 경우 이진매가 여운도의 목숨을 끊을 수도 있다.

게다가 구화진천무는 협소한 공간에서 구사하기에는 너무 파괴적인 검법이다. 동굴은 높이와 폭이 3장(9미터)을 조금 넘기는 정도였다. 검으로 싸우는 데는 별 문제가 없지만 화천대유를 마구 펼쳤다가는 동굴 안이 온통 불바다가 될 것이다.

이적행이 서슴없이 주먹을 내질렀다.

석도명이 일적십거를 펼쳐 촘촘한 검막을 만들었다.

따다다당.

강철보다 단단한 이적행의 주먹이 석도명의 검을 쉬지 않고 두드렸다. 그렇게 몇 합이 순식간에 지나가자 이적행의 표정이 자못 심각해졌다. 자신의 주먹을 걷어내는 석도명의 검에서 부도문 못지않은 무거움이 느껴졌기 때문이다.

'어린놈이 보통이 아니구나.'

한편 석도명은 또 다른 생각에 빠져 있었다.

'이상하다. 검이 왜 이렇게 가볍지?'

처음부터 일만격을 펼치고 있는데 휘두르면 휘두를수록 검이 가벼워지는 느낌이었다. 검을 무겁게 눌러 초식의 균형을 잡아주던 그 중후함은 대체 어디로 사라진 걸까?

석도명은 어떻게 여운도를 구해낼까 하는 고민도 잊은 채 검에 정신을 모았다. 검이 점점 더 가벼워지더니 나중에는 손 안에 종잇장 같은 무게만이 남았다. 그와 더불어 검 끝이 무섭게 빨라졌다. 이 정도라면 부도문이 자랑하는 극쾌의 검법에도 뒤지지 않을 것 같았다.

석도명은 불현듯 깨달아지는 게 있었다.

'헛, 마음이 가는 대로 검이 흐른다.'

석도명은 미처 모르고 있었지만 멸겁무상진 안에서 일만격에 감춰진 또 다른 오의를 체득한 탓이었다.

석도명의 검술은 이제 신검합일(身劍合一)의 경지를 지나 심지검(心之劍), 검지심(劍之心) 즉 마음이 검이요, 검이 마음인 단계로 접어들고 있었다.

석도명이 조심스레 구화진천무의 두 번째 초식을 펼쳤다. 붉게 달아오른 검에서 불꽃이 가늘게 피어올랐다. 평소에 비하면 불꽃이 너무나 미약해서 곧 꺼질 것만 같았다. 힘이 부족해서가 아니라, 석도명이 세밀하게 불꽃의 크기를 조절했기 때문이다.

"칠현검마!"

이진매가 석도명의 정체를 알아채고 날카롭게 외쳤다.

이적행의 얼굴이 더욱 굳어졌다. 쉽지 않은 상대인 줄은 알았지만, 하필이면 여진의 10만 대군을 주눅 들게 했다는 고수일 줄이야!

치이익.

석도명의 검이 공기를 태우며 울었다. 그리고 가느다란 실오라기가 검 끝에서 뻗어 나와 이적행을 휘감아갔다.

사실은 실오라기가 아니라, 불꽃이었다. 불의 기운을 자유자재로 다룰 수 있게 된 석도명이 불덩어리를 쏘는 대신 불을 가느다랗게 밀어낸 것이다.

불로 만든 실오라기, 화사(火絲)라고밖에는 설명할 수 없는 현상이다.

무섭게 공격을 퍼부어대던 이적행이 졸지에 수세로 돌아섰다. 석도명의 검에서 뻗어 나온 화사가 쉬지 않고 손목에 감겨든 탓이다. 이적행이 연신 손을 털어냈지만 그때마다 살갗이 타들어가는 고통이 전해졌다. 불구덩이에 집어넣어도 멀쩡하던 손인데 말이다.

'지독한 놈을 만났구나.'

하지만 이적행의 악몽은 이제 겨우 시작일 뿐이었다.

자신감을 얻은 석도명이 허공에 전광석화처럼 빠르게 아홉 개의 점을 찍었다.

"천강뇌전(天降雷電)!"

구화진천무 제삼식의 전반부가 펼쳐졌다.

우르르릉.

나지막한 천둥소리가 울리며 석도명의 검이 지나간 자리에 푸른 불꽃이 일어났다.

"으헛, 번갯불!"

이적행이 놀라서 몸을 뒤로 뺐다. 석도명의 검에서 일어난 푸른 불꽃을 주먹으로 막아낼 엄두가 나지 않았기 때문이다. 천하에 어떤 자가 번개를 손으로 만질 수 있겠는가?

이적행의 놀람은 거기서 끝나지 않았다.

"섬화귀천(閃火歸天)!"

구화진천무의 마지막 초식이 마침내 세상에 모습을 드러냈다.

무슨 까닭인지 석도명은 검을 앞으로 곧게 뻗은 채 움직이지 않았다. 그럼에도 불구하고 이적행과 이진매는 겁먹은 얼굴로 꼼짝도 하지 못했다.

아홉 개의 불.

석도명의 검 끝에서 시퍼런 아홉 개의 불꽃이 빙글빙글 돌아가며 춤을 추고 있었다. 불꽃은 과거 석도명이 쏘아대던 불덩어리보다 훨씬 작았지만 서늘하도록 시퍼런 기운이 오히려 사람의 마음을 움츠러들게 만들었다.

불은 하늘로 돌아가니, 천지인(天地人)이 마음 안에 있도다!

구화진천무의 마지막 구결은 그 한 줄로 끝난다.

석도명이 지금껏 단 한 번도 섬화귀천을 펼치지 못한 것은 그 구절 외에는 아무런 초식이 없었기 때문이다. 그 까닭을 이제야 알 수 있었다. 사람의 마음이 곧 하늘이니, 마음 가는 곳에 섬화가 따라갈 뿐이다.

"가라!"

석도명의 외침과 함께 아홉 개의 불꽃이 이적행과 이진매를 덮쳤다. 셋은 이적행을 쫓았고, 나머지 여섯이 이진매와 여운도 사이를 파고들었다. 석도명으로서는 아무래도 이적행과 이진매를 죽이는 것보다는 여운도를 구하는 것이 먼저였다.

이적행은 뒤로 물러나며 정신없이 불꽃을 피해내기에 바빴다. 그러나 이내 동굴 벽에 가로막히게 되자 어쩔 수 없이 불꽃 하나를 주먹으로 쳐냈다.

"으악!"

이적행의 주먹 한가운데 작은 구멍이 뚫렸다.

그때 이진매가 석도명을 향해 뭔가를 연달아 집어 던졌다.

펑, 펑.

짙은 녹갈색의 연기가 동굴을 가득 채웠다.

석도명이 숨을 멈췄다. 연기에서 시큼한 독기가 느껴졌다.

이어 날카로운 파공성과 함께 무수한 암기가 퍼부어졌다.

연기 때문에 한치 앞을 볼 수 없는 상황이었지만 관음의 경지에 이른 석도명의 이목을 가릴 수는 없었다. 석도명이 침착하게 암기를 쳐내고는 다급히 동굴 안으로 달려갔다.

이적행과 이진매가 밖으로 달아나는 것을 알면서도 석도명은 그쪽으로는 고개조차 돌리지 않았다.

석도명의 속이 까맣게 타들어갔다. 연기 속에서 여운도의 밭은 기침소리가 들렸다.

구화진천무의 불꽃으로 이진매를 여운도에게서 떼어놓기는 했지만, 독연과 암기까지 완벽하게 막아내기는 어려웠다.

석도명이 한 팔로 여운도를 안아들고 세차게 검을 휘저었다. 불덩어리가 쏟아져 독연을 삽시간에 태워 버렸다. 석도명이 다시 검을 젓자 불덩어리가 동굴 천장을 타고 바깥으로 몰려나가면서 신선한 공기가 다시 채워졌다.

"쿨럭, 쿨럭!"

여운도는 연신 기침을 토해냈다.

독연을 얼마나 들이켰는지 얼굴에 푸른 기운이 가득했다.

하지만 정말로 심상치 않은 것은 여운도의 미간에 깊숙이 박혀 있는 검은 대침(大針)이었다.

석도명이 서둘러 대침을 뽑아내려 했지만 여운도가 힘겹게 손을 내저었다.

"소용없는 일이네."

여운도는 대침이 자신의 몸에 박힌 뒤에야 그것이 무엇인지를 알았다.

결정독(結晶毒).

이름 그대로 침 자체가 독의 결정체로 이뤄진 치명적인 살상 도구다. 그 또한 천마협의 손에서 만들어진 물건이기도 했다.

여운도의 미간을 뚫고 들어온 결정독은 벌써 3분의 1가량이 피 속에 녹아든 상태였다. 석도명이 남은 부분을 뽑아낸다고 해도 죽음을 되돌릴 수는 없었다. 아니, 석도명의 손이 닿는 순간 나머지 부분이 한꺼번에 녹아내려 죽음을 재촉할 뿐이다.

이미 이진매의 손에 혈맥이 토막토막 끊긴 상황이라 석도명의 도움을 받아 독기를 몰아내는 것조차 여의치 않았다.

여운도는 얼마 남지 않은 목숨일망정 헛되이 버릴 수가 없었다.

"왜…… 나를 쫓아 왔나……."

석도명은 여운도의 물음이 왠지 가볍지 않게 여겨졌다. 죽음을 목전에 둔 상황에서 그게 왜 궁금한 걸까?

아마도 여운도가 알고 싶은 것은 자신의 진정성 혹은 진심이 아닐까 하는 생각이 떠올랐다. 분명 뭔가 부탁할 일이 남아 있기 때문일 것이다.

"한 소저가…… 맹주님을 걱정하고 있습니다."

여운도가 젖은 눈으로 석도명을 바라봤다.

"자네에게…… 운영이는 어떤 사람인가?"

석도명은 쉽게 답을 하지 못했다.

얼마 전 단호경에게 한운영과의 관계를 추궁당한 일이 떠올랐다. 입에 담기에는 너무나 민감한 문제였다. 더구나 상대는 한운영의 숙부이자, 무림맹주다.

그러나 여운도는 지금 죽어가고 있다. 그런 사람에게 거짓을 고할 수는 없는 법이다.

석도명이 스스로의 마음을 다시 헤아려보며 천천히 입을 열었다.

"한 소저를 보고 있으면…… 마음이 불안합니다. 단단한 껍질로 자신을 감싸고 있지만 그 껍질이 언제 깨질지 몰라섭니다. 한 소저는…… 제 힘이 닿는 한 지켜주고 싶은 사람…… 가운데 한 명입니다."

석도명은 '지켜주고 싶은 사람 가운데 한 명'이라는 다소 모호한 표현으로 말을 맺었다.

하지만 온 천하를 통틀어도 석도명에게 그런 의미를 갖는 사람은 손에 꼽을 정도로 적었다. 굳이 헤아리자면 정연과 부도문, 단호경 일행 정도가 그 안에 들어갈 것이다.

여운도가 석도명의 손을 움켜쥐었다.

한운영과 가깝다는 소문이 난 뒤로 여운도 또한 석도명을 눈여겨보고 있었다.

말은 별로 없지만, 언제나 그 이상의 것을 행동으로 보여주는 인물. 그게 석도명에 대한 여운도의 평가였다.

여운도가 침묵에 잠겨 들었다. 생각을 정리하는 눈치다.

잠시 뒤 여운도가 석도명에게 물었다.

"여씨세가가 천마협에 무너졌을 때…… 나 또한 그 자리에서 죽은 것으로 돼 있었다는 사실을 아는가?"

"잘 모릅니다."

처음 듣는 이야기였다. 여씨세가에서 유일하게 가주의 젖먹이 아들을 빼돌려 소헌부에 맡겼는데, 그 아이가 오늘날의 무림맹주라는 사실만 알고 있었을 뿐이다.

"부친께서 나를 사마세가가 아닌 소헌부에 맡긴 까닭은 강호에서 여씨세가의 존재를 지우기 위해서였다네. 천마협의 마수에서 벗어나게 하려는 뜻이셨지. 그래서 나는 어린 시절에 한씨 성을 썼지. 성은 바꿨어도 가문의 원한을 갚기 위해서 남몰래 칼을 갈았다네. 하지만 나이 서른이 넘도록 아무것도 하지 못했지."

"……."

석도명은 조용히 귀를 기울였다.

여운도가 뜬금없이 자신의 과거사를 털어놓는 까닭을 알 수 없었지만 뭔가 이유가 있을 것 같았다.

여운도의 이야기가 계속됐다.

부친의 동지였던 사마광의 안배 속에서 여씨세가의 가전무공을 수련하는데 청춘을 받친 여운도에게 운명적인 사랑이 찾아든 것은 서른한 살 때였다. 상대는 갓 스물의 아리따운 처자였다.

여운도의 고민은 깊었다. 언제 끝날지 모르는 천마협과의 싸움에 사랑하는 여인을 끌어들이고 싶지는 않았다. 차라리 죽은 것으로 알려진 여운도의 삶을 포기하고 그녀와 행복하게 살고 싶다는 소망이 자꾸만 부풀어 올랐다.

"나는 그녀를 버릴 수가 없었다네. 그래서 저주스런 가문의 업보도 벗어던지고 그녀와 멀리 떠날 생각을 했지."

하지만 잔인한 운명은 여운도를 가만 내버려두지 않았다. 사랑을 선택하기로 결심한 직후, 여운도에게 천마협의 승천패가 날아든 것이다. 여씨세가의 후계자가 생존해 있다는 사실을 천마협에서 알고 있다는 신호였다.

여운도는 당장 그날로 소헌부를 떠났다.

천마협과 싸울 힘이 부족했던 여운도에게 사마광은 무림맹을 등에 업으라는 조언을 해줬다. 그러기 위해서는 여운도가 무림맹에 입성하기 위한 실적이 필요했다.

그렇게 해서 시작된 것이 녹림18채를 상대로 한 2년간의 협객행이었다. 가슴속의 상처를 지우기 위해서 미친 듯이 싸우고 싸운 끝에 독고쟁패라는 별호를 얻었던 것이다.

"3년 만에 소헌부와 연락이 닿았지. 의형께서 나를 찾고 있다는 걸 알고는 서둘러 개봉으로 돌아갔다네. 그때서야 알게 됐지. 내가 씻을 수 없는 죄를 저질렀다는 것을."

개봉에서 여운도를 기다리고 있었던 것은 사랑하는 여인이 오래전 세상을 떠났다는 소식이었다. 그리고 그 여인이 남기고 간 어린 딸이 있었다. 바로 여운도의 핏줄이었다.

"나는 그녀가 아이를 가졌을 줄은 상상도 못했다네. 생각해보게, 처녀가 아이를 뱄는데 남자는 말도 없이 사라진 걸세. 그녀의 마음이 얼마나 끔찍했겠나? 아이를 낳고 열흘 만에 숨을 거둔 건 마음의 병이 그만큼 깊었던 탓이었을 게야. 그런데도 그녀는 나를 원망하지 않았다네."

강보에 쌓인 아기를 받아들고 여운도는 눈물조차 흘리지 못했다. 아이의 이름에 담긴 정인(情人)의 그리움을 읽었기 때문이다.

"내 이름과 그녀의 이름을 한 글자씩 따서 딸아이의 이름을 지었더군. 영신(英信)…… 그녀의 이름이라네."

"설마……."

석도명이 퍼뜩 스쳐가는 생각에 놀람을 감추지 못했다.

운도(雲道), 영신(英晨)…… 그리고 운영(雲英).

한운영은 바로 여운도의 딸이었다.

"그렇다네. 운영이가 바로 그 아이일세."

여운도는 자신의 딸조차 돌볼 수가 없었다. 자신에게 딸이 있다고 알려지는 순간, 천마협의 표적이 될 것이 두려웠다.

여운도는 한운영을 소헌부에 맡겼다.

그가 사랑했던 여인, 한영신은 그의 의형인 한지신의 막내 여동생이었다. 한지신은 조카인 한운영을 자신의 딸로 받아들였다.

 여운도는 그 뒤로 소헌부를 두 번 다시 찾지 않았다. 자신의 존재를 깨끗하게 지우는 것이 하나 뿐인 딸을 위하는 길이라고 믿었다.

 자신이 천마협의 위협 때문에 사랑하는 여인을 버리고 소헌부를 떠나야 했던 이유는 누구에게도 밝히지 못했다. 뭐라고 하든 구차한 변명에 지나지 않는다는 깊은 자책 때문이었다.

 "한 소저도 자신의 출생에 대해서 알고 있습니까?"

 그동안 납득하기 어려웠던 한운영의 행동들을 떠올리며 석도명이 물었다.

 여운도가 고개를 끄덕였다.

 "제 부모가 누구인지는 안다네. 의형께서는 당신의 불쌍한 여동생이 흔적 없이 지워지는 게 안타까웠던 모양일세. 적어도 딸아이만이라도 제 어미를 기억해 주기를 바라셨던 게지. 그러나 내가 왜 가족을 버려야 했는지는 그분조차 모른다네."

 석도명이 자신도 모르게 한숨을 내쉬었다.

 세상에는 숨겨야 하면서도 결코 숨길 수 없는 진실들이 있기 마련이다. 한지신과 여운도에게는 한영신이라는 이름이 그런 슬픈 진실이었으리라.

 아무리 고통스럽다고 한들 어찌 자식에게서 어미의 존재를 지울 수 있겠는가?

"천하가 알아주는 희대의 협객이시기는 하지요. 악당을 때려잡느라 모든 것을 잃으신."

모용세가로 가던 길에 한운영이 했던 말이 떠올랐다. 그 한마디에 모든 것이 담겨 있었다.

자신을 버리고 떠난 아버지에 대한 미움과 원망…… 그러면서도 끝내 지울 수 없는 그리움.

아마도 그 복잡한 마음이 한운영으로 하여금 강호에 뛰어들게 했으리라.

여운도의 음성이 이어졌다. 여운도의 얼굴은 이미 온통 검게 물들어 있었다. 독이 퍼질 대로 퍼지고 있다는 증거였다.

"그 아이가…… 내 딸이라는 사실이 밝혀져서는 안 된다네……. 부디 자네가…… 그걸 막아주게……. 그 아이가 쓸데없는 짓을 하지 못하게……."

석도명은 여운도가 자신의 과거를 털어놓은 이유를 헤아릴 수 있었다.

여운도는 자신이 죽고 난 뒤에라도 한운영의 존재가 알려질까 봐 두려운 것이다. 부친을 잃은 뒤 한운영이 어떤 돌발행동을 할지는 아무도 모를 일이었다.

석도명은 가슴이 먹먹해지는 기분이었다. 자신을 두고 세상을 떠난 사부의 마지막 심정이 이처럼 안타까웠을까?

"제가 여 소저를 지키겠습니다."

석도명이 여운도의 손을 굳게 잡았다.
　한운영을 굳이 '여 소저'로 부른 것은 여운도에 대한 연민 때문이다. 끝까지 자기 자식을 숨길 수밖에 없는 진한 부정이 가여웠다.
　뜻밖에 여운도가 고개를 저었다.
　"그 아이의…… 진짜 성은 여씨가…… 아니라네."
　"예?"
　석도명의 얼굴에 의혹이 서렸다.
　당최 알아들을 수 없는 이야기다. 한운영이 자신의 딸이라면서 정작 자신과는 성씨가 다르다니?
　여운도가 석도명에게 손짓을 했다. 귀를 가까이 대라는 의미였다.
　깊은 동굴 속에 단둘이 있으면서도 귓속말로 전하고 싶은 게 있는 모양이었다. 듣는 사람이 없는데도 함부로 입에 올리지 못할 만큼 중요한 내용이리라.
　석도명이 여운도의 입가에 귀를 가져갔다.
　여운도의 이야기는 생각보다 길었다. 여운도가 힘겹게 말을 이어가는 동안 석도명의 얼굴에는 여러 가지 감정이 잇달아 떠올랐다. 놀람과 충격…… 그리고 두려움이었다.
　잠시 뒤 여운도가 품 안에서 뭔가를 꺼내 석도명의 손에 쥐어줬다.
　"운영이에게…… 미안하다고…… 전해 주게……."

"예."

 그 말을 끝으로 여운도의 고개가 힘없이 꺾였다. 여운도는 눈을 감지 못한 채 세상을 떠났다.
 석도명은 여운도의 시신을 안아들고 동굴 밖으로 나왔다. 그리고는 산을 내려가기 시작했다. 깊은 밤이었지만 가슴이 터질 것 같아서 그냥 주저앉아 있을 수가 없었다.
 밤이 새도록 석도명은 그렇게 걷고 또 걸었다. 한운영이 아버지를 기다리고 있을 남쪽을 향해서.

* * *

 여운도를 구하기 위해 결성된 추격대가 낭아산 부근에서 석도명을 발견한 것은 다음날 새벽이었다. 석도명은 그들과 함께 신가촌에 도착했다.
 무림맹의 생존자들은 동료들의 시신을 수습하고, 부상자를 돌보느라 신가촌을 떠나지 못한 상태였다.
 여운도의 시신 앞에 사람들은 조용히 고개를 숙였다. 살아 있을 때는 거대 문파에 휘둘리는 무기력한 맹주라고 손가락질을 받았지만, 한평생을 그처럼 사욕 없이 살다간 사람도 드물었다.
 여운도의 추종자들은 그의 업적을 생각하며 슬픔을 가슴에 묻었고, 십대문파의 제자들은 침묵으로 경의를 표했다.

한운영은 의외로 차분하게 여운도의 죽음을 받아들였다. 차분하다 못해 냉담하기까지 한 한운영의 얼굴에서 깊은 슬픔과 원망을 읽은 사람은 오직 석도명뿐이었다.

하지만 무림맹으로 귀환할 때까지 석도명은 한운영에게 아무런 말도 할 수 없었다. 생부의 죽음을 마지막으로 지킨 사람이었기 때문일까? 한운영은 의도적으로 석도명을 피하는 기색이었다.

여운도의 장례는 무림맹에서 치러졌다. 무림맹주의 마지막 길은 장엄했다. 여운도의 평생지기(平生知己)이자 동료인 사마중이 정성을 다해 준비한 덕분이었다.

장례식이 끝나는 것과 동시에 무림맹 내부에는 편치 않은 기류가 감돌기 시작했다. 싸움이 있었으니 그 공과(功過)를 따져야 할 차례였다.

그 중심에 서야 할 사람은 다름 아닌 사마중과 석도명이었다. 이번 싸움의 주역이 바로 그 두 사람이었기 때문이다. 그것은 무림맹에 닥쳐올 또 다른 폭풍의 전조였다.

석도명은 여운도의 장례가 있던 날 오후에 군사 집무실로 불려갔다. 신가촌에서 같이 돌아왔지만 사마중이 뒷수습에 분주했던 탓에 두 사람이 독대를 할 기회는 없었다.

"수고했네. 자네가 없었으면 정말 큰일이 날 뻔했어."
"아닙니다. 약속대로 최선을 다했을 따름입니다."

달빛이 전하는 말(月亮代表我的心) 97

"허허, 어째 그 말이 내게는 약속을 지키라는 뜻으로 들리는구먼."

"……."

석도명은 대꾸를 하지 않았다.

몇 번 겪다 보니 사마중의 어법에 어느 정도 적응이 된 상태였다. 분명한 용건이 있지 않다면 자신을 이렇게 따로 부르지도 않았을 것이다.

"자, 그동안 나도 놀지는 않았다네."

사마중이 봉투를 꺼내 서탁에 올려놓았다.

그 안에서 나온 것은 전방(錢房)에서 발행한 수령증이었다. 대충 훑어보니 발행자는 팔복전장(八福錢莊)이라는 곳이고 주고받은 물건은 황금과…… 황금이었다.

"이게 뭔가요?"

"알다시피 사마세가는 꽤 많은 사업장을 거느리고 있다네. 그곳을 통해 식음가에 관련된 정보를 수집하다가 재미있는 물건을 하나 건졌지. 잘 살펴보게. 뭔가 이상하지 않은가?"

석도명이 손에 들린 종이를 다시 찬찬히 살펴봤다. 식음가에 관련된 물건이라고 생각하니 글자 하나도 허투루 읽히지 않았다.

"정말 이상하군요. 황금 1,000냥을 주고 7,000냥을 받아가다니……."

"오간 물건이 평범한 금괴는 아니라는 뜻이지. 그 뒷면을 보게."

 석도명이 수령증을 넘겨보니 뒷면에 따로 뭔가가 적혀 있었다. 황금 1,000냥에 대한 설명인 듯했다.

 석도명이 설명을 구하는 의미로 사마중을 바라봤다.

 "구월평(具月平)이라는 이름이 보이는가?"

 "예, 구월평 작(作)이라는 글귀가 있습니다."

 사마중이 싱긋 웃어 보였다. 이제부터 나올 이야기가 본론인 모양이었다.

 "잘 듣게나. 자네 사부의 가문은 식음가의 칭호를 받은 뒤로 명예는 물론 엄청난 부를 축적했다네. 지금은 아는 사람이 별로 없는 이야기지만 '식음가의 황금현판'이라는 물건이 있었지. 자네 사부의 조부 되시는 분께서 황제의 친필이 담긴 식음가의 현판을 본떠서 만든 것이라 하네. 바로 그 현판을 만든 사람이 바로 송나라 최고의 장인(匠人)으로 명성을 떨친 구월평일세. 그걸 만드는 데 황금 1,000냥이 들어갔고."

 "그러면 이 물건이……."

 석도명의 손이 가늘게 떨렸다. 자신의 손에 들린 이 종잇장이 바로 식음가의 황금현판을 거래한 문서였다.

 사마중이 담담하게 설명을 이어갔다.

 "황명으로 식음가의 현판은 회수됐지만 황금현판은 그대로 남겨졌다고 하네. 어쨌거나 그건 개인재산이었으니 딱히 압수할 명분이 없었던 게지. 자네 사부의 부친께서도 황금현판만은 끝까지 팔지 않고 하북으로 가져 가셨다고 하네만……."

사마중이 말꼬리를 흐렸다. 다음에 이어질 이야기는 식음가의 식솔들이 산적을 만나 참변을 당한 대목이었다. 황금현판은 바로 그때 사라졌으리라.

"이걸 쫓아가면 홍수를 찾을 수 있겠군요. 그런데 이런 결정적인 증거물을 왜 없애지 않았을까요?"

"허허, 답이 그 안에 있지 않은가? 당대 최고의 장인이 만든 식음가의 보물. 아마 지금은 그 가치가 1만 냥이 넘을 걸세. 녹여서 팔기엔 너무 아까운 물건이지."

"……."

석도명의 가슴이 끓어올랐다.

혐오스런 이야기다. 권력과 재물을 탐해 죄 없는 사람들을 죽였다. 그렇게 취한 물건을 뻔뻔하게 사고팔았다. 그러면서도 자신들의 죄상이 드러날 것을 두려워하기보다는 재물의 값어치가 떨어질 것을 더 걱정하다니!

"이제 그것으로 무엇을 할 텐가?"

사마중의 질문에 석도명이 가슴속의 분노를 애써 가라앉혔다. 화는 나중에 내도 늦지 않을 것이다. 지금은 침착하게 단서를 추적하는 게 더 중요하다.

"꼬리를 잡았으니 차근차근 파헤쳐 볼 생각입니다. 무엇을 할지는 홍수를 찾아내고, 진실을 밝혀 낸 다음에 결정할 일이겠지요."

"진실부터 밝히겠다. 좋은 생각이네만 쉽지는 않을 걸세. 자네 무공이 아무리 고절한들……."

"무엇이 문제입니까?"

석도명은 사마중이 유독 무공을 강조한 대목이 마음에 걸렸다. 무공으로도 넘을 수 없는 거대한 장벽이 있다는 소리로 들렸다.

사마중이 손끝으로 탁자를 가볍게 두드렸다. 입 밖으로 꺼내기가 곤란한 눈치였다.

"팔복전장에 황금현판을 넘긴 곳은 추밀사(樞密使) 양국원(梁國元) 대감댁이라네. 황제가 아니고서야 누가 감히 추밀사를 추궁할 수 있겠는가?"

사마중의 우려는 사실이었다.

추밀사는 황제의 명을 직접 받들어 군문을 총지휘하는 추밀원(樞密院)의 수장이다. 사실상 병권을 손에 틀어쥐다시피 한 요직 중의 요직이요, 실세 중의 실세였다.

그런 고위관료의 집에서 황금 7,000냥짜리 물건이 흘러 나왔다면 보통 일이 아니었다. 그것도 오래전에 멸문을 당한 식음가의 유물이라면 더더구나 심각한 문제였다.

필경 양국원의 입장에서는 감추고 싶은 일일 테고, 그의 힘이라면 팔복전장의 전표쯤은 휴지조각으로 만들고도 남았다.

석도명은 가슴이 답답했지만 그럴수록 포기하고 싶은 마음은 오히려 생기지 않았다.

'간이 너무 커졌나?'

생각해 보면 여진의 10만 대군 앞에서도 기죽지 않고 싸웠던 몸이다. 여운도는 황제가 거느린 백만 대군도 두렵지 않다고 했는데 이만한 일로 겁부터 먹을 수는 없는 일이었다.

석도명은 사마중의 집무실을 나와 곧장 유일소의 무덤으로 향했다.

먼 길을 다녀온 터라 오랜만에 인사도 올려야 했고, 식음가에 대해 생각할 것도 많았다.

석도명은 사부의 무덤을 쉽게 떠나지 못했다. 며칠 전 진법에 갇혀 사부의 환영을 본 탓인지 그리움이 유난히도 북받쳐 올랐다.

석도명은 결국 제법 길어진 봄날의 해가 서편으로 뉘엿뉘엿 기울 무렵에야 자리를 털고 일어났다.

"사부님, 개봉에 다녀와서 다시 인사드리겠습니다. 다음번에는 누이와 함께 오겠습니다."

석도명은 당장 내일이라도 개봉으로 떠날 생각이었다.

추밀사 양국원을 만나야 하는 것은 물론, 정연과 약속한 3년의 기한이 코앞에 다가와 있었다. 식음가의 문제를 해결하려면 시간이 더 필요했지만 일단은 정연을 사춘각에서 데리고 나와야 했다.

'누이, 이번에도 나를 이해해 줄 거죠?'

식음가의 비극을 파헤치기 위해 얼마나 거친 길을 가야 할지, 또 얼마나 오랜 시간이 걸릴지 장담할 수 없는 형편이다.
　그러나 정연이라면 자신을 끝내 지켜봐줄 것이라고 석도명은 굳게 믿었다.

　잠시 뒤 석도명은 석양을 받으며 벌판을 가로질러 여가허로 가고 있었다.
　그런데 석도명이 갑자기 멈춰 섰다. 벌판 저쪽에서 누군가를 발견했기 때문이다.
　한운영이 혼자서 어디론가 가고 있었다.
　석도명의 이마에 살짝 주름이 잡혔다. 한운영의 발걸음이 편치 않아 보인 탓이다. 목표를 갖고 걷는 게 아니라, 넋을 잃고 정처 없이 걷는 걸음이었다.
　오늘 아침 여운도의 장례 때 보여준 차갑고 빈틈없는 모습은 남아 있지 않았다. 남들 앞에서는 태연한 척했지만, 혼자 있을 때조차 생부를 잃은 슬픔을 감출 수는 없는 모양이다.
　석도명이 조용히 한운영의 뒤를 쫓았다.
　한운영은 오래도록 걸었다. 벌판을 가로질러 여가허 외곽으로 나간 뒤에 작은 산을 하나 넘고 또다시 벌판을 지나갔다. 밤이 깊어진 뒤에도 사방에 불빛 하나 보이지 않는 외진 길을 한운영은 쉬지 않고 걸었다. 이대로 땅 끝까지라도 걸어갈 기세였다.

멀찌감치 떨어져 한운영을 조용히 따라가던 석도명이 걱정스런 얼굴로 하늘을 올려다봤다.

해가 질 때만 해도 맑던 하늘이 먹구름에 뒤덮여 있었다. 공기마저 습한 것을 보면 비라도 한바탕 퍼부을 것 같았다. 그리고 머지않아 정말로 장대비가 쏟아지기 시작했다.

한운영이 멈춰 서서 망연히 비를 맞았다.

석도명이 어쩔 수 없이 인기척을 내며 다가갔다.

"비를 피해야 하지 않을까요?"

"……."

석도명의 음성을 금방 알아들었는지 한운영은 별로 놀라는 기색을 보이지 않았다. 그저 조용히 석도명의 뒤를 따랐을 뿐이다.

석도명은 그나마 비가 덜 들이치는 나무 밑으로 한운영을 안내했다. 관음의 경지로 살펴봐도 주변에 인가 한 채 보이지 않았기 때문이다.

쏴—아.

거침없이 퍼붓는 빗속에서 두 사람은 좀처럼 입을 열지 않았다.

제법 오랜 침묵 끝에 석도명이 이야기를 시작했다.

"제가 사부님을 처음 모신 게 열 살 때입니다. 저를 거둔 지 얼마 되지 않은 어느 밤이었지요. 술에 잔뜩 취해서 집에 돌아오신 사부님께서 '달빛이 참으로 밝구나'라고 하셨답니다."

"……."

한운영은 대답을 하지 않았다. 굵은 비가 퍼붓는 밤에 석도명이 갑자기 달빛 이야기를 하는 까닭을 알지 못해서다.

"제 사부님은 앞을 보시지 못하는 분입니다. 그때는 수련을 받느라 저 역시 눈을 가리고 살았지요."

"그런데 어떻게……."

장님이 어찌 달빛을 보았느냐는 당연한 궁금증이다.

"저도 같은 생각이 들어서 사부님께 여쭤 봤지요. 그랬다가 꾸중만 들었습니다. 천지사방에 가득한 것이 만월의 기운인데 어찌 그것을 느끼지 못하느냐고요."

"아……."

한운영이 고개를 끄덕였다. 석도명 같은 사람을 키워낸 사부라면 달빛을 보지 않고도 느끼는 게 오히려 정상일 것만 같았다.

"헌데 말입니다. 사부님이 그 말씀을 하시고 방으로 들어가자마자 무슨 일이 생긴 줄 아십니까?"

"글쎄요."

"엄청난 폭우가 쏟아졌지요. 밤이 새도록 말입니다."

"훗!"

한운영이 웃음 섞인 바람을 토해냈다.

보름달이 환한 하늘에서 갑자기 폭우가 쏟아질 리가 없다. 아무래도 석도명의 사부가 짓궂은 장난을 친 모양이다. 어린 석도명이 얼마나 황당한 얼굴이었을지 상상이 됐다.

"제 사부님이 원래 그런 분이기는 하셨습니다. 말과 행동에 앞뒤가 안 맞고, 변덕이 죽 끓듯 하고, 화가 나면 걷잡을 수 없이 폭발하고…… 이유도 모른 채 사부님께 참 많이 맞았지요."

하나같이 좋지 않은 소리다. 사람이 저 정도로 괴팍스럽기도 쉽지는 않으리라.

그런데도 한운영은 석도명의 음성에서 스승을 향한 그리움을 느꼈다.

"그렇군요……."

'당신의 사부는 그렇게 고약한 사람이군요'라는 의미가 아니다. 한운영은 석도명이 사부를 그리워하는 마음을 알겠다고 말한 것이다.

"그날 밤 달이 밝다고 하신 것도 그저 저를 곯린 것인 줄 알았지요. 사부님이 돌아가실 때까지도 저는 몰랐던 겁니다."

"……."

한운영은 석도명이 무엇을 몰랐던 거냐고 묻지 못했다. 석도명의 눈에서 느닷없이 한 줄기 눈물이 흘러내렸기 때문이다.

"그날 밤 사부님께서는 제게 비가 아니라 달빛을 보여주고 싶으셨던 건데…… 제가 어리석어 알아듣지를 못했던 거죠."

흐르는 눈물과 달리 석도명의 어조는 여전히 담담했다.

슬픔은 슬픔으로 위로를 받는 것일까? 회한이 가득한 석도명의 얼굴을 바라보면서 한운영은 자신이 짊어진 슬픔의 무게가 조금은 가벼워지는 기분이 들었다.

그때 석도명이 손을 뻗어 한운영의 손을 잡았다.

평소 같으면 냉정하게 뿌리치고도 남을, 더 나가 뺨이라도 갈겼을 한운영이 석도명의 손을 선선히 받아들였다. 스스로 위로를 받고 싶은 것인지, 석도명을 위로해 주고 싶은 건지 알 수 없는 마음이다.

손을 잡은 것만으로도 부족했던 것일까? 석도명이 한운영을 똑바로 바라보며 말했다.

"한 소저, 눈을 감으세요."

무례한 요구였지만 그 말을 건네는 석도명의 얼굴이 너무 맑아서 한운영은 대꾸조차 하지 못했다.

한운영이 체념하듯 눈을 감았다.

"소저, 어둠 안에서 마음을 지키십시오(暗中守心). 그 안에서 다시 마음을 볼 것입니다(暗發心現)."

석도명의 음성이 한운영의 귓가에 흘러들었다.

다음 순간 한운영은 석도명의 손이 더없이 서늘해지는 느낌을 받았다. 그리고 석도명의 손으로부터 알 수 없는 기운이 쏟아져 들어오기 시작했다.

혈맥을 타고 흐르는 내공 같은 게 아니다. 한운영의 세포 하나하나, 뼈 마디마디가 그 기운을 따라 되살아나는 것 같더니 이윽고 온몸이 짙은 어둠에 휘감겨들었다.

어둠이라면 으레 두렵고 칙칙하기 마련이지만 석도명이 안겨준 어둠은 완벽한 암흑이면서도 그 느낌이 너무 투명했다.
 한운영은 문득 자신의 귀에서 사나운 빗소리가 지워졌음을 알았다. 습하고 차갑던 밤공기도 조금씩 따스해지는 느낌이 들었다.
 아니, 한운영의 몸을 따스하게 감싸 안은 것은 그 어둠마저 녹이며 쏟아지는…… 비단결같이 부드러운 빛이었다.
 둥실.
 한운영의 머리 위로 한 치의 이지러짐도 없는 둥근 달이 떠올랐다.
 만월(滿月).
 어느새 한운영과 석도명은 보름달 아래 앉아 있었다.
 한운영은 생각했다. 살면서 이렇게 고운 달을 본 적이 있던가?
 얼마나 달빛에 취해 있었을까? 한운영의 손에서 석도명의 손이 천천히 떨어졌다. 그와 동시에 달빛이 스러지고, 어둠이 밀려 나갔다.
 쏴―아.
 어둠이 빠져 나간 자리를 거친 빗소리가 다시 가득 채웠다.
 한운영이 아쉬운 마음으로 눈을 떴다.
 변한 건 없었다. 세상은 여전히 비에 덮여 있고, 공기는 야속할 정도로 차갑다.
 한운영이 석도명의 눈을 응시했다. 묻고 있는 것이다. 당신이 내게 보여준 것은 그저 환상이었냐고.

"환상도 착각도 아닙니다. 소저가 본 것은 조금의 거짓도 없는 진실한 달빛입니다."

"어떻게…… 이렇게 비가 오는데…… 달은 뜨지도 않았는데……."

석도명이 고개를 가로저었다.

"달은 뜨지 않은 게 아니라, 비구름에 잠시 가렸을 뿐입니다. 이 순간에도 달빛은 저 너머, 구름 위에서 환히 비치고 있습니다. 우리가 낮은 곳에 있어 보지를 못할 따름이지요. 달은 오늘도 정성을 다해서 세상을 비추고 있는데 정작 사람들이 알아주지 않는 겁니다."

"……."

대답이 없다. 석도명의 말에 담긴 뜻이 가슴에 와 닿은 것이다.

"그날 밤 사부님은 어린 저에게 그걸 보여주고 싶으셨던 겁니다. 그런데 너무 늦었지요. 제 깨달음이."

"예……."

"그러니 오늘 같은 밤에 달이 뜨지 않았다고 원망하면 안 되는 겁니다."

"달을 원망하지 않아요. 저 너머에서 나를 비춰주고 있다는 걸 알았잖아요."

한운영이 마치 달을 잡기라도 하려는 듯이 손을 들어 하늘로 뻗었다.

"그렇습니다. 보이지 않고, 손으로 잡을 수 없다고 해서 사라진 건 아닙니다. 제 사부님은 구름 저편으로 떠나셨지만 사부님이 남겨주신 가르침, 어리석은 제자를 걱정하시는 마음만은 여기 고스란히 남아 있습니다."

석도명이 가슴에 한 손을 얹은 채로 말을 이어갔다.

"맹주님, 아니 아버님을 원망하지 마십시오."

"어, 어떻게……."

한운영이 놀라서 말을 잊지 못했다.

석도명이 여운도의 임종을 지키기는 했지만 설마 자신의 출생에 얽힌 비밀을 들었으리라고는 상상도 하지 못했다.

석도명이 여운도에게서 들은 이야기를 한운영에게 전했다. 여운도가 정인을 버리고 소헌부를 떠나야 했던 이유, 딸이 살고 있는 소헌부에 다시 돌아가지 못한 사연을.

그리고 품에서 옥으로 만든 노리개를 꺼내 한운영에게 내밀었다.

"아버님께서 남기셨습니다. 어머님께 정표로 받으신 물건이랍니다."

"……."

노리개를 받아 든 한운영은 슬픔에 겨워 몸을 떨면서도 끝내 눈물을 보이지 않았다. 아마도 눈물을 참는 게 버릇이 된 모양이었다.

석도명이 다시 말을 이어갔다. 조금 전에 다하지 못한 이야기였다.

"소저의 아버님께서 평생 짊어져야 했던 짐이 너무 무거웠습니다. 번뇌가 구름이 되고, 업보가 비가 되어……, 그래서 소저께 다가갈 수 없었던 겁니다. 하지만 아셔야 합니다. 보여주지는 못했지만 소저를 향한 그분의 마음만은 언제나 만월이었습니다. 그리고 이제 그 마음을 기억해 줄 사람은…… 천하에 오직 소저뿐입니다."

"흑흑……."

마침내 꼭꼭 잠겨 있던 마음 한구석이 무너져 내렸다.

가슴을 부여잡고 서럽게 울어대던 한운영의 몸이 천천히 석도명의 품으로 기울어졌다.

석도명이 한운영의 어깨를 부드럽게 토닥였다.

석도명은 생각했다. 이 밤이 다한 뒤에도 달은 다시 뜰 것이다. 그리고 한운영의 슬픔 또한 조금은 옅어지리라.

제4장
진실의 빗장

 단호경이 잔뜩 찡그린 얼굴로 거리를 걷고 있다.
 "망할……놈, 혼자 가겠다고?"
 석도명으로부터 개봉에 다녀오겠다는 이야기를 들은 게 바로 어제다. 사부의 가문에 관계된 일이라는 것 외에는 아무런 설명도 없었다.
 따라가겠다고 했지만 석도명은 그럴 필요가 없다며 싱겁게 웃고 말았다.
 단호경은 그게 더 불안했다.
 몇 년 전에도 사부의 유지를 받들러 잠시 강남에 다녀오겠다고 서찰 한 통을 보내놓고는 행방불명이 되지 않았던가? 왠지 이번에도 석도명이 훌쩍 사라져 버릴 것만 같았다.

"젠장…… 이번 기회에 무림맹을 확 때려 쳐?"

사실 석도명을 마음대로 따라나설 수도 없었다. 자신은 무림맹에 매인 처지다.

석도명의 경우 형식상 사마중으로부터 출장 명령을 받기도 했지만, 마음만 먹으면 언제고 후련하게 무림맹을 떠날 수 있는 사람이었다.

하지만 단호경에게는 무림맹주가 되겠다는 무모하지만 오래된 꿈이 있다. 잇달아 공을 세운 덕분에 이제야 주변에서 인정을 받기 시작했는데, 어떻게 무림맹을 박차고 나가겠는가?

그럼에도 단호경은 석도명에게서 떨어지기가 싫었다. 석도명이 없는 삶이란 상상도 할 수 없었다.

단호경이 어지러운 마음에 머리를 세차게 흔들었다. 그의 걸음은 어느덧 소란스런 저잣거리로 접어들고 있었다. 석도명을 만나기 위해 염씨 노인집으로 가는 길이었다.

"응, 뭐야?"

고민에 빠져 있던 단호경이 고개를 들었다. 저잣거리가 오늘따라 유난히도 시끄러웠다. 무슨 구경거리라도 생겼는지 행인들이 잔뜩 몰려들어 길이 막힐 정도였다.

단호경이 거칠게 사람들을 헤치며 앞으로 걸어 나갔다. 어차피 지나갈 길이기도 했지만, 앞에 대체 뭐가 있을까 하는 호기심도 감출 수가 없었다.

무림맹 복장에 장대한 체구, 험악한 인상 덕분에 사람들은 단호경에게 쉽게 길을 터줬다.

"헛!"

거침없이 앞으로 나가던 단호경이 놀라서 걸음을 멈췄다.

사람들이 몰려든 한복판에 젊은 여인 두 명이 서 있었다.

'예쁘다…… 너무…….'

얼핏 보기에 자매가 아닐까 싶은 두 여인은 모두 미인이었지만 언니로 보이는 쪽이 훨씬 더 아름다웠다.

그동안 한운영과 남궁설리를 가까이 한 덕분에 여자를 보는 눈이 꽤나 높아졌다고 자부하던 단호경이다.

그러나 눈앞의 여인을 보는 순간, 심장이 얼어붙고 혼이 빠지는 느낌이었다.

태어나 처음 보는 대단한 미모이기도 했지만, 단호경의 가슴을 가득 채운 것은 알 수 없는 보호본능이었다. 이런 여자를 위해서라면 기꺼이 죽어줄 수도 있을 것만 같았다.

헌데 무슨 조화였을까? 그 꽃다운 여인들이 단호경을 보자 반색을 하며 다가왔다. 단호경은 황홀한 꿈을 꾸는 기분이었다.

"무림맹에 계신 분이로군요."

여인의 첫마디가 단호경의 꿈을 절반쯤 부숴놓았다. 단호경에게 관심이 있어서가 아니라, 옷을 보고 다가온 것이다. 아마도 무림맹에 볼 일이 있는 모양이었다.

하긴, 이런 보기 드문 미녀가 여가허에서 찾아갈 곳이 무림 맹이 아니면 어디겠는가?

"예, 보시다시피…… 제가 뭐 도울 일이라도……."

약간의 실망이 있기는 했지만 미녀 앞에서 저절로 발동되는 단호경의 봉사정신은 여전했다.

"제 동생도 무림맹에 있답니다. 동생을 만나러 가는 길인데……."

"하하, 이거 낭자의 동생이 무림맹에 있다니 어째 남 같지가 않습니다. 하하하!"

단호경이 짐짓 호탕하게 웃어 보였다.

보아하니 상대는 무림맹이 초행길이다. 달리 마중을 나온 사람이 없는 것을 보면 그리 대단한 문파와 줄이 닿아 있는 것 같지는 않았다. 그렇다면 동생이라는 자도 별 볼일 없는 인물일 가능성이 높았다.

반면, 요즘 무림맹에서 열화검(熱火劍) 단호경 하면 꽤나 알아주는 존재다. 부족한 동생을 잘 돌봐주겠다고 구슬리면 여인과의 인연을 어떻게든 이어갈 수도 있을 듯했다.

단호경이 입가에 미소를 머금은 채 여인에게 물었다.

"그래, 동생분의 이름이 어찌되는지……."

"석도명이라고 합니다."

"헉!"

단호경의 입에서 비명이 터졌다.

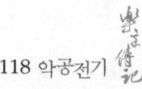

석도명이라니? 당최 사적인 대화가 없기는 했지만 석도명에게 이렇게 아름다운 누이가 있을 줄이야!

"도명이를 아시나요?"

"험험, 그럼요! 저와는 의형제올시다."

"어머, 단 소협이시군요. 말씀 많이 들었어요."

미모의 여인, 정연이 덥석 단호경의 손을 잡았다.

난생처음 보는 얼굴인데도 정연에게는 단호경이 친숙하기만 했다. 석도명이 여가허에 온 뒤로 몇 차례 서찰을 보내 안부를 전하면서 단호경의 이야기를 했기 때문이다.

외톨이로 자란 석도명에게 가까운 사람이 생기는 것은 언제나 반가운 일이었다. 그것도 의형제를 맺을 정도면 얼마나 의지가 되는 사람이겠는가?

정연은 그동안 단호경이 석도명을 얼마나 막 대했는지는 전혀 몰랐다. 남의 험담을 하지 못하는 석도명의 성품 탓이다.

'제길, 이럴 줄 알았으면 좀 잘해 줄 걸……'

혼자 발이 저린 쪽은 오히려 단호경이었다.

"험험, 무슨 말씀을 들으셨는지 모르겠지만…… 알고 보면 저도…… 나쁜 놈은 아닙니다."

단호경의 당혹스런 속내를 알지 못하는 정연은 그저 반갑기만 한 눈치였다.

"도명이에게 이렇게 듬직한 아우가 있어서 정말 다행이에요."

"예, 제가 많이…… 듬직하기는 하지요."

단호경의 얼굴이 붉게 달아올랐다. 태어나서 여인에게 이렇게 따듯한 대접을 받기는 처음이었다.

잠시 뒤 단호경은 두 명의 미인, 정연과 채향을 안내해 사람들을 헤치고 어디론가 사라졌다. 두말 할 것도 없이 그가 향한 곳은 염씨 노인 집이었다.

    *   *   *

추밀사 양국원의 집은 철옹성을 방불케 할 정도로 높은 담에 둘러싸여 있었다. 하늘을 찌를 듯이 높이 솟아 오른 대문 앞에 서면 누구라도 주눅이 들었다.

그 거대한 저택 한가운데에 양국원의 서재가 있었다.

"무림맹에서 온 석도명이라고?"

양국원은 자신을 찾아온 낯선 손님의 이름을 전해 듣고는 고개를 갸웃거렸다.

무림맹의 석도명이라면 최근 군문에서도 깊은 관심을 갖고 있는 인물이기는 했다. 그러나 자신과는 일면식도 없는 사이다. 그가 제 발로 찾아온 까닭이 헤아려지지 않았다.

"안으로 모셔라."

총관에게 짤막하게 명을 내린 양국원이 손가락으로 관자놀이를 문지르며 뭔가를 궁리하기 시작했다.

"흠, 신적비장(神笛秘將)이라고 했던가?"

송나라 군문이 석도명에게 관심을 보이는 이유는 어수선한 북방의 정세 때문이다.

반란으로 끝나지 않을까 했던 여진군의 기세는 날이 갈수록 거세졌다. 요나라의 명장 야율부리마저 대파한 아골타의 군대는 파죽지세로 거란의 땅을 유린하고 있었다.

그로 인해 송나라 조정 또한 패가 갈려 연일 논쟁을 벌이는 중이었다.

한쪽에서는 요나라를 견제하기 위해 아골타와 손을 잡자고 주장한 반면, 반대파에서는 여진족이 강성해지면 결국 나라의 우환이 될 것이니 전쟁에 대비해야 한다고 목청을 높였다.

그런 와중에 석도명이 여진의 10만 대군을 혼쭐내고 신적비장이라는 거창한 별호를 얻었다는 소식이 전해진 것이다.

양국원이 빠르게 주판을 통겼다.

오랑캐의 발호로 조정이 바짝 긴장하고 있는 상황에서 석도명을 자신의 편으로 끌어들일 수 있다면 여러모로 도움이 될 터였다.

본시 관부와 강호가 거리를 두고 있는지라 먼저 손을 뻗지는 못했지만 석도명이 스스로 찾아온 이상 적극적으로 붙잡아 볼 생각이었다.

더구나 자신이 조사를 한 바로는 석도명은 알려진 문파의 제자가 아니다. 강호에서 발을 빼는데 크게 문제가 없다는 이야기다.

양국원이 싱긋 웃었다. 아무리 생각해도 호박이 넝쿨째 굴러든 느낌이었다.

"나랏일로 바쁘실 테데 시간을 내주셔서 감사합니다."

대단한 고수라기에 다소 뻣뻣하지 않을까 했던 양국원의 우려와 달리, 석도명은 공손했다.

석도명에게 잔뜩 기대를 걸고 있던 터라 양국원은 그 겸손함이 흡족하게만 여겨졌다.

"허허, 천하를 진동시킨 강호의 영웅이 내 집을 찾아주다니. 나야말로 무한한 영광일세."

양국원이 의도적으로 석도명을 추켜세웠다. 이래봬도 세 치 혀로 황제를 구워삶고 정적(政敵)을 해치운 솜씨가 아니던가!

석도명의 반응은 담담했다.

"과장된 소문을 들으신 모양입니다."

"허허, 실력에 겸양까지 갖췄구먼. 자네와 같은 젊은이들이 많이 나와야 나라가 바로 설 텐데 말이야. 조정에는 어찌 그리 인재가 부족한지."

"……."

석도명은 거듭되는 과찬에 대꾸를 하지 않았다.

양국원이 그 침묵에 담긴 불편함을 눈치챘다. 상대는 자신과 마주 앉아 입에 발린 덕담이나 나눌 생각이 없는 것이다.

가능성은 두 가지다. 처음부터 자신에게 적의를 품고 있거나, 아니면 시급하게 풀어야 할 중요한 민원이 있거나.

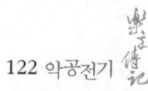

양국원은 일단 후자의 경우에 초점을 맞췄다. 생면부지의 상대가 자신에게 원한을 품을 가능성은 크지 않다는 판단이었다.

"험험, 그래 어쩐 일로 찾아주었는가? 혹여 내 도움이 필요하다면 힘이 닿는 데까지 돕겠네."

"실은…… 대감께 한 가지를 여쭤 보러 왔습니다."

"그게 뭔가? 어서 말해 보게."

양국원은 머릿속에서 뭔가가 엉키는 느낌이었다.

석도명의 표정과 음성이 너무 담담해서 아무것도 읽어낼 수가 없었다. 오랜 세월 수많은 사람을 만나봤지만 이렇게 파악이 안 되는 상대는 처음이다.

"저는 식음가의 제자입니다."

"식음가?"

뜻밖의 이름이었다.

식음가가 멸문을 당한 것은 양국원이 열 몇 살 때의 일이다. 40년이 훨씬 넘은 옛일을 두고 이 젊은 청년이 무슨 할 말이 있는 걸까? 아니, 자신이 식음가와 대체 무슨 상관이란 말인가?

"식음가의 황금현판이 대감 댁에 있었다는 사실을 아십니까? 그 물건을 어디서 얻으셨는지 알고 싶습니다."

"식음가의 황금현판이라니? 금시초문일세만."

양국원이 황당하다는 표정을 지었다.

식음가의 황금현판에 대해서는 정말로 아는 게 없었다.

석도명이 품에서 뭔가를 꺼내 양국원 앞에 내려놓았다. 사마중에게서 얻은 팔복전장의 수령증이다.

양국원이 수령증을 꼼꼼히 들여다보더니 한 차례 헛기침을 했다. 내심 짚이는 게 있었다.

수령증에 적힌 고무성(高務成)이라는 이름은 바로 자기 가문의 총관이다. 돈이 오간 시점은 지금으로부터 정확히 3년 전, 금액은 황금 7,000냥.

생각해 보니 그 무렵 강남에서 조운(漕運; 수상운송)의 권한을 대대적으로 조정하는 과정에서 세도가 몇 곳이 공모해 특정 상단의 뒤를 봐준 적이 있었다. 그 대가를 챙겨서 분배하는 일을 자신이 맡았는데 그때 오간 돈이 대략 황금으로 1만 2,000냥 정도였다.

물론 상납 받은 재화와 보물을 황금으로 바꾸는 작업은 철저히 고무성이 알아서 했고, 자신은 결과만 보고를 받았을 뿐이다. 헌데 그때 받은 물건 가운데 식음가의 황금현판이 섞여 있었던 모양이다.

전후사정을 파악했다고 해도 양국원은 그 일을 석도명에게 털어놓을 수는 없었다. 여러 가문의 명운이 걸린 일이었다.

"크흠, 이깟 종잇장으로 뭘 하자는 건가? 위조된 물건일 수도 있고······."

양국원이 말꼬리를 흐렸다. 그 뒤에 생략된 말은 '내 손으로 찢어 버리면 그만 아니냐'였다.

석도명이라고 그걸 모를 리가 없다. 사마중 또한 그걸 전해 주면서 종이 한 장으로 될 일이 아니라고 충고하지 않았던가.

"대감을 곤란하게 할 생각은 추호도 없습니다. 제가 알고 싶은 것은 40여 년 전에 그 물건을 식음가에서 탈취해간 자가 누구냐 하는 것입니다. 대감의 가문과는 아무 관계가 없는 일이지요."

석도명이 무턱대고 양국원을 찾아온 것은 아니었다.

사마중이 알려준 바에 따르면 양국원의 가문은 식음가의 멸문에 관여할 만한 위치에 있지 않았다. 당시 양국원의 부친은 시골에서 글 선생 노릇으로 입에 풀칠을 하던 처지라고 했다. 양국원이 자수성가로 권력을 손에 쥔 것은 그로부터 한참 뒤의 일이다.

석도명이 양국원을 찾아온 것은 그런 이유에서였다. 자기 가문의 비리를 캐려는 의도가 아니라는 점만 분명히 하면 황금현판의 출처를 알려 줄지도 모른다고 생각한 것이다. 사실 직접 묻는 것 말고는 다른 방법이 없기도 했지만.

석도명이 자신의 비리에는 관심이 없다는 사실에 양국원은 일단 자신감을 회복했다. 그 덕분에 그의 말투가 한껏 여유로워졌다.

"거참 유감이로구먼. 정치란 것을 하다 보면 참으로 복잡한 일을 겪게 된다네. 세상 사람들이 보기에 옳지 못한 일이 나중에 수많은 사람들을 살리기도 하고, 반대로 명분과 도덕에만 집착하다가 백성을 도탄에 빠뜨리기도 하지. 그 섬세한 차이를 알지 못해서 정치판에서 헛되이 목숨을 잃는 사람이 많다네. 안타까운 일이지."

"……"

석도명은 묵묵히 듣기만 했다. 정치꾼이 자신의 행위를 합리화하려고 하는 말에 맞장구를 치거나, 따지고 덤비려고 온 게 아니었다.

"나는 자네가 그런 시시콜콜한 문제에서 벗어나 대국적인 견지(見地; 사물을 보는 입장)에서 접근했으면 하는 소망이 있네만……."

"말씀하시지요."

"나라를 위해서 자네의 힘을 좀 빌리고 싶네. 자네가 내 부탁을 들어주면 나 또한 자네를 위해 힘을 써주겠다는 말일세."

양국원이 제안한 것은 일종의 거래였다. 사마중이 그랬던 것처럼 석도명에게 모종의 임무를 맡기는 조건으로 황금현판의 출처를 알려주겠다는 이야기다.

석도명이 가늘게 한숨을 쉬었다.

말 몇 마디로 문제를 풀 수 있으리라는 기대는 처음부터 하지 않았다. 그러나 양국원의 제안을 덥석 받아들이기는 께름칙했다. 일국의 군무(軍務)를 주무르는 고위관리가 시킬 일이 무림의 일보다 훨씬 더 힘들고 위험할 것이라는 점은 분명했다.

결국 석도명은 아무런 성과도 얻지 못한 채 양국원의 집을 나섰다. 서로 도움을 주고받자는 제안에 대해서는 대답을 유

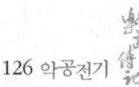

보한 채.

석도명은 그날 저녁 사춘각을 찾아갔다.
당환지가 놀란 얼굴로 석도명을 맞았다.
"아니, 정연이가 이틀 전에 널 찾아갔는데…… 쯧쯧, 길이 엇갈렸나 보구나."
당환지가 혀를 찼다.
정연이 약속보다 달포가량 일찍 사춘각을 떠난 것은 지배인 구진서와 당환지의 배려였다. 사춘각을 일으켜 세운 정연의 공로를 생각해서 조금이라도 아량을 베풀어 달라고 가주에게 간절하게 부탁한 결과였다.
헌데 그게 되레 두 사람의 만남을 어긋나게 한 모양이다. 어째 하늘이 두 사람에게 계속 심술만 부리는 게 아닌가 하는 불길한 생각까지 떠올랐다.
그런데 정작 당사자인 석도명은 환하게 웃었다.
"아니에요. 오늘 아침까지 여가허에 같이 있었던 걸요."
"그랬구나……."
당환지가 고개를 끄덕였다.
석도명이 무공의 고수라는 사실을 깜빡했었다. 여가허에서 개봉까지 오는 데 며칠씩이나 걸릴 사람이 아닌데 말이다.
그럼에도 당환지는 불안한 마음을 지우지 못했다. 석도명이 그토록 애지중지하는 정연을 여가허에 남겨 두고 개봉에 나타난 데는 피치 못할 사정이 있을 게 분명했다.
 그렇게 생각한 탓일까? 확실히 석도명의 얼굴에 수심이 드리운 것도 같았다.
 "자자, 들어가서 술이나 한 잔 하자고."
 당환지가 석도명의 손을 잡아끌었다.
 술이라도 마시지 않고서는 석도명의 근심을 들어줄 배짱이 없었다. 자신은 초라하게 늙어가는 한낱 경비무사일 뿐이고, 석도명은 강호를 뒤흔드는 고수가 아니던가.

 "그래, 뭐가 고민이냐? 정연이도 되찾았는데."
 술잔이 제법 오간 뒤에 당환지가 단도직입으로 물었다.
 "세상이 절 놔두지 않네요."
 "세상이라니? 감히 누가 널 건드려?"
 "하하, 건드리는 건 아니고요. 벼슬을 하랍니다, 저보고."
 "허허, 남들은 벼슬자리 하나 얻겠다고 돈을 싸들고 다니는 판인데······."
 당환지가 가볍게 웃었다.
 물론 농담이다. 석도명이 벼슬에 연연할 성격도 아니지만, 그 벼슬이라는 게 아무래도 심상치 않아 보였다.
 "군에 들어가라네요. 별장(別將) 자리를 주겠다고······. 그런데 제가 누이를 두고 어떻게 변방으로 떠나겠습니까?"
 양국원의 제안은 '정국이 안정될 때까지 북쪽 변방을 맡아

달라'는 것이었다.

여진군을 떨게 만든 절정고수가 가세할 경우 송나라 군사들의 사기가 크게 오르는 것은 물론, 거란이나 여진족에게는 경계심을 심어줄 수 있다는 계산이었다. 그리고 아골타와의 교섭이 필요한 결정적인 순간에 석도명을 써먹을 요량이기도 했다.

양국원은 석도명이 그 제안을 받아들인다면 자신이 직접 나서서 식음가의 원수를 찾아주겠다는 약속까지 했다.

어찌 보면 고민을 한꺼번에 털어버릴 수 있는 기회가 될 수도 있었다. 그러나 문제는 '정국이 안정될 때까지'라는 모호한 조건이다. 그게 몇 년이 걸릴지 대체 누가 알겠는가?

두 사람의 술자리는 밤늦도록 이어졌다.

석도명은 당환지를 붙잡고 마음속의 고민을 시원하게 털어놓을 수 있는 것만 해도 다행이라고 생각했다. 한때는 미워하고 원망했지만, 모든 오해가 풀린 지금에는 당환지만큼 의지가 되는 사람도 드물었다.

그렇게 한참 동안 석도명의 고민을 들어주기만 하던 당환지가 불쑥 한 마디를 내뱉었다.

"어쩌 네 녀석 고민이 전부 나 때문인 것 같구나."

"예? 왜 그런 생각을 하세요?"

"내가 너한테 조금만 너그러웠으면 정연이하고 그렇게 오래 떨어져 있지도 않았을 테고…… 지금 이런 고민을 할 필요도 없지 않겠냐, 그 말이다."

 당환지가 쓸쓸한 눈으로 석도명을 바라봤다.

 돌이켜 보면 어릴 때부터 사람을 따르는 것 말고는 별 다른 욕심이 없는 녀석이었다.

 사내 녀석이 뭔가를 해보려는 의지가 없다고 꽤나 구박을 했지만, 나이를 먹고 보니 산다는 게 꼭 그렇게 뭐가 되어야 하는 걸까 하는 회의가 들었다.

 자신의 오해가 없었다면 석도명은 정연의 곁에서 소박하지만, 자족(自足; 스스로 만족함)하는 삶을 살고 있었을 것이다. 무공이 높아지고, 큰 벼슬을 얻는다고 특별히 행복을 느낄 성격은 분명 아니었다.

 "아니에요. 사춘각에서 쫓겨난 뒤로 줄곧 괴롭고, 외로웠지만…… 후회는 없습니다. 아저씨가 아니었다면 사부님을 만나지도 못했겠지요. 아무리 생각해도 사부님을 만나는 건 제 운명이었던 것 같습니다. 그래서 지금은 아저씨께 감사한 마음뿐입니다."

 "그렇게 말해 주니 고맙기는 하구나."

 말과 달리 당환지의 눈빛은 쓸쓸했다. 석도명과 정연에게 빚을 졌다는 마음이 쉽게 가시지 않은 탓이다.

 그날 먼저 술에 곯아떨어진 석도명 옆에서 당환지는 뜬눈으로 밤을 새웠다.

*　　*　　*

무림맹 깊은 곳에 네 사람이 모였다.

화산파 장문인 구유청을 비롯해, 궁가방 방주 대오개(大悟丐) 전종구(全鍾九), 청성파 장문인 서풍면검(瑞風勉劍) 주면공(朱勉功), 팽가장(彭家莊) 장주 대력천도(大力天刀) 팽만지(彭萬知).

십대문파와 오대세가의 장문인과 가주 가운데 현재 무림맹에 머물고 있는 사람은 이들이 전부였다. 또 한 사람, 사마중이 남아 있지만 그는 이 자리에 낄 수 있는 인물이 아니었다.

현실적으로 십대문파와 오대세가의 수장이 전부 무림맹에 상주하기는 어려웠다. 그렇다고 무림맹주와 군사 사마중에게 모든 것을 맡겨 놓고 있기도 불안했다.

그래서 고육지책으로 나온 것이 각 파의 수장들이 돌아가며 무림맹을 지키는 방식이었다. 이에 따라 십대문파의 장문인과 오대세가의 가주 가운데 최소한 두세 명은 항상 무림맹에 머물렀다.

최근에는 맹주와 군사가 동시에 무림맹을 비우는 바람에 궁가방 방주 전종구까지 급히 불려 들어온 상황이었다.

원탁을 가운데 두고 둘러앉은 네 사람의 표정은 하나같이 어두웠다. 무림맹주가 사망한데다 무림맹의 4개 조직 가운데 2개가 궤멸에 가까운 피해를 입은 상태였다. 무림맹이 창설된 이래 이 같은 위기상황은 일찍이 없었다.

새로운 무림맹주를 선출하고, 무너진 조직을 복구하는 등 할 일이 태산 같았지만, 그 모든 사항은 십대문파와 오대세가가 전부 모인 뒤에야 결정할 수 있는 일이었다.

"정사대전(正邪大戰)을 벌인 것도 아닌데 너무 큰 피해를 입었소이다. 이게 모두 사마 군사가 독단적으로 일을 벌인 탓이 아니오?"

팽만지가 먼저 포문을 열었다.

네 사람이 사마중 몰래 모이기로 했을 때부터 이 자리가 성토장이 될 것이라는 사실을 모두가 알고 있었다. 그중 성격이 급한 팽만지가 먼저 나섰을 뿐이다.

"그 정도로 싸웠으면 정사대전하고 무슨 차이가 있겠소? 맹주도 죽고, 무림맹 전력의 절반 가까이를 해먹었으니."

궁가방의 전종구가 맞장구를 쳤다.

그는 사마중과 함께 출전했던 자신의 애제자가 둘이나 죽는 바람에 잔뜩 화가 나 있는 상태였다. 더구나 돌아온 제자의 시신에는 화살이 박혀 있었다. 녹림맹이 아니라, 사마세가의 화살공격에 목숨을 잃은 것이다.

집단전투에서는 아군의 병기에 맞아 죽는 경우가 종종 생기기 마련이지만, 그 피해자가 자기 제자라는 점은 쉽게 용서가 되지 않았다.

사마중에 대한 성토가 계속 이어졌다. 사마중의 지략으로

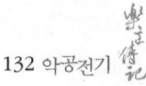

녹림맹이 회복 불능의 피해를 입은 사실은 거의 입에 오르지도 않았다.
"화만 내고 있을 상황은 아닌 것 같소이다만……."
거의 말이 없던 화산파의 구유청이 대화를 자르고 들어왔다.
"선운검(仙雲劍)께서는 무슨 복안이 있으신 게요?"
청성파의 주면공이 구유청에게 물었다.
"상을 줄 사람은 상을 주고, 벌을 줄 사람은 벌을 주고…… 대책이 필요하면 대책을 세우자는 말씀이외다."
구유청의 말에 나머지 사람들이 고개를 끄덕였다.
듣기에는 너무나 원론적인 이야기였지만, 그 안에 담긴 속뜻은 '험담보다는 실질적인 행동에 들어가자'는 것이었다.
방 안에 잠시 침묵이 감돌았다.
이 자리에서 논의할 대책이란 사마세가를 어떻게 견제할 것이냐 하는 문제였다.
녹림맹과의 싸움에서 확인된 사마세가의 전력에 다른 문파들은 충격을 금치 못했다. 더구나 녹림맹을 꺾음으로써 사마중과 사마세가의 이름은 한없이 높아지고 있었다. 일각에서는 사마세가야말로 천하제일가라고 떠들어 댔다.
이대로 가다가는 무림맹이 통째로 사마세가의 손아귀에 떨어질 가능성도 배제할 수 없었다. 세간에서는 녹림맹을 꺾은 사마중이 여운도의 뒤를 이어야 한다는 이야기가 끊임없이 떠돌았다. 아니, 여운도의 죽음을 빌미로 사마중은 사실상 무림맹주의 업무를 대신하고 있었다.

"확실히 모든 공이 특정인에게 몰리는 것은 바람직한 일이 아니오. 명문 정파의 어른들이 중심을 잡아야 한다고 보오이다."

"그런 일이라면 궁가방도 힘을 아끼지 않겠소이다."

팽만지와 전종구가 다시 주거니 받거니 하면서 대화를 이끌어 갔다.

결론은 크게 두 가지로 압축됐다.

우선 녹림맹과의 싸움에서 사마중이 저지른 실책을 철저하게 추궁해 여론을 바로잡는다는 방침이 정해졌다.

그리고 십대문파와 오대세가 연석회의가 열릴 때까지 네 사람이 무림맹주직을 공동 대행하기로 했다. 사마중이 무림맹을 마음대로 이끌고 가지 못하게 제동을 걸기로 한 것이다.

"헌데 석도명이라는 악사는 어떻게들 생각하시오?"

대충 얘기가 정리됐다 싶은 순간에 구유청이 질문을 던졌다.

"그자는 처음부터 사마중과 한통속이지 않소?"

팽만지가 되물었다.

석도명이 반백제 때 무림맹에 첫 선을 보이고, 군사부에 들어가 뜻밖의 활약을 펼친 것은 전부 사마중을 통해 이뤄진 일이다. 그 사실을 모르는 사람이 없는데 구유청이 석도명을 왜 따로 언급한 건지 오히려 궁금했다.

"꼭 그런 것 같지도 않다고 하더이다."

사실 구유청은 별전대에 파견됐던 소인종으로부터 석도명에 대해서 들은 이야기가 있었다.

소인종은 석도명의 재능이 비범할 뿐 아니라, 성품 또한 어디에 치우치지 않아 도인(道人)의 그릇으로도 부족함이 없다고 극구 칭찬했다. 게다가 그의 언행에서 사마세가의 사람으로 단정 지을 만한 구석은 찾지 못했다고 했다.

"석 악사에 대해서는 평이 나쁘지 않은 게 사실인 모양이오. 아마도 무소진 같은 부류가 아닐까 싶소이다만."

청성파 장문인 주면공이 구유청을 거들었다. 그 역시 별전대에 참가했던 도진명에게서 구유청과 비슷한 이야기를 들었다.

그뿐이 아니었다. 과거 반백제 때 제자 가운데 한 명이 입에 침이 마르도록 석도명을 칭찬했던 일이 있었다. 그로 인해서 석도명의 이름이 뇌리에 제법 깊이 박혀 있었다.

구유청과 주면공이 석도명을 감싸자 팽만지와 전종구가 조용히 고개를 끄덕였다.

무소진은 여운도의 측근이기는 했지만, 사리사욕(私利私慾)과는 거리가 먼 협객이다. 석도명이 특정 문파에 빌붙어 욕심을 부리지 않고 무소진과 같은 협사의 길을 간다면 정파의 입장에서는 오히려 환영할 만한 일이었다.

석도명에 대해서는 긍정적인 평가를, 사마세가에 대해서는 제재를 결의하며 회합은 마무리됐다.

하지만 그 자리에 참석했던 그 누구도 알지 못했다. 무림맹의 운명을 결정지을 사람은 자신들이 아니라는 것을.

* * *

밤늦은 시간 화월촌의 좁은 뒷골목에 사내 하나가 다급히 뛰어 들었다.
"거기서 잠깐 기다려라."
사내는 서둘러 바지춤을 풀어헤치면서 골목 바깥을 향해 소리쳤다. 술에 취해 골목에서 방뇨하는 장면을 호위무사들에게 보이기 싫었기 때문이다.
차르르륵.
소변이 담벼락에 떨어지는 소리를 들으며 사내가 중얼거렸다.
"크흐흐, 겨우 먹고 살만 해졌는데 오줌발이 받쳐주지를 않는구나."
사내의 이름은 고무성. 개봉에서 가장 잘 나간다는 추밀사 양국원 대감댁의 총관이다.
요즘 고무성은 정말로 살맛나는 인생을 누리고 있었다.
벽촌(僻村; 궁벽한 마을) 소작농의 아들로 태어난 그가 열일곱의 나이에 양국원을 따라 상경한 것이 벌써 35년 전의 일이다. 과거에 급제한 것 말고는 별반 재산도, 인맥도 없는 젊은 날의 양국원에게 인생을 맡긴 건 사실 도박이나 다름없는 일이었다. 덕분에 고생도 적잖이 했고, 험한 일도 많이 겪었다.

그러나 이제 양국원은 이 나라에서 한 손 안에 드는 권신(權臣)이다. 그런 양국원에게 자신은 결코 없어서는 안 되는 존재였다. 자신이 그동안 양국원을 대신해 처리한 일 가운데 무덤까지 갖고 가야 할 비밀이 책 한 권은 족히 될 것이다.

지금의 고무성은 밑으로 500명의 노복과 9명의 집사를 거느리고 있고, 매일 주무르는 돈이 수천 냥이다.

어디 그뿐인가? 혹시라도 위험한 일을 당할까봐 솜씨 좋은 호위무사를 10명 이상 거느리고 다녔다. 황도 제일의 향락가인 화월촌에 자신이 떴다 하면 기생들이 줄지어 달려 나온다. 어지간한 벼슬로는 꿈도 못 꾸는 호사를 날마다 누리는 귀한 신세인 것이다.

딱 하나, 나이를 먹어가는 것만 빼면 아쉬울 게 없었다.

"어, 시원—하다."

고무성이 볼일을 끝내고 느긋하게 골목 밖으로 걸어 나왔다.

그런데…… 뭔가가 이상했다. 고무성의 일거수일투족에 맞춰 분주하게 움직여야 할 호위무사 놈들이 뻣뻣하게 서서 꼼짝도 하지 않았다.

"허, 이놈들……."

호위무사들을 따끔하게 야단치려던 찰나였다. 고무성은 뒷덜미가 따끔거리는 느낌과 함께 의식을 잃었다.

 고무성이 다시 정신을 차린 것은 구석에 촛불 하나가 켜져 있는 어둠 컴컴한 실내였다. 창문 하나 보이지 않는 것으로 봐선 지하이거나, 처음부터 사람을 감금하기 위해 특별히 만들어진 건물인 듯했다.
 고무성은 손발이 묶인 채 의자에 앉혀진 상태였고, 복면인 셋이 그를 바라보고 있었다.
 "뭐하는 놈들이냐?"
 짐짓 호통을 쳤지만 고무성의 음성은 가늘게 떨렸다.
 자신의 뒤에는 추밀사 양국원이 있다. 그런 줄 알면서도 자신을 잡아왔다는 건 양국원을 노릴 정도로 위험한 자들이라는 의미다.
 필경에는 자신을 통해 양국원의 비리를 캐내려는 자들일 것이다. 더구나 10명이나 되는 호위무사들을 소리 없이 제압한 것을 보면 보통 고수가 아니었다.
 '끙, 죽었구나.'
 고무성은 눈앞이 캄캄해지는 기분이었다.
 이런 경우 목숨을 구할 가능성은 거의 없다고 봐야 했다. 자신도 양국원의 정적을 처치하는 과정에서 수많은 사람들을 납치하고 고문했지만, 필요한 정보를 빼낸 뒤엔 절대로 살려두지 않았다.

복면인들은 고무성의 질문에 아무런 대꾸도 하지 않았다. 그렇다고 뭔가를 묻거나 요구하지도 않았다. 그중 하나가 말없이 다가와 고무성의 목덜미에 바늘 하나를 꽂았을 뿐이다.

"으악!"

고무성이 자지러지게 비명을 질렀다. 대체 어디를 어떻게 찌른 건지 죽을 지경이었다. 분명 바늘이 꽂힌 부위는 살인데 뼛속이 저릿저릿했다.

복면인은 고무성의 비명에 아랑곳하지 않고 연달아 바늘 3개를 꽂았다. 그리고는 한 걸음 물러나 고무성의 눈을 빤히 들여다봤다.

고무성은 고통을 견디지 못하고 몸부림을 쳐댔다. 그러면서 공포가 점점 부풀어 올랐다. 도무지 말이 없으니 복면인들의 의도는 짐작조차 할 수 없었다.

잠시 뒤 다른 복면인이 고무성에게 다가섰다. 그리고는 대뜸 고무성의 손가락에 칼을 들이댔다. 새끼손가락이 순식간에 잘려나갔다.

"으아아악! 말하겠소. 뭐든지 말하겠소."

고무성은 마침내 복면인들이 원하는 게 무엇인지를 깨달았다.

반항하지 말고 무조건 따를 것.

침묵은 그런 의미였다.

한가운데 서 있던—아마도 우두머리로 보이는— 복면인의 눈에 그제야 웃음이 떠올랐다.

"생각보다 현명한 선택을 하셨소."

"모, 목숨은……."

"우리는 청부받은 일만 하오. 입만 함부로 놀리지 않으면 장수를 누릴 수 있을 것이오."

복면인의 말투는 정중했다. 이 방면에서는 대단한 고수라는 증거다.

고무성이 고개를 끄덕였다. 버텨서 될 상대가 아니라는 체념이 섞인 몸짓이었다.

"우리가 알고 싶은 건 이 물건이 어디서 나왔냐는 것이오."

옆에 서 있던 복면인이 촛불과 함께 종이 한 장을 내밀었다.

그것을 유심히 살펴본 뒤 고무성이 길게 한숨을 내쉬었다.

"제발…… 내가 발설했다는 걸 비밀로 해주시오."

"그건 우리도 원하는 바요. 오늘 일은 깨끗이 잊는 게 당신은 물론 가족에게도 좋을 게요."

"물론이오. 나는 스스로 무덤을 파는 바보가 아니라오."

고무성은 진심이었다. 무사히 살아나간다고 해도 이 자리에서 입을 놀린 사실이 탄로 나면 양국원의 손에 먼저 죽을 게 분명했다.

복면인이 만족스럽게 고개를 끄덕였다.

고무성은 다음날 개봉 외곽의 숲에서 손가락 3개가 잘린 채로 발견됐다. 상반신이 벗겨진 고무성의 등에는 '역적 양국원을 처단하자'는 협박문구가 쓰여 있었다.

양국원이 고무성에게 들은 것은 화월촌에서 의식을 잃은 뒤 정신을 차려보니 다음날 아침 숲에 버려져 있더라는 이야기뿐이었다.

양국원은 며칠 동안 조사를 벌인 끝에 자신의 정적들이 경고의 뜻으로 벌인 일이라는 결론을 내렸다. 그것 말고는 달리 설명할 방법도, 증거도 없었다.

양국원은 죽는 날까지도 알지 못했다. 고무성의 손가락 가운데 2개는 본인이 자청해서 잘린 것이라는 사실을. 정황을 좀 더 그럴듯하게 꾸미기 위해 고무성이 복면인들에게 부탁을 했던 것이다.

그 뒤로 약 스무 날 동안 하남, 강소, 사천 일대에서 여러 사람이 고무성과 비슷한 일을 겪었다. 하지만 그 사건 또한 모두 조용히 덮였다.

그 과정에서 은밀하게 밝혀진 것은 세상에 알려지지 않은 하나의 진실이었다.

제5장
호형호제(呼兄呼弟)

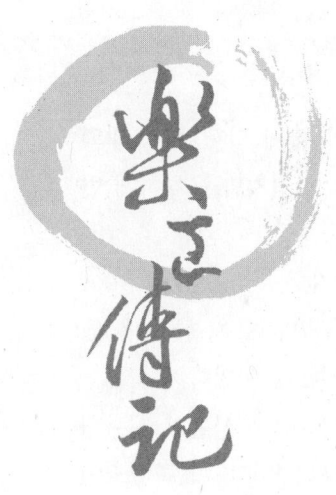

 여운도의 장례가 끝나고 스무 날가량이 지난 뒤 십대문파와 오대세가 연석회의가 무림맹에서 열렸다. 회의 분위기는 무거웠다. 무림맹주의 죽음도 죽음이지만, 각파에서 무림맹에 파견한 제자 가운데 거의 절반에 육박하는 숫자가 죽임을 당했기 때문이다.
 군사 사마중의 보고가 끝난 뒤 잠시 침묵이 이어졌다. 보고 내용은 분명 승리인데, 기쁘게 받아들일 수 있는 결과는 어쨌든 아니었다.
 "그러니까…… 녹림맹주 우무중이 살아서 도주하고, 녹림 18채 가운데 열두 곳이 아직 건재한데…… 녹림맹을 완전히 분쇄했다……는 게 군사의 판단이시오?"

"그렇소이다."

팽가장주 팽만지의 질문에 사마중이 짧게 답했다. 상대의 질문에 실린 비아냥거림이랄까, 불만을 읽었지만 구차하게 변명할 생각은 애초에 없었다.

'급한 불이 꺼졌으니 딴 생각이 나겠지.'

사마중은 여운도의 부재가 새삼 아쉬웠다. 동지 한 명을 잃었을 뿐인데 이제는 정말로 혼자 남겨진 느낌이었다.

"허, 끌고 나간 병력을 거의 다 잃고 돌아온 사람치고는 대답이 너무 당당하오이다. 이번 일로 무려 300명이 죽었소이다. 산적 500명을 상대한 대가치고는 너무 과하지 않소?"

사마중의 앙숙인 헌원소가 따지고 들었다.

"그들이 보통 산적이 아니라는 걸 잘 알지 않소이까? 5대 산채가 완전히 궤멸됐고, 채주 3명이 죽었소이다. 비록 우무중이 살아서 도망을 쳤다고 하나, 녹림맹의 힘은 과거에 비해 3분의 1 정도로 보는 게 옳을 것이오. 게다가 녹림맹의 배후에 천마협이 있었던 것이 분명한 만큼 실제로는 더 큰 위협의 싹을 잘라냈다고 봐야 하외다."

"흥, 고작 승천패 하나가 나타난 걸 가지고 너무 호들갑이구려. 천마협의 깃발이라도 봤으면 난리가 났겠소. 혹시 사마세가의 오행금쇄진이 깨진 게 민망해서 천마협의 이름을 파는 건 아니오?"

종남파 장문인 두한모의 한 마디에 사마중의 얼굴이 딱딱하게 굳어졌다.

여운도의 죽음을 책임지라면 고개를 들 수 없는 심정이지만, 사마세가를 모욕하는 언사까지 참아줄 수는 없었다.

"말이 지나치외다! 오행금쇄진을 무시하지 마시오. 종남파가 원한다면 지금이라도 오행금쇄진의 위력을 다시 한 번 확인시켜 줄 수 있소이다만."

"뭐요?"

두한모가 분을 참지 못하고 벌떡 일어나 사마중을 쏘아봤고 사마중 또한 그 눈길을 피하지 않았다.

그로 인해 장내가 한동안 소란스러워졌다.

화산파 장문인 구유청이 양손을 들어 두 사람을 제지했다.

"자자, 이 자리는 어디까지나 이번 싸움의 공과를 가리기 위한 것이오. 감정적인 대응은 자제하고 먼저 사마 군사의 이야기를 제대로 들어봅시다. 특히나 천마협의 개입 여부는 좀 더 분명한 증거가 있어야 향후 대응 방안을 정하지 않겠소이까?"

구유청이 자신에게 먼저 기회를 주는 듯한 발언을 했음에도 사마중의 얼굴은 펴지지 않았다. 구유청의 말 역시 뒤집어 놓고 보면 '천마협에 관해 확실한 증거를 대라'는 추궁에 다름 아니었다.

"오행금쇄진을 깨고, 무림맹주를 포함한 별전대의 고수를 절진에 가두는 게 설마 녹림맹의 솜씨로 가능하다고 믿는 것이오? 애초에 녹림맹이 전력을 다해 별전대를 칠 것이 분명하다고 그렇게 경고했거늘 그걸 무시한 사람들이 대체 누구요? 녹림맹에서는 맹주와 5대 고수가 전부 출전했는데 십대문파와 오대세가에서는 대체 누가 나섰소이까? 사마세가에 죄가 있다면 자기 집을 비우고 나가 저들과 목숨을 걸고 싸운 것뿐이외다. 그래도 내게 죄를 묻고 싶다면 그렇게들 하시구려. 나 또한 자리에 연연하는 사람은 아니니."

 사마중이 열변을 토하고는 회의장을 나가 버렸다.

 머리 쓰는 것으로 천하제일을 다툰다는 사마중이다. 오늘 회의가 사실은 자신을 견제하는 데 목표를 두고 있음을 분위기만으로도 감지할 수 있었다.

 구유청과 팽만지를 비롯한 네 문파의 수장이 은밀하게 회합을 갖고 다른 문파에 따로 전령을 보내 이번 회의에 대비했다는 사실 또한 사마중의 이목을 피할 수는 없었다.

 "사냥이 끝나면 사냥개를 삶는 게 세상인심이라지만 나를, 그리고 사마세가를 단단히 잘못 봤다."

 회의장을 벗어난 사마중이 낮게 중얼거렸다. 아무래도 결단이 필요한 순간이 다가오고 있었다.

 한편 사마중의 퇴장에도 불구하고 회의는 그대로 진행됐다. 사마중이 없기 때문에 오히려 짜인 각본대로 회의를 진행하기는 더 편해진 상태였다.

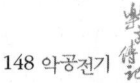

십대문파와 오대세가의 연석회의는 사흘이나 계속 됐다. 진상을 철저히 조사하고 그에 따라 분명하게 상과 벌을 내렸다는 점을 세상에 보여줄 필요가 있었다.

진상조사의 명분으로 불려나온 사람 가운데 석도명이 들어 있었음은 물론이다.

석도명은 자신이 직접 보고 들은 여운도의 죽음에 대해 증언했다. 또한 여운도가 이적행과 이진매에 대해 천마협의 일당이라는 확신을 갖고 있었다는 점을 덧붙였다.

그 외의 질문에 대해서는 입을 다물었다. 일부 문파의 장문인들이 이번 싸움을 지휘한 사마중의 공과에 대해 물었지만 석도명은 일찍 싸움 현장을 떠났기 때문에 아는 것이 없다고 잘라 말했다.

석도명에 대한 주요 문파 수장들의 태도가 그것으로 결정됐다. 예상과 달리 석도명이 사마중을 적극적으로 싸고돌지 않았다는 사실에 마음을 놓은 것이다.

문파의 수장들은 적어도 이 시점에서 석도명을 사마중과 한통속으로 몰아붙일 필요는 없다는 데 뜻을 모았다.

어쨌거나 공과를 따졌으니 누군가에게는 벌을 내리고, 또 누군가에게는 상을 내려야 하는데 현실적으로 석도명을 제외하면 상을 줄 사람이 마땅치 않았다.

*　　　*　　　*

사마중이 미소 띤 얼굴로 석도명을 맞았다.

"허허, 축하하네."

"송구스럽습니다."

석도명은 난감한 기분이었다.

십대문파와 오대세가 연석회의가 오늘 끝났다. 사마중의 입장에서는 그 결과가 매우 좋지 않았다.

주요 문파의 수장들은 맹주를 새로 선출하지 않고 자신들이 공동으로 무림맹을 맡겠다고 선포했다.

이를 위해 무림맹에 상무원(上武院)이라는 최고기구를 새로 설치했다. 상무원은 천산파를 제외한 9개 문파의 장문인과 모용세가를 뺀 4대 세가의 가주로 구성됐다. 여기에 중소문파와 무림지사의 대표 자격으로 무소진과 송필용, 두 사람이 추가됐다.

이들 15명 가운데 최소한 3인 이상이 교대로 상무원을 지키며 무림맹의 대소사를 결정하기로 했다. 그동안 무림맹주와 군사가 이끌고 있던 무림맹이 완벽한 집단지도체제로 전환한 것이다.

여운도의 역작이었던 조직개편 또한 흐지부지됐다. 표면상의 이유는 계림대와 도산대가 궤멸에 가까운 피해를 입었기 때문에 기존 조직으로의 원상회복이 불가능하다는 것이었다.

각 문파에서 새로운 제자를 뽑아 무림맹의 병력을 보충하는 과정에서 기존의 5단 조직이 슬그머니 복구됐다. 달라진 것이 있다면 상시 별동대격인 제천대(制天隊)가 신설된 점이었다.

이 같은 조치로 가장 타격을 입은 사람은 사마중이다.

각파의 수장들은 녹림맹과 싸우는 과정에서 사마세가의 병력이 피아를 가리지 않고 공격을 퍼부은 죄를 물어 사마중을 군사 직에서 해임했다. 그가 관장하고 있던 군사부도 상무원 직속으로 변경됐다. 군사부에서 수집한 모든 정보가 사마중이 아닌 상무원으로 가게 된 것이다.

그러니 사마중을 대하는 석도명의 마음은 편할 수가 없었다.

그뿐이 아니었다. 사마중이 축하인사를 건넨 까닭, 석도명이 곤혹스러운 또 다른 이유가 있었다.

신설된 제천대의 대주가 바로 석도명이었다. 이제 무림맹 안에서 석도명의 공식적인 지위는 십대문파의 장로들과 어깨를 나란히 하는 것이었다. 석도명은 아직 그 자리를 수락하지 않은 상태였지만 말이다.

"어째 자리가 마음에 들지 않는 얼굴이로구먼."

"그런 직위가 저에게 무슨 소용이 있겠습니까?"

"허허, 무공은 그리도 고강하면서 마음은 여전히 약사일세. 그래서 자네가 더욱 무서운 사람인지도 모르지. 허허허……."

"……."

석도명이 사마중의 말을 곱씹었다.

생각이 순진한 악사라고 타박을 한 건지, 아니면 그런 점이 무섭다는 이야기를 하려는 것인지 얼핏 가늠이 되지 않았다.

어쨌거나 사마중은 빈말을 한 게 아닌 모양이었다. 간단치 않은 질문이 이어졌다.

"추밀사가 자네를 만났다고?"

"예……."

석도명이 추밀사 양국원을 만나러 개봉에 다녀온 일은 사마중도 알고 있다. 팔복전방의 수령증을 건네준 사람도, 개봉으로 출장명령을 내려준 사람도 모두 자신이었으니까.

헌데 석도명이 추밀사를 만난 게 아니라, 추밀사가 석도명을 만났냐고 되물었다. 양국원 같은 고관이 석도명을 만나준 데는 그럴 만한 이유가 있을 것임을 꿰뚫고 있다는 뜻이리라.

"내 추측일세만은 추밀사는 그 문서에 대해서 아무런 이야기도 해주지 않았을 듯싶구먼. 대신 강호에 이름 높은 신진고수를 자기 옆에 잡아둘 궁리부터 하지 않았을까?"

"역시 군사님이십니다. 정확하게 보셨습니다."

"허허, 별것 아닐세. 사실은 나 또한 자네에게 같은 제안을 하지 않았었나. 사람 마음이 다 그런 걸세."

석도명이 고개를 끄덕였다.

그러고 보니 식음가의 과거에 관한 정보를 얻기 위해 무림맹에 입맹하라고 한 사마중이나, 군문에 들어오라는 양국원의

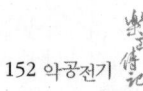
152 악공전기

말은 다를 게 없었다. 뒤집어 생각해 보니 만일 무공을 몰랐더라면 두 사람 모두 자신에게 고개를 돌렸을 것이다.
 그때 사마중이 불쑥 한 마디를 했다.
 "제천대주를 맡게."
 "예?"
 뜬금없는 권유였다. 양국원의 이야기를 하다 말고 왜 갑자기 이런 이야기를 하는 걸까?
 "자네 같은 고수가 외톨이로 강호를 떠도는 한 세상은 자네를 끌어들여 이용하려고 들 걸세. 하지만 무림맹의 중책을 맡고 있는 사람이라면 이야기가 달라지지. 누구도 함부로 자네에게 오라 가라 하지 못 하겠지. 천하의 추밀사라고 해도 말이야."
 "그렇지만…… 그렇게 되면 식음가의 일은 누가 파헤칩니까?"
 "허허, 자네는 정말로 평생을 힘없는 악사로 살 생각인가? 사내대장부라면 야망이랄까, 대의랄까 뭐 그런 걸 품어야 하지 않겠나? 우선은 주변에 사람도 모으고, 힘도 더 길러보게. 그러면 굳이 애쓰지 않아도 일이 술술 풀리게 돼 있다네. 자네가 무림맹에서 제대로 힘을 쓰게 되면 양국원이 알아서 거래를 하자고 덤벼들 거라네. 감히 자네를 수족으로 부리겠다는 생각은 더 이상 하지 못할 테고……. 그게 바로 처세라는 거지."
 "……."
 석도명이 다시 침묵에 빠져들었다.

처세(處世).

남들과 어울리면서 세상을 살아간다는 뜻이다.

처세를 거론한 사마중의 이야기는 지극히 현실적이고, 그래서 쉽게 항거할 수 없는 설득력이 있었다. 무림맹에서 직책을 갖게 된다는 것은 확실히 세상을 살아가는 데 유용한 방편이 될 터였다.

문제는 석도명 본인이 그런 식의 삶에 익숙지 않다는 점이다. 아니, 그런 식으로 얽히며 살아갈 생각을 별로 해본 일이 없다.

"시궁창을 깨끗이 하려면 그 안에 발부터 들여놓아야 하는 법이라네. 천하를 위해 아무것도 하지 않으면서 제 손발만 깨끗하다고 만족해하는 사람들은 위선자들일 뿐이지. 이 지저분한 세상에 섞여들 자신이 없다면 지난 일은 그저 지나간 일로써 덮어두게."

"……."

선대부터 평생을 무림맹에 바치고도 모진 대우를 받은 탓일까? 사마중의 어조는 꽤나 신랄했다.

하지만 그 안에 담긴 진실은 결코 가볍지 않았다.

석도명은 스스로에게 물었다.

과연 자신은 어떤 야망과 대의를 갖고 살아왔단 말인가? 세상을 살아가기 위해 얼마나 스스로를 더럽힐 각오가 돼 있는 걸까?

대답은…… 쉽게 나오지 않았다.

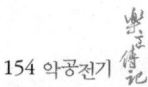

* * *

 석도명은 무림맹을 나와 왕문의 집으로 향했다. 정연이 요즘 그곳에 머물고 있었다.
 천하제일 기녀로 명성을 떨친 정연이지만 막상 여가허에는 있을 곳이 마땅치 않았다. 객잔에 머물자니 호기심 어린 주변의 시선이 너무 과했고, 여가허에 오래 살 생각이 아니니 따로 집을 마련하기도 곤란했다.
 그래서 가게 된 곳이 왕문의 집이다. 석도명 덕분에 돈방석에 앉게 된 왕문은 별채가 딸린 제법 큰 집을 장만했는데 그 별채를 정연에게 기꺼이 내놓았다.
 집 안에 들어선 석도명을 맞은 건 정연이 아니라 엉뚱하게도 단호경과 그 수하들이었다.
 "대주!"
 "하이고, 오셨소?"
 구엽과 곽석, 서량이 황급히 달려와 석도명을 맞았다. 늙은 고참 천리산과 이광발이 진하게 웃으며 그 뒤를 따랐다.
 무림맹은 제천대를 새로 만들었지만, 대원은 굳이 새로 뽑지 않았다. 녹림맹과의 싸움에서 살아남은 이들을 고스란히 제천대에 편입시켰다. 녹림맹의 배후에 천마협이 있다는 전제하에 그들과 직접 겨뤄본 경험이 있는 사람이 제천대에 들어가는 게 낫다는 논리에서다.

하지만 사실은 가까운 사람들을 한데 모아 놓음으로써 석도명을 잡아두려는 속내였다.
 어쨌거나 그로 인해 석도명은 이제 공식적으로 단호경 일행의 상관이었다.
 녹림맹과의 싸움에서 보여준 활약으로 제마오협(制魔五俠)이라는 별호를 얻은 다섯 사람은 그 같은 결정을 기쁘게 받아들였다. 나이를 떠나 자신들에게 석도명은 무공 사부나 다름없는 존재가 아니던가?
 더구나 천하에 이름을 드높이기 시작한 제천대주의 측근으로 인정받는 건 뿌듯한 일이기도 했다. 외찰대 하급무사로 지내던 시절에는 누가 자신들에게 눈길이라도 제대로 줬던가 말이다.
 "험, 왔수?"
 제천대 부대주로 임명된 단호경이 굼뜨게 일어났다.
 석도명이 직속상관이 된 덕분인지 말투가 전과 달리 조심스러웠다.
 "아니, 왜 전부 이곳에 모여 있습니까?"
 "험험, 우연히 부근을 지나다가…… 험험, 또 마침 점심을 먹을 때도 된 것 같고……."
 단호경이 민망한 표정으로 연달아 헛기침을 해댔다.
 석도명도 익히 알고 있는 일이지만 단호경은 거의 매일 왕문의 집을 드나들었다. 물론 본채 쪽에는 눈길도 주지 않고 항상 정연이 머물고 있는 별채의 문만 두드렸다.

그렇다고 해도 대낮부터 찾아와 밥을 먹고 가겠다고 버티고 있는 건 확실히 계면쩍은 일이었다.

'끙, 저는 대낮에 안 왔나? 어차피 온 김에 밥도 먹고 갈 거 아니냐고!'

단호경이 속으로 구시렁대면서도 차마 입 밖으로는 한 마디도 내지 못했다.

석도명과 정연은 오누이 사이라니 수시로 찾아온들 뭐가 문제겠는가? 수하들까지 우르르 몰고와서야 겨우 문을 두드릴 수 있는 자신과는 애초에 입장이 달랐다.

때마침 본채로 이어진 쪽문을 열고 정연과 채향이 나타났다.

"아이고, 이런 걸 손수……."

"으아, 이렇게 죄송할 데가……."

단호경의 수하들이 수선을 떨며 달려갔다. 정연과 채향이 자신들을 위해 밥상을 차려왔기 때문이다.

잠시 뒤 일곱 사내가 마당에 둘러 앉아 밥을 먹기 시작했고 정연과 채향은 분주하게 오가며 사내들의 식사수발을 들었다.

식사가 끝나자 정연이 차를 내왔다. 다소곳이 앉아 차를 따르는 정연의 모습을 단호경은 똑바로 쳐다보지도 못했다.

'에효, 사람이 어찌 저렇게 아름다울까?'

단호경은 가슴이 쿵쾅거렸다. 조금 전에도 밥을 입으로 먹었는지, 콧구멍으로 먹었는지 모를 정도였다.

정연이 여가허에 나타난 뒤로는 항상 정신이 멍한 상태였다. 자도 자는 것 같지 않고, 깨어 있어도 깨어 있는 게 아니었다. 주변에서 열화검 대협이라고 추켜세우고, 제천대 부대주라고 허리를 굽혀도 즐겁지가 않았다.

단호경의 지금 상태는 열병에 걸렸다고 밖에는 할 수가 없었다.

모두에게 찻잔이 돌아간 뒤에 천리산이 정색을 하고는 석도명에게 물었다.

"대주, 우리에게는 앞으로 어떤 명령이 떨어지는 게요? 설마 당장 천마협을 때려잡으러 나가라고 하지는 않을 테고……."

"저는 아직…… 제 마음을 정하지 못했습니다."

석도명이 대답과 함께 정연을 바라봤다. 석도명의 마음을 정해 줄 사람은 다름 아닌 정연이다.

석도명은 그래서 또 가슴이 아팠다.

양국원의 제안대로 군문에 들어가든, 사마중의 권유대로 제천대주의 자리를 받아들이든 그 어느 쪽을 선택해도 결과는 같았다. 자신은 어딘가에 묶이게 될 것이고, 자유롭게 떠날 수가 없는 신세가 되는 것이다.

전처럼 생이별을 강요당하는 상황이야 벌어지지 않겠지만, 자신의 일이 끝나기 전까지 정연은 기다려야 할 처지였다. 그리고 정연이라면 기꺼이 그렇게 해주리라.

하지만 그렇게 되면 정연의 삶, 그녀가 꿈꾸는 평범한 행복

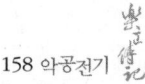

은 어떻게 되는 건가? 동생으로든, 남자로든 그건 무책임한 일이었다.

모두의 시선이 정연에게 모였다. 석도명의 결심이 정연에게 달려 있음을 아는 까닭이다.

정연이 밝은 미소를 지어 보였다.

"나는…… 도명이가 자신의 의지에 충실한 사내이기를 바랄 뿐이야."

"예……."

석도명이 천천히 고개를 끄덕였다.

그 옛날 자신에게 훌륭한 악사가 되라고 하던 정연의 당부가 떠올랐다. 왠지 이번에도 그런 느낌이 들었다. 정연의 진심이 담긴 간절한 소망 말이다.

아마 자신이 누이를 위해 모든 것을 포기하겠다고 말한들 정연은 조금도 기뻐하지 않으리라.

그 순간 단호경은 부러운 눈길로 석도명을 흘겨보고 있었다.

'복도 많은 놈.'

오누이치고는 너무 애틋하고, 남녀관계로 보기에는 지나치게 담백한 두 사람 사이에 끼어들 틈은 조금도 보이지 않는 것 같았다.

믿음.

두 사람을 단단히 이어주고 있는 것은 세상도 저 버릴 수 있는 단단한 믿음이었다.

"저…… 그러면 우리는 어떻게……."

자못 숙연해진 분위기 속에서 이광발이 눈치를 보며 입을 열었다. 석도명과 정연 사이에 뭔가 중요한 대화가 오간 것 같기는 한데 그 결론을 당최 알아들을 수가 없었다.

여기저기서 헛기침이 터져 나왔다.

모두들 알고 싶은 것이다. 석도명이 어떤 길을 가려는 것인지.

"신중하게 생각해 보겠습니다. 제가 어느 곳으로 가든 여러분은 여러분의 삶에 충실하기를 바랍니다. 지금까지 그러셨듯이……."

"어허, 제천대주 자리에는 정말로 관심이 없는 모양이네."

"아니, 어떻게 얻은 자린데……."

두서없는 말들이 쏟아졌다.

석도명이 명리를 탐하는 성격이 아닌 줄은 알지만 그래도 제천대주 정도의 자리면 받아들일 것으로 예상했었다. 무림맹에 들어와서 그 정도 고생을 했으면 응분의 보상을 받는 게 당연하다고 생각했기 때문이다.

헌데 지금 석도명의 말은 무림맹의 일에 관심이 없다는 투가 아닌가?

사내들의 웅성거림이 한순간에 멎었다.

단호경이 버럭 소리를 지른 탓이다.

"제길, 형님이 결정하면 따르는 거지, 뭔 말들이 이렇게 많아!"
"으헉!"
"억, 이게 뭔 일이냐?"
천리산을 비롯한 다섯 사내의 입에서 일제히 비명이 터져 나왔다.
단호경이 설마 석도명을 '형님'이라고 부르는 날이 오리라고는 상상도 하지 못했다. 그런데 그런 일이 눈앞에서 벌어지고 만 것이다.
주변의 반응에 스스로도 무안했는지 단호경이 벌떡 일어났다.
"이 아우는 먼저 가보겠수다."
단호경이 뚱하게 한 마디를 내뱉고는 밖으로 나가 버렸다.
천리산과 이광발 등이 아우성을 치며 그 뒤를 따라 나갔다. 단호경의 갑작스런 변화에 대해 따져 물을 게 많았다.
그 순간 단호경은 한 가지만을 생각하고 있었다.
'가족…… 가족이라 이거지.'
그것은 어제 저녁 정연이 단호경에게 해준 말이었다.

"도명이에게 이렇게 듬직한 의제가 있어서 너무 다행이에요. 나도 앞으로 단 소협을 가족으로 생각할게요."

정연은 그 말을 하며 단호경의 손을 꼭 잡아주었다. 그 손길, 눈빛이 너무 따뜻해서 단호경은 하마터면 정연을 와락 안을 뻔했다.

돌이켜보면 가족에 대한 기억이라고는 구화진천무를 익히느라 아버지에게 두드려 맞은 게 거의 전부였다. 정연이 가족이 되자고 했을 때 단호경은 가슴이 뻐근해졌다. 구화진천무의 오의를 깨달았을 때와는 또 다른 성취감이었다.

정연과 가족이 되기 위해서라도 단호경은 석도명의 동생으로 살자고 다짐했다.

사실은 전부터 석도명에 대해서는 자신이 쫓아갈 수 없는 그릇이라는 좌절감을 느끼고 있었다. 알량한 자존심 때문에 더 함부로 굴고, 더 못 되게 대했지만 석도명이 자신의 형으로 부족함이 없음을 깨달은 지는 이미 오래였다.

그렇게 마음을 정한 탓일까? 무림맹으로 돌아가는 단호경의 가슴은 그 어느 때보다 무겁고, 또 가벼웠다.

　　　　　＊　　　＊　　　＊

그날 저녁 석도명은 왕문의 옛날 대장간에서 혼자 쇠를 두드리고 있었다. 딱히 뭔가를 만들어 볼 생각이 있는 건 아니었다. 사마중이 던져준 화두를 풀어볼 시간이 필요했을 따름이다.

땅, 따앙, 땅, 따앙.

쇠망치 소리가 규칙적으로 울려 퍼졌다.

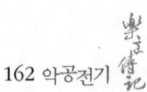

그렇게 한참 시간이 흐른 뒤 석도명이 손을 멈췄다. 제자리를 맴돌기만 하던 복잡한 마음을 다잡은 순간이었다.

석도명이 굵은 땀방울을 닦아내며 손에 들린 쇠를 살피다가 쓴웃음을 짓고 말았다.

"쩝, 머릿속에 칼이 들어 있었던 건가……."

괭이 같은 걸 만들어 볼까 하는 생각으로 두드려댔을 뿐인데 어느 틈에 생각보다 길고 갸름한 형체가 다듬어져 있었다. 아무리 봐도 칼에 가까운 물건이었다.

무슨 까닭인지 석도명이 연장을 내려놓고는 천천히 뒤돌아섰다. 그리고는 말없이 문 쪽을 바라봤다. 검은 그림자가 소리 없이 스며들었다.

"잘 있었냐? 사고 치지 말고 얌전히 기다리라고 했는데."

거기에 나타난 사람은 당환지였다.

"여긴 어떻게 아시고……."

석도명이 의아한 표정으로 물었다.

자신이 지금 이곳에 있다는 사실을 아는 사람은 그리 많지 않다. 그런데 당환지가 무슨 수로 여길 찾아온 것일까?

"풋, 그런 것까지 알려고 하지 마라."

"그런데 대체 그동안 어디에 계셨습니까?"

석도명이 등불을 찾아 불을 켜며 또 물었다. 혼자 생각에 골몰하느라 날이 어두워지도록 등불을 따로 밝히지 않은 상태였다.

당환지에게 물어볼 말이 한두 가지가 아니었다.

20여 일 전에, 그러니까 추밀사 양국원을 찾아갔던 그날에 둘이서 같이 술을 마시다가 자신이 먼저 곯아떨어졌다.

다음날 눈을 떴을 때 당환지는 쪽지 한 장을 남긴 채 사라진 다음이었다. 사마중에게서 받은 팔복전장의 수령증 또한 감쪽같이 사라졌다.

부동(不動).

당환지가 남긴 쪽지에는 달랑 두 글자가 쓰여 있었다.

석도명은 당환지를 찾기 위해 며칠 동안 개봉 일대를 뒤지고 다녔지만 허탕이었다.

결국 빈손으로 돌아와 지금까지 남몰래 속을 썩여야 했다. 식음가의 비극을 파헤칠 결정적인 단서를 자신의 부주의로 잃어버린 것 같아 속이 쓰리기도 했고, 또 한편으로는 설마 당환지가 나쁜 뜻으로 그런 일을 했겠냐는 생각이 들기도 했다.

어쨌거나 조급한 마음과 달리 혼자서는 아무것도 할 수 없는 상황이었다. 당환지가 '움직이지 말라'는 쪽지를 남기지 않았더라도 딱히 할 일이 없었다.

석도명은 애타는 마음을 애써 누르고 당환지를 기다렸다. 어차피 양국원이 생각할 시간을 주겠다며 달포 간의 말미를 허용한 상황이라 그 정도는 기다려도 될 것 같았다.

게다가 자신에게 필요한 것은 한낱 종이 쪼가리가 아니라, 사마중이 지적한 마음의 자세가 먼저였다. 별장이 되든, 제천대주가 되든 세상을 헤쳐 가겠다는 결연한 각오가 있어야 했다.
　이제 당환지가 돌아온 이상 들어야 할 이야기가 있었다. 팔복전장의 수령증을 왜 가져갔는지.
　"아니……."
　등불을 켜고 돌아선 석도명이 놀란 얼굴로 말을 잇지 못했다.
　당환지의 왼쪽 손목 아래 부분이 사라져 있었다. 소매 끝으로 살짝 삐져나온 손목 부위에 피 묻은 붕대가 칭칭 감겨 있는 것을 보니 생긴 지 얼마 안 된 상처였다.
　당환지가 희미하게 웃어 보였다.
　"그런 것까지 알려고 들지 말라니까."
　"……."
　이마에 주름이 깊게 패여 가는 당환지의 얼굴을 석도명이 말없이 바라봤다.
　어려서 사춘각에 빌붙어 살 때 당환지는 사람들에게 늘 두려움의 대상이었다. 지배인 구진서를 제외하면 그를 좋아하는 사람도, 그의 과거를 아는 사람도 전혀 없었다.
　군문에 있었다거나, 소속 문파에서 쫓겨난 무림인이라거나 하는 등의 소문이 있었지만 본인의 입으로는 부정도, 긍정도 하지 않았다.
　과연 이 사내에게는 어떤 사연이 있는 것일까?

석도명의 시선에 담긴 복잡한 생각을 당환지는 아는 척조차 하지 않았다. 오히려 석도명에게 질문을 던졌을 뿐이다.

"너, 어디까지 갈 생각이냐?"

당환지의 손에는 낯설지 않은 종이 한 장이 들려 있었다. 물을 것도 없이 석도명에게서 가져갔던 팔복전장의 수령증이다.

그 물건으로 인해 당환지의 질문은 한없이 크고 무거운 것이 되어 버렸다.

식음가의 비극을 어디까지 파헤치고, 또 그 일을 벌인 자들을 어디까지 단죄할 것이냐? 당환지는 그렇게 물은 것이다.

석도명은 이제 대답을 망설이지 않았다.

"필요한 만큼은 가볼 생각입니다. 반드시!"

그것이 석도명의 결론이었다.

평생을 악사로 살 것이냐는 질문에는 '예'라고 대답할 것이다. 세상과 부대끼며 살 생각이냐고 묻는다면 '아니오'라고도 말할 것이다.

그러나 식음가의 비극을 캐기 위해서라면 세상과 부대끼고, 맞부딪칠 각오가 서 있었다. 그렇게 해야 스스로 납득할 수 있을 테고, 그것이야말로 정연이 바라는 일이리라.

"후후, 손목을 괜히 자른 게 아닐까 걱정했었는데……."

당환지가 후련한 얼굴로 다가와 석도명의 어깨를 두드렸다.

이어 당환지가 낮은 음성으로 석도명에게 뭔가를 말하기 시작했고 석도명이 진지하게 귀를 기울였다.

마침내 당환지의 이야기가 마무리됐다.
"네 결심이 확고하다면 끝을 보러 가자꾸나. 준비는 다 해 뒀다."
"예, 가야죠…… 끝을 보러."
석도명이 당환지를 쳐다보며 생각에 빠졌다.
당환지에게 들은 내용이 생각 이상으로 심각했지만, 그걸 알아내기도 쉽지 않았으리라는 생각이 들었다. 당장 추밀사 양국원의 집에 식음가의 황금현판이 흘러들어간 과정을 밝혀낸 것만 해도 보통 노력으로 될 수 있는 일이 아니었다.
아무리 따져 봐도 당환지가 정상적인 방법으로 그 일을 해낸 것 같지는 않았다.
석도명이 잘려 나간 당환지의 손목을 다시 바라봤다. 짐작이 가는 건 딱 하나였다.
"이걸 알아내려고 손목을 자르신 건가요? 대체 왜……."
"그놈 끈질기기는……. 그냥 이렇게 알고 있어라. 과거와 거래를 하기 위해서 대가가 필요했다고. 어차피 은퇴를 앞둔 퇴물이었다. 왼쪽 손목 하나로 해결했으면 싸게 친 거지."
석도명이 어쩔 수 없다는 듯이 고개를 흔들었다.
과거에 관해서는 한사코 입을 다무는 당환지다. 그가 과거를 거론한 이상 물어 봐야 소용없는 일이었다.
"알겠습니다. 언제고…… 이 신세는 꼭 갚겠습니다."
"정연이나 잘 보살펴라……. 그거면 된다."

"이번 일도 누이 때문입니까?"

"나라도 나서지 않으면 네놈이 빌빌거리면서 정연이를 두고 두고 기다리게 할 테니까."

"누이에게는 왜 그렇게 잘하시는 건가요? 그것도 비밀입니까?"

"흥, 정연이한테 먼저 물어봐라. 그 아이가 너한테 잘 해주는 이유가 대체 뭔지. 나는 그게 더 궁금하다."

"글쎄요……."

석도명은 할 말을 잊었다.

정연에게 몇 번을 물어봤어도 답을 듣지 못한 것이다. 정연의 죽은 동생과 자신이 닮았다는 이야기를 오래전에 한 번 들은 게 전부였다.

그 일을 물을 때마다 정연의 얼굴이 어두워지는 것을 보면 돌이키고 싶지 않은 과거임이 분명했다. 어쩌면 당환지 또한 그 비슷한 사연을 갖고 있는 모양이다.

석도명이 고개를 털었다.

지금은 그런 감상에 빠져 있을 때가 아니었다. 앞으로 헤쳐 가야 할 길을 생각하니 가슴이 납덩이처럼 무거웠다.

석도명은 그날 밤 당환지와 함께 여가허를 떠났다. 출발 전에 한 일이라고는 정연의 거처에 은밀하게 서찰 한 통을 남긴 게 전부였다.

자신의 거취에 깊은 관심을 기울이고 있는 사마중은 물론, 처음으로 동생노릇을 하고 나선 단호경에게도 아무런 연락을 취하지 않았다. 이번에는 부도문이 따라붙을 틈도 주지 않았다.

식음가의 일에 더 이상 다른 사람들을 끌어들이고 싶지 않았기 때문이다. 그리고 앞으로 닥쳐올 일의 파장이 어디까지 번질지도 자신할 수 없었다.

동북쪽에서 갓 돌아온 석도명이 향한 곳은 정반대편인 서남쪽이었다.

* * *

석도명과 당환지는 여가허를 떠난 지 보름여 만에 사천성 성도(城都)에 도착했다.

당환지는 석도명을 객잔에 남겨두고 혼자 밖으로 나돌았다. 뭔가 긴히 처리할 일이 있는 듯 했지만 석도명에게는 아무런 언질도 주지 않았다.

석도명은 하루 종일 당환지를 기다리는 것 외에는 할 일이 없었다.

그렇게 사나흘이 지나갔다.

"후우……."

석도명의 입에서 간간이 한숨이 새어나왔다.

몸은 성도의 번화가를 걷고 있지만, 눈에는 아무것도 들어오지 않았다. 객잔에 웅크리고 있기가 답답해서 거리로 나왔지만 마음은 어두운 미궁을 헤매는 기분이다.

 모든 게 당환지가 하고 있는 일 때문이었다. 밤늦게 돌아오는 당환지의 몸에서는 간간이 피 냄새가 났다. 그보다 더 심각한 건 미처 지우지 못한 살기였다. 당환지가 자신을 대신해서 궂은일을 하고 있다는 증거였다.

 '내 손만 깨끗하면 그만이라…….'

 사마중의 말이 떠올랐다. 천하를 위해 아무것도 하지 않으면서 제 손발만 깨끗하다고 만족해하는 사람들은 위선자라는.

 석도명이 세차게 고개를 저었다.

 아무래도 이건 아니다. 정연과 자신을 걱정해 주는 당환지의 마음은 고맙지만, 험한 일은 그에게 맡겨 놓고 뒤에서 팔짱만 끼고 있을 수는 없었다. 당환지가 하고 있을 일을 대충 짐작하고 있으면서 계속 모른척한다면 자신 또한 사마중이 말한 위선자에 지나지 않을 것이다.

 석도명이 몸을 돌려세웠다. 이대로 객잔에 돌아가 당환지를 기다릴 생각이었다. 그리고 말할 것이다. 좋은 일이든, 나쁜 일이든 함께할 것이라고.

 누군가가 석도명에게 아는 체를 한 것은 바로 그 순간이었다.

 "어머, 여기는 웬일이세요?"

 "아, 장 소저께서……."

 석도명이 낮은 탄성을 내뱉었다.

 낯이 익은, 그리고 반가운 얼굴. 과거 무림맹에 처음 갔던 날 침착하고 상냥한 태도로 자신을 대해 줬던 청성파의 장민이 눈앞에 서 있었다.
"석 악사님, 아니 이제는 제천대주로 불러드려야 하나요?"
반색을 표하던 장민의 태도가 조금은 어색해졌다. 한낱 악사에 지나지 않았던 석도명이 이제는 십대문파의 장로급으로 대우를 받는 신분이 돼 있었기 때문이다.
"허, 그 소식이 벌써 이곳까지 퍼졌습니까?"
"제 사부님께서 어제 무림맹에서 돌아오셨거든요."
장민의 사부라면 청성파 장문인 주면공이다.
"예, 그렇군요. 하지만 저는 아직 제천대주 자리를 받아들인 게 아닙니다. 전처럼…… 편히 대해 주시면 좋겠습니다."
석도명은 '전처럼'이라는 대목에서 말이 목에 걸리는 느낌이었다.
과연 사람들과 전처럼 지내는 것이 가능할까? 그 같은 의문과 함께 문득 불길한 느낌이 가슴을 치고 갔다.
'설마…… 청성파…….'
당환지는 아직도 식음가를 해친 흉수의 정체를 정확하게 말해 주지 않았다. 그저 마지막으로 확인할 게 있다고만 했을 뿐이다.
문제는 당환지가 자신을 이곳까지 끌고 왔다는 사실이다. 가까운 곳에 흉수가 있을 가능성이 높다는 이야기다. 단지 증거를 추적하기 위해 잠깐 거쳐 갈 장소였다면 자신을 이렇게 며칠씩이나 객잔에 처박아 두지는 않았을 테니까.

사천에서 이름을 날리는 문파를 꼽으라면 청성파가 으뜸이요, 그 다음이 아미파다. 그리고 사천 당문이 그 뒤를 잇는다.

공교롭게도 청성파에는 장민이 있고, 아미파에는 우혜가 있다.

자신이 남들에게 천대를 받을 때 호의를 베풀어준 마음씨 고운 사람들이다. 가깝다고 말하기는 어려워도, 적어도 인간적으로 호감을 갖고 있는 상대다.

어쩌면 그들의 사문과 원수가 될 수도 있다는 생각에 마음이 편치 않았다.

석도명의 복잡한 심경을 알지 못하는 장민이 담백한 웃음을 지어 보였다.

"후후, 전처럼은 힘들겠지만…… 편하게 대하도록 노력해 볼게요."

"고맙습니다."

"그런데 정말 사천에는 어떻게 오신 거죠? 혹시 무림맹에서 청성이나 아미에 전할 소식이라도 있는 건가요?"

장민은 석도명이 제천대주의 자격으로 사천에 온 것이 아닌가 하는 생각을 떨치지 못하는 눈치였다. 이미 무림에서 석도명의 존재가 가볍게 흘려보낼 위치가 아니었기 때문이다.

"아닙니다. 개인적인 용무입니다."

"네에……."

장민이 더는 묻지 못한 채 석도명의 표정을 살폈다. 개인적인 용무임을 강조하는 석도명의 어조에서 알 수 없는 불편함이 느껴진 탓이다. 그 문제에 대해서는 말을 섞고 싶지 않은 기색이었다.

장민이 얼른 화제를 바꿨다.

"일을 마치시면 청성산에 한 번 들려주세요. 여기까지 오셨는데 청성파는 보고 가셔야죠."

"예, 노력해 보겠습니다."

석도명이 대답과 함께 고개를 숙여 보였다.

먼저 가보겠다는 인사였다.

장민이 서운한 표정을 감추며 가볍게 허리를 굽혔다.

바쁜 걸음으로 멀어져가는 석도명의 뒷모습을 보면서 장민이 낮게 중얼거렸다.

"당신이…… 악사였을 때가…… 그립군요."

* * *

당환지는 그날도 밤이 깊어서야 객잔으로 돌아왔다.

"이건 옳지 않습니다."

"뭐가 말이냐?"

"제가 해야 할 일을 왜 아저씨가 대신 하십니까? 이러려고 시작한 일이 아닙니다."

"흥, 나는 처음부터 이러려고 시작한 일이다."

"아저씨! 저를 아직도 치마폭에 싸여 사는 철부지로 보십니까?"

당환지가 코웃음을 치는 바람에 석도명이 자신도 모르게 음성을 높였다.

"내가 철부지나 보살피는 사람이더냐? 모름지기 이독제독(以毒制毒)이라고 했다. 독을 다루는 데는 독이 필요한 게지. 내가 바로 그럴 때 필요한 독이다. 너같이 물러터진 놈이 어설프게 나섰다가는 될 일도 안 된다."

"독이든, 약이든 제 일입니다. 이번 일로 누군가 독이 되어야 한다면…… 그건 바로 접니다."

"쯧, 이만한 일로 핏대를 올리는 걸 보니 아직도 영락없는 철부지로구나. 이놈아, 전쟁터에서는 원하지 않아도 누구나 살인자가 될 수밖에 없는 법이다. 어차피 네가 끝을 낼 싸움이 아니냐? 이 싸움에서 이기려면 최후에 필요한 건 나 같은 잡독(雜毒)이 아니라 극독(劇毒)이라는 걸 알아야지."

"필요하다면 극독이 될 생각입니다."

석도명이 결연한 표정을 지었다.

사부가 식음가의 유업을 자신에게 맡겼을 때 이런 일을 원하지는 않았을 것이다. 그러나 사부가 남긴 길을 따르다 보니 뜻하지 않게 강호에 들어오게 됐고, 또 식음가의 최후에 얽힌 진실을 찾아냈다.

악사의 길이 아니라고 멀리 돌아갈 수도 있다. 하지만, 그러고서 평생 마음이 편할까? 사부의 뜻이 복수에 있지 않다고 해도 식음가의 원한을 이대로 덮어둘 수는 없다.
 석도명은 일생에 오직 한 번이라고 다짐했다. 스스로 극독이 되든지, 극악(極惡)이 되든지 간에 단죄의 칼을 내리고야 말겠다고 마음을 벼렸다.
 복수이든, 용서와 화해이든 깨끗하게 마무리 지은 뒤, 미련 없이 강호를 떠날 것이다. 사부가 그러했듯이 남은 생애는 악사의 길에 바칠 것이다.
 당환지가 품에서 뭔가를 꺼내 탁자 위에 내려놓았다.
 "이게 네가 찾던 답이다. 이제부턴 너 혼자 해결해라."
 그것은 똑같은 모양을 한 3개의 동패였다.
 석도명이 동패를 뚫어져라 노려봤다.

제6장
길이 아닌 길
(非道行)

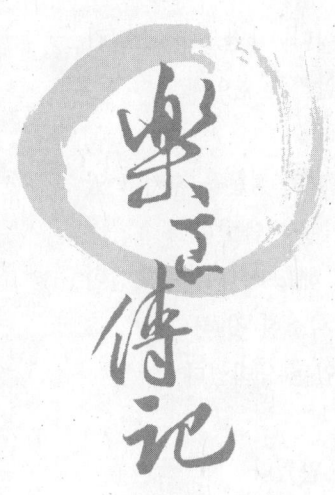

 사천성 성도 북서쪽에 위치한 청성산은 달리 장인산(丈人山)으로도 불린다. 황제(黃帝; 전설에 등장하는 중국 최초의 임금)가 이곳을 오악장인(五嶽丈人)으로 봉했다는 전설이 있기 때문이다.
 청성산 꼭대기에는 호응정(呼應亭)이 있고 산 중턱으로 내려오면 화려한 전각들이 줄지어 자리를 잡고 있다. 대륙의 중심에서 벗어나 있는 깊은 산중이라고는 믿기 어려울 정도로 청성파의 위용은 대단했다.

 청성파 입구에 청년 하나가 모습을 드러냈다.
 소박한 차림새에 평범한 체구, 순한 인상. 어디 하나 특별하게 사람의 눈을 끄는 구석이 없는 젊은이다. 다만 허리에 걸린 검 한 자루가 청년이 강호의 인물임을 알려줄 뿐이다.

다름 아닌 석도명이다.

석도명이 다가서는 것을 신호로 청성파의 정문을 지키고 있던 젊은 제자들의 얼굴에 약간의 경계심이 떠올랐다.

별 다른 존재감이 느껴지지 않는다고 해도 상대는 강호인이다. 요즘같이 강호가 어수선할 때에는 사소한 것 하나라도 소홀히 해서는 안 된다는 지시가 떨어져 있는 상태였다.

"멈추시오!"

제지를 받은 석도명이 말없이 걸음을 멈췄다.

곧이어 석도명에게 질문이 날아갔다.

"어디서 오신 누구시오?"

석도명이 자신들과 비슷한 또래인 탓에 상대는 예의를 갖추기보다는 대뜸 신분부터 확인하려고 들었다.

"여가허에서 온 석도명이라고 하오."

석도명이 짤막하게 신분을 밝혔다. 평소와 달리 힘이 실린, 듣기에 따라서는 다소 고압적일 수도 있는 말투였다.

석도명은 지금 마음이 좋지 않았다.

설마 했는데 결국 당환지가 가져온 답은 청성파를 가리키고 있었다. 이 문 안으로 들어서는 순간부터 자신은 청성파와는 불구대천의 원수가 될 터였다.

자신에게 친절하기만 했던 장민, 별전대에서 생사고락을 같

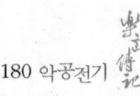

이 했던 도진명과는 돌이킬 수 없는 사이가 되고 말 것이다.
"여가허……?"
청성파 제자의 고개가 갸웃거렸다.
여가허라면 두말 할 것도 없이 무림맹이다. 얕잡아 볼 상대가 아니라는 생각이 떠올랐다.
"헉! 칠현검마…… 아니 제천대주!"
"제, 제천대주다!"
입구를 가로막고 있던 다섯 명의 청성파 제자들 입에서 비명에 가까운 탄성이 쏟아졌다.
석도명이 누구던가?
나이는 어릴지 몰라도 무공으로는 여진의 10만 대군을 공포로 몰아넣은 절정고수다. 십대문파와 오대세가의 수장들마저 그 실력을 인정해 신설된 제천대의 대주 자리를 맡기고 십대문파의 장로급으로 예우를 해주기로 했다고 들었다.
장문인을 따라 무림맹에서 돌아온 선배들의 입에서 석도명에 관한 이야기를 전해 듣고는 얼마나 가슴이 설레었던가? 요즘 청성파의 젊은 제자들 사이에서 석도명이야말로 동경과 선망의 대상이었다.
그런 절정고수 앞에서 은근히 거드름을 피웠다는 생각에 사내들은 몸 둘 바를 모를 지경이었다.
그나마 침착함을 먼저 되찾은 제자 하나가 공손히 허리를 굽히며 석도명에게 다시 물었다. 상대가 제천대주라면 예의를 다해야겠지만, 그렇다고 무조건 문 안으로 들여놓을 수도 없는 일이다.

"제천대주께서는 어떤 용무로 찾아오셨는지요? 제가 어느 분께 전갈을 넣어드려야 할지 말씀해 주셨으면 합니다."

석도명이 말없이 품 안에 손을 넣었다. 그리고는 동패 하나를 꺼내 앞으로 내밀었다.

"청성파에 이것을 돌려주려고 왔소이다. 누구한테 전할 물건인지는 모르오."

동패를 받아든 청성파 제자가 의아한 표정을 지었다.

비도행(非道行)

동패에는 아무런 문양도, 장식도 없이 오직 그 세 글자가 깊게 새겨져 있었다. 본 적도, 들은 적도 없는 물건이다. 대체 이걸 누구에게 전하란 말인가?

"알겠습니다. 우선 지객당으로 안내해 드리겠습니다. 거기서 잠시만 기다리십시오."

동패를 손에 쥔 제자가 자신의 사제로 여겨지는 다른 제자들에게 눈짓을 해보이고는 급히 안으로 달려 들어갔다.

어떤 해괴한 물건을 들고 왔더라도 상대가 제천대주쯤 되는 거물이라면 중대한 용건으로 취급해야 했다.

지객당으로 안내된 석도명은 자리에 앉지도 않았다. 마음이

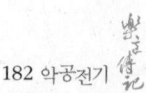

불편해서 어딘가에 몸을 맡기고 쉴 기분이 아니었다.

청성파의 지객당은 과연 십대문파답게 웅장했다. 너무 커서 실내가 휑하게 느껴질 정도였다.

문을 열고 들어서면 정면으로 보이는 벽에는 대도무문(大道無門)이라고 새겨진 커다란 나무 현판이 걸려 있었다.

"대도무문…… 큰 길에는 문이 없다……."

석도명이 그 글귀를 나지막이 읊조렸다.

아직 품에 남아 있는 두 개의 동패가 다시 떠올랐다. 동패에 새겨진 비도행이라는 구절이 대도무문이라는 글과 묘한 대조를 이뤘다.

비도행.

길이 아닌 길을 간다, 혹은 도가 아닌 것을 행한다는 뜻이다.

앞으로는 대도를 추구하면서, 뒤로는 비도를 따르는 것이 청성파의 감춰진 진면목이라고 생각하니 속에게 욕지기가 치밀어 오르는 기분이었다.

정말로 이들이 죄 없는 식음가의 식솔들을, 무공도 모르는 힘없는 양민 수백 명을 해친 자들이라면 도저히 용서할 수가 없었다.

전각이 웅장하고, 무명(武名)이 천하에 드높으면 무엇을 하겠는가? 인간으로서의 도의를 저 버린 자들인 것을.

석도명은 그리 오랜 시간이 지나지 않아 녹운각(綠雲閣)이라는 현판이 붙어 있는 건물로 안내됐다.

그곳에서 석도명을 기다리고 있는 사람은 장문인 주면공과 장로 천소응(千紹鷹)이었다. 천소응과는 초면이고, 주면공과는 무림맹에서 일면식이 있는 사이였다.

"이 물건을 어떻게 손에 넣었는가?"

천소응의 음성은 침중했다. 상황이 그만큼 중대하다는 증거다.

"저는 식음가의 후계자입니다."

쏟아낼 이야기는 많았지만 석도명은 그 말부터 해야 했다. 이제부터 자신이 하려는 모든 일이 식음가의 이름으로 이뤄져야 하기 때문이다.

"식음가라고?"

주면공과 천소응이 서로를 마주 봤다.

당최 알아들을 수 없는 소리였다. 이제 50대 초입에 접어든, 그리고 황도에서 멀리 떨어진 사천성 끝자락에서 자란 두 사람에게 식음가라는 이름은 생소했다.

"식음가의 황금현판이 청성파에서 흘러나온 연유를 알아야 하겠습니다."

석도명의 말에 두 사람의 눈이 더욱 휘둥그레졌다.

비도행의 동패가 나타난 사실만으로도 가슴이 철렁한 상태였지만, 이제부터 들어야 할 이야기는 더욱 놀라운 것이었다.

그로부터 일다경가량이 지난 뒤 석도명은 녹운각에서 나와 산을 내려갔다.

 주면공과 천소응은 머리를 싸맨 채 깊은 근심에 빠져 있었다.
 "이게 정녕 사실이란 말입니까? 지난 50년 동안 무림맹의 일을 제외하면 청성파가 사천 땅을 벗어난 일이 없습니다. 어떻게 하북까지 가서 그런 참담한 일을 벌였겠습니까? 이건 모략입니다. 모략이에요!"
 천소응이 흥분한 나머지 탁자를 두드리며 크게 소리쳤다.
 "사제, 목청을 낮추게. 혹여 어린 제자들이 들을까 두렵네."
 "어허, 이거 정말 어디 가서 하소연을 해야 할지……."
 주면공이 씁쓸하게 중얼거렸다.
 "비도행…… 그 이름만은 평생 다시 듣지 않기를 빌었건만……."
 천소응의 얼굴 또한 잔뜩 어두워졌다. 어쨌거나 비도행이라는 글자가 새겨진 동패에 관해서라면 청성파는 결코 자유로울 수 없는 처지였다.
 한동안 망연하게 앉아 있기만 하던 두 사람 가운데 주면공이 불쑥 일어섰다.
 "우리끼리 고민한다고 뭐가 달라지겠나?"
 "예…… 결국 구(九) 사숙을 뵈어야겠지요."

주면공과 천소응은 마치 죄를 짓고 도망이라도 치듯 소리 없이 청성파를 빠져 나왔다. 두 사람이 찾아간 곳은 봉우리 몇 개를 넘어간 깊은 골짜기였다.

* * *

밝은 날씨인데도 골짜기 안에는 햇빛이 거의 들지 않았다. 게다가 뿌연 안개가 잔뜩 끼어 있어 기괴한 분위기를 자아냈다.

주면공과 천소응은 주저하지 않고 그 안개 속으로 발을 들여놓았다. 그리고 절벽 밑에 입을 벌리고 있는 동굴 안으로 들어갔다.

이끼가 뒤덮여 있는 동굴 입구의 바위에는 참회동(懺悔洞)이라는 글자가 희미하게 보였다.

이상한 일이다.

청성파의 참회동은 이곳이 아니라, 호응정 뒤편 계곡에 자리를 잡고 있다. 청성산에 또 하나의 참회동이 존재하고 있다는 사실은 청성파 제자들조차 몰랐다.

불조차 밝혀져 있지 않은 어두운 동굴 안쪽을 향해 주면공과 천소응이 무릎을 꿇고 앉았다.

"사숙, 천소응입니다. 장문인과 함께 왔습니다."

"무슨…… 일인가?"

어둠 속에서 낮은 목소리가 들려왔다. 오랫동안 말을 하지 않았는지 목이 잠겨 있었다.

"비도행의 동패가 돌아왔습니다."

"……."

대답은 들리지 않았다. 동굴 속의 인물 또한 비도행이라는 이름에 적잖이 충격을 받은 듯했다.

저벅 저벅.

잠시 뒤 발걸음 소리가 들렸다.

동굴 입구에서 비쳐 들어온 빛에 희미하게 드러난 인물은 초췌하기 짝이 없는 노인이었다.

"사숙을 뵙니다."

주면공과 천소웅이 황급히 이마를 조아렸다.

두 사람이 노인의 얼굴을 보는 건 무려 20여 년 만의 일이었다.

노인의 이름은 정고석(丁高石).

청성일검(靑城一劍)으로 불리던 전대의 고수이자, 주면공과 천소웅에게는 아홉 번째 사숙이다.

"그예…… 돌아왔구나. 나 혼자 무덤으로 안고 가나보다 싶었는데…… 으허허."

동패를 거머쥔 정고석의 눈시울이 붉어졌다.

정고석이 깊은 회한에 젖어드는 모습을 주면공과 천소웅은 그저 묵묵히 지켜볼 수밖에 없었다.

잠시 뒤 정고석이 입을 열었다.

"그래, 이걸 가져온 자가 식음가의 후계자라고 했더냐? 그리고 식음가의 황금현판을 쫓아서 본파를 찾아 왔다고?"

"그렇습니다. 저희들로서는 처음 듣는 이야기인지라……."

주면공이 조심스레 답했다.

비도행에 대해서는 정말로 아는 게 없었다. 전대 장문인이자 자신의 사부인 모지광(毛地廣)이 장문인 자리를 물려주면서 '비도행을 찾는 자가 있거든 은밀히 알리라'는 말을 해준 게 전부였다.

사부가 죽고 없는 지금 그 문제를 알 만한 사람은 20년 전에 스스로 참회동에 갇힌 사숙뿐이다.

주면공은 정고석의 반응을 보고서 사숙이 세상을 등진 이유가 비도행이라는 이름과 무관치 않음을 직감했다.

"식음가의 일은 나도 처음 듣는구나……."

정고석이 고개를 저었다.

주면공과 천소웅의 얼굴에 화색이 돌았다.

혹시나 했던 불안감이 확 씻겨 내려가는 기분이었다. 정고석이 모른다면 청성파가 책임질 필요가 없는 일이라는 뜻이다. 아는 게 있어야 책임을 지지, 모르는 일을 어떻게 하겠는가?

하지만 주면공과 천소웅의 기쁨은 잠깐이었다. 정고석의 이야기가 이어졌기 때문이다.

"후우…… 그래서 나는 더 두렵구나."

"모르면 그만이지. 두려울 게 뭡니까?"

천소응의 반문에 정고석이 딱하다는 표정을 지었다.

"네가 비도행에 대체 뭘 알고 있더냐?"

"……."

천소응은 꿀 먹은 벙어리가 됐다.

"1,000냥이라고 했더냐? 그 현판에 들어간 황금이."

"예."

정고석이 다시 침묵에 빠져 들었다. 말하기 힘든 것을 말하기 위해 마음을 추스르는 눈치였다.

"양곡에서 돌아왔을 때 내 나이 갓 스물이었다. 사형 가운데 넷을 그곳에서 잃고 왔지. 하지만 사형들을 잃은 슬픔에 빠져 있을 겨를이 없었다. 지쳐 돌아온 우리를 맞아준 건 잿더미였으니까. 너희도 그 일은 들어서 알고 있을 게다."

주면공과 천소응이 말없이 고개를 조아렸다.

정고석의 입에서 흘러나온 이야기는 청성파의 역사에 깊이 새겨진 상처였다.

청성파는 천마협과 싸우기 위해 정예 고수를 아낌없이 출전시켰다. 헌데 사천성 일대의 사파들이 그 틈을 노려 쳐들어왔고 청성파는 삽시간에 불바다가 되고 말았다.

천마협과의 싸움에서는 이겼지만 청성파는 돌이킬 수 없는 피해를 입었다. 대를 이을 제자들 가운데 태반이 목숨을 잃었고, 살아남은 고수의 숫자도 그리 많지 않았다.

게다가 건물 하나 남아 있지 않을 정도로 철저하게 약탈을 당하는 바람에 재정적으로도 파산상태였다. 문파의 재건은 고사하고 당장 제자들을 거둬 먹이기는 게 더 큰 문제였다.

청성파가 문을 연 이래 가장 혹독한 시기였지만 사실 그 시련을 이겨낸 과정을 제대로 아는 사람은 별로 없었다.

정고석은 바로 그 당시의 일을 꺼낸 것이다.

"너희들은 모르고 있지만 사실 너희들 사부 위로 사형이 한 분 계셨다. 그분의 이름은 차마 입에 올릴 수가 없구나. 그저 청성파를 위해 스스로의 삶을 불태우신 분이라고만 알아 두어라. 원래 장문인의 자리를 이을 사람은 바로 그분이었단다."

"예……"

주면공과 천소응이 긴장한 얼굴로 정고석의 말에 귀를 기울였다.

처음 듣는 이야기였고, 또 그만큼 심각한 사연이었다. 묻고 싶은 게 너무 많았지만 섣불리 입을 놀릴 엄두가 나지 않았다.

"대사형께서는 굶주림에 떨고 있는 어린 제자들을 보고는 울분을 참지 못하셨지. 아미파에 식량을 빌리러 직접 다녀오시기도 했지만…… 그때는 시기가 너무 좋지 않았다. 하필이면 몇 십 년 만의 기근이 닥치는 바람에 여기저기서 백성들이 굶어죽는 실정이었어. 다른 문파들은 새로운 제자를 받아들여 힘을 키우느라 여념이 없는데 우리는 떠나는 제자를 붙잡을 형편도 못 됐지. 그러던 어느 날이었다. 대사형이 사부님께 심하게 대드는 일이 벌어졌지. '도(道)가 밥을 먹여 주냐'고 외치던 대사형의 모습이…… 아직도 눈에 선한데 말이다……."
 사연은 길었다.
 정고석의 대사형은 결국 암울한 현실을 참지 못하고 스스로 장(長)제자의 자리를 박차고 청성파를 떠나 버렸다. 혼자가 아니라, 스무 명 가까운 숫자의 고수를 규합해서 끌고 나간 것이다. 심지어는 원로들 가운데서도 몇 명이 그에 동조를 했다.
 그들의 목표는 하나였다. 문파의 재건을 위해 무슨 짓이라도 하겠다는 각오였다.
 그렇게 청성파에서 떨어져 나간 사람들은 '길이 아닌 곳으로 간다'는 뜻에서 스스로를 비도행이라고 불렀다.
 "조사전(祖師殿)은 물론 상청궁(上淸宮), 옥청궁(玉淸宮), 조양궁(朝陽宮), 청허각(淸虛閣)이 모두 누구 돈으로 다시 세워졌는지 아느냐? 스스로 청성파의 죄인이 되기를 자처한 그분들의 피와 땀이다. 잿더미가 된 청성파를 다시 일으키는 데 10년이 걸렸지. 그분들이 아니었으면 결코 꿈도 꾸지 못했을 일이다."
 "사숙……."
 "호응정 밑에 참회동을 새로 만든 분도 바로 대사형이셨다. 자신들이 죽을 곳은 바로 여기 참회동 밖에 없는데 그 부끄러운 자리를 후배들에게 물려줄 수 없다고 하셨지. 그렇게 청성산을 떠난 분들 가운데 살아 돌아와 이곳에서 눈을 감은 사람은 열 손가락도 채우지를 못했다. 그분들이 밖에서 어떤 고초를 겪었을지 생각하면…… 나는 지금도 가슴이 찢어지는 것만 같구나."

정고석의 말이 또 끊겼다. 복받쳐 오르는 슬픔을 억누르기 위해서였다.

정고석이 청성일검이란 칭송을 들을 정도로 무공에 대성을 이룬 것은 따지고 보면 대사형을 비롯한 선배들의 희생을 가슴에 깊이 새긴 탓이었다.

그러나 명색이 도가(道家)의 제자 된 자들이 스스로 도를 버려야 했던 참담한 과거는 씻지 못할 상처이기도 했다.

결국 자랑이자 원망의 대상이었던 대사형이 참회동 안에서 숨을 거둔 날 정고석은 스스로를 이곳에 가두었다. 대사형이 끝내지 못한 참회를 자신이라도 이어가야 마음의 고통을 조금이나마 덜어낼 수 있을 것 같았다.

긴 사연이 끝나자 천소응이 입을 열었다.

"그러면 사숙께서는 본파가 식음가의 황금현판을 거둬들인 게 사실이라고 생각하시는 겁니까?"

께름칙하지만 피해갈 수 없는 질문이었다. 에둘러 말했지만 사실은 식음가의 몰살이 비도행의 소행이냐고 물은 것이다. 정고석의 이야기 가운데는 비도행이 구체적으로 어떤 일을 벌였는지에 대한 언급이 전혀 없었기 때문이다.

"비도행의 동패가 돌아온 것을 보면…… 아마도……."

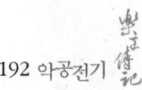

"사숙, 이 동패가 대체 어떤 의미를 갖는 겁니까?"

"생각해 봐라. 고작 스무 명이 세상에 나가서 어떤 일을 할 수 있었겠느냐? 그분들께는 조력자가 필요했지. 그것도 청성파의 치부를 무덤까지 갖고 갈 수 있는 듬직한 사람들이. 하지만 천하에 아무런 대가도 없이 그런 일을 해줄 사람은 없었을 게다. 이 동패는 그들에게 청성파가 한 가지 부탁을 들어줄 것이라는 증표였다. 대사형께서는 그 약속이 자신이 살아 있는 동안 이뤄지기를 바랐지만 유감스럽게도 지금까지 청성파에 나타난 동패는 단 하나도 없었다."

"그렇게…… 된 거였군요."

두뇌회전이 빠른 천소응이 고개를 끄덕였다.

석도명이 들이댄 몇 가지 증거와 정고석의 이야기를 듣고 보니 앞뒤가 맞아 떨어지는 부분이 있었다.

비도행이 식음가의 황금현판을 직접 처리하기는 어려웠을 것이다. 그처럼 눈에 띄는 물건을 소문 없이 처분하는 것은 상인들에게도 쉽지 않은 일이었을 테니까.

녹여서 처리하면 쉬웠겠지만 그렇게 하면 현판의 가치가 너무 떨어지는 게 아쉬웠으리라. 돈에 쪼들려 있는 문파의 사정을 생각하면 쉽게 포기할 수 없는 차이였다. 황금현판을 자르지도, 녹이지도 않고 온전하게 처분하기 위해서 조력자들의 도움을 받았을 게 분명했다.

하지만 워낙 거금이 오간 거래였던 탓에 그 꼬리가 너무 길었던 게 결국에는 문제였다.

 자신이 관리하고 있는 시무당(侍務堂)의 옛날 문건을 뒤져 자금 흐름을 추적해 보면 그 윤곽이 더욱 뚜렷하게 드러날 터였다.

 천소응이 한 손을 들어 이마를 감쌌다. 머리가 지끈거려 견딜 수가 없었다.

 청성파가 직접 개입하지는 않았지만, 선배들이 부끄러운 일을 벌였고 그 과정에서 식음가의 사건에 연루됐다는 사실을 부인하기 어려운 상황이었다.

 이 일이 세상에 알려지면 청성파가 어떻게 고개를 들고 다닐 수 있겠는가?

 "그가 원하는 것이 무엇이냐?"

 정고석이 물었다.

 과거 비도행에 가담했던 인물은 현재 아무도 살아 있지 않았다. 책임을 질 사람이 없으니 자신이 나설 생각이었다. 문제는 과연 상대의 요구가 무엇이냐는 것이다.

 정고석의 속내를 헤아린 주면공이 어렵게 입을 열었다.

 "그는…… 먼저 본파가 죄를 인정할 것을 요구했습니다……. 또 누군가는 그 일에 책임을 져야 하지 않겠냐고 했습니다. 그리고……."

 주면공이 말을 잇지 못했다. 장문인으로서는 차마 입에 담을 수 없는 이야기였다.

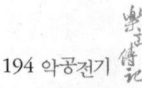

194 악공전기

천소응이 대답을 대신했다.

"그는 청성파의 자숙(自肅)을 요구했습니다."

"……."

세 사람이 동시에 말을 잃었다.

자숙이 무엇인가? 잘못을 반성하는 뜻에서 스스로 행동을 삼가는 것이다. 한 문파에 자숙을 요구하는 건 사실상 봉문을 의미했다. 멸문을 제외하면 이보다 더한 수치는 있을 수가 없었다.

오랜 침묵이 이어졌다. 주면공과 천소응이 참회동에 들어온 뒤로 대화가 간간이 끊겼지만 이번 침묵은 유난히도 길었다.

이윽고 정고석이 주면공에게 물었다.

"장문인은 이번 일의 해결을 내게 맡겨 주겠는가? 봉문의 여부까지 포함해서 말일세."

"사, 사숙……."

"어찌 봉문을 입에 담으십니까?"

천소응이 놀라서 되물었다. 보아하니 정고석은 봉문을 받아들일 기미였다.

"죄를 지었으면 벌을 받는 것이 순리다! 어쩌면 이제라도 과거를 청산할 기회가 생긴 것을 감사해야 할지도 모르거늘…… 어찌하여 소란이냐?"

"하, 하지만……."

천소응은 더 이상 대꾸를 하지 못했다. 정고석의 서슬 시퍼런 눈길을 감당할 수 없어서다.
 그뿐이 아니다. 정고석의 몸에서 날카로운 기세가 줄기줄기 뻗어 나오는 바람에 숨이 턱턱 막혔다. 20년 동안 참회동에 갇혀 산 노인이라고는 믿기지 않을 정도였다.
 천소응이 부르르 몸을 떨었다.
 과연 청성일검이라는 명호는 거저 얻어진 게 아니었다.

     *   *   *

 천소응은 참회동에서 돌아오자마자 도진명을 불러 들였다.
 배분은 같지만 나이 차이가 열 살 이상 나는 탓에 자신을 꽤나 어려워하는 사제다. 무림맹에 몇 년 동안 나가 있다가 이번에 교대를 위해서 장문인과 함께 귀환한 상태였다.
 천소응은 지금 같은 시기에 도진명이 돌아온 게 다행이라는 생각이 들었다. 문제의 인물, 석도명에 대해 자세한 정보가 필요했으니 말이다.
 "그는 어떤 자인가?"
 "글쎄요. 무공을 빼놓으면…… 악사죠. 그러니까 무림인치고는 성품이 무르다는 뜻입니다. 명리를 밝히는 것 같지도 않고. 개중에는 젊은 날의 여운도나 무소진을 보는 것 같다고 하는 사람도 있는 모양입니다. 남들과 잘 어울리는 것 같지는 않지만, 필요한 순간에는 몸을 사리지 않는다고……."

"성품 따위엔 관심이 없네. 무림맹에서 그자의 위치가 어떻고, 무공실력은 어느 정도나 되는가?"

"아시다시피 무림맹에서 위치를 따질 만한 처지는 아니라고 봅니다. 제천대주를 맡게는 됐지만 거의 고립무원이나 다름없는 상탭니다. 사마세가, 남궁세가와 좀 가까운 편이라고는 하는데…… 솔직히 최근에 드러난 정황을 보면 그리 깊은 사이는 아닌 모양입니다."

도진명은 천소응의 질문에 성심껏 대답했다.

최근 무림에서 많은 사람들이 석도명에게 관심을 보이고 있었다. 청성파의 안살림을 꾸려가는 사형이 그 정도의 관심을 갖는 것은 당연한 일이다. 다만 석도명의 무공실력에 대해서는 설명이 조심스러워졌다.

상대의 실력을 잘 안다고 생각해도 실제는 그렇지 않은 게 강호의 사정이다. 매 순간 기대 이상의 실력을 보여준 석도명의 무공을 어찌 한 마디로 설명하겠는가?

"그의 무공을 측량하기는 쉽지 않은 것 같습니다. 때로는 음악과 무공을 섞어 쓰는 것 같기도 하고…… 검에서 불을 내뿜는 검법도 보기 드문 것이고……."

"10만의 여진군을 혼자서 물리쳤다니 엄청난 실력이겠군."

"하하, 그 정도는 아닙니다. 소문이 다소 부풀려진 면이 있지요."

도진명이 혈랑애에서 벌어진 상황을 소상하게 천소응에게

전했다. 자기 눈으로 직접 목격한 장면이라 세세한 설명이 가능했다.

"흐음, 다행스럽게도 천하무적은 아니로구먼. 그 정도를 가지고 그렇게 호들갑을 떨다니…… 하여간 소문이란……."

천소응이 미소를 지었다.

강호의 소문이란 항상 과장되기 마련이었지만 '혼자서 10만 대군을 공포에 몰아넣었다'는 식의 이야기는 너무나 무책임한 것이었다. 고작 아골타의 호위무사 10명과 싸워서 사로잡힌 실력이라면 충분히 승산이 보였다.

"그렇다고 해도 그가 보기 드문 고수라는 점은 틀림없습니다. 솔직히 저는 그를 이길 자신이 없습니다."

"허어…… 자네 입에서 그런 소리를 들을 줄은 몰랐네."

천소응이 탄식을 내뱉었다.

과장된 소문에 겁을 먹을 필요도 없지만, 반대로 상대를 너무 얕잡아봐서도 안 될 일이다. 도진명이 저 정도의 평가를 한다면 신중에 신중을 기할 필요가 있었다. 그러기 위해서라도 도진명의 협조가 필수적이었다.

천소응이 도진명을 부른 진짜 이유를 꺼냈다.

"그가 오늘 본파를 찾아왔다는 사실은 알고 있겠지?"

"예……."

모를 수가 없는 일이다. 청성파의 제자들이 제천대주가 왔다고 수선을 피웠기 때문이다.

"그는 청성의 봉문을 요구했다네."

"말도 안 되는 일입니다. 봉문이라니! 그가 강하다고는 하나 혼자서 본파를 감당하지는 못할 텐데 어찌 그리 광오한 요구를 한단 말입니까?"

"후우…… 진짜 문제는 우리가 그를 감당할 수 없다는 점일세."

"어찌 그리 말하십니까? 청성파는 약하지 않습니다! 누가 감히 봉문을 강요하겠습니까? 천마협이 되돌아온다고 해도 안 될 일입니다."

도진명은 어느새 핏대를 올리고 있었다. 석도명에게 얼마간의 호감이 있지만 터무니없는 요구까지 참아줄 용의는 조금도 없었다.

천소응이 딱하다는 듯이 고개를 저었다.

"설마 대 청성파가 봉문을 하는 사태야 벌어지겠는가? 본파에게 모욕을 주려고 일부러 엄포를 놓은 것이겠지. 하지만 불행히도 본파가 그자에게 수치를 당할 수밖에 없을 것 같다네."

"사형! 수치를 당하다니요? 있을 수 없는 일입니다!"

"허허, 어쩌겠나? 구 사숙과 장문인께서 그자에게 머리를 숙일 생각이신 듯한데……."

"구, 구 사숙이 살아계십니까?"

도진명은 놀라움을 감추지 못했다. 청성일검 정고석은 오래전에 죽은 사람으로 기억되고 있었기 때문이다.

정고석이 살아 있다는 사실도 놀라웠지만, 그가 석도명에게 머리를 숙이겠다는 소식은 더욱 충격적이었다. 청성일검의 실력이라면 석도명을 꺾고도 남을 텐데 말이다.

천소응이 도진명의 격앙된 마음을 파고들었다.

"사숙의 말씀에 따르면 수십 년 전에 본파의 어르신들과 그자의 사문 간에 불미스런 일이 있었다고 하네. 뭐 그리 대단한 일은 아니라는데 그쪽에서는 앙심을 깊이 품었던 게지. 자신들이 힘이 없어서 당했다고. 그런데 공교롭게도 그자가 본파의 치부를 들춰낼 만한 물증을 손에 넣은 모양이야. 그걸 빌미로 협박을 하고 나선 거지. 스스로 죄를 인정하고 사죄하지 않으면 그 증거를 천하에 공개하겠다고."

"대단한 일이 아니라면 정정당당하게 시비를 가리면 되지 않습니까? 머리부터 숙이고 들어갈 이유는 없습니다."

"허허, 세상 일이 어디 그렇게 명료하기만 하던가? 자네도 알다시피 요즘 시류가 십대문파에 별로 우호적이지 않다네. 필경에는 '청성파가 횡포를 부렸다'는 식으로 소문이 날 테고, 소의련 같은 곳에서 얼씨구나 하고 달려들 테지. 속된 말로 무서워서 피하는 게 아니라, 더러워서 피한다고 하지 않나. 사숙과 장문인께서는 그런 심정이시라네. 후우…… 정녕 존장의 수치를 이대로 방관해야 한단 말인가?"

천소응의 언변은 교묘했다.

비도행의 '비' 자도 꺼내지 않은 채 전모를 호도해 마치 석

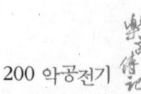

도명이 사문의 일로 앙심을 품고 생떼를 쓰는 것처럼 꾸며 버렸다.

도진명의 성정이 담백하기만 해서 잔꾀를 부리거나, 의심할 줄 모른다는 점을 제대로 이용한 술수였다. 게다가 사문에 대한 충정과 사형에 대한 맹목적인 믿음이 있었기에 교변(巧辯)으로 꾀기가 쉬웠다.

"사형께서는 구경만 하실 생각입니까? 저는 참을 수 없습니다. 강호의 협객으로 칭송을 받고 있는 자가 할 짓이 없어서 협박질입니까?"

도진명이 적극적으로 나서자 천소응이 가슴에 품어둔 생각을 밝혔다.

"내 말이 그 말일세. 그래서 나는 그자를 막아볼 생각이라네. 강호의 일은 결국 실력으로 판가름 내는 게 옳지 않겠나? 그자가 감히 청성의 봉문을 입에 담을 만한 실력이 있는지 직접 깨우쳐줄까 하네."

"설마……."

도진명은 천소응의 말에 담긴 뜻을 짐작할 수 있었다.

자신의 입으로 설명했듯이 천소응이나 자신은 석도명의 적수가 아니다. 그럼에도 천소응이 석도명을 막겠다는 건 일 대 일로 싸우는 게 아니라, 세력을 동원하겠다는 의미였다. 아마도 자신 또한 한 손을 거들어야 할 것이다.

천소응이 빙긋이 웃었다.

"허허, 뭘 그리 놀라는가? 그자는 자신의 실력을 과신한 나머지 청성파에 단신으로 도전장을 낸 걸세. 젊은 제자들에게 과하게 손을 쓰는 바람에 어쩔 수 없이 척살을 한 거지. 존장께 고할 시간도 없이 말이야. 누가 뭐라고 할 수 있겠는가? 우리가 부른 것도 아니고, 그자가 제 발로 찾아온 것을."

"꼭…… 그렇게까지 하셔야 하겠습니까?"

"왜 도의에 어긋나는 짓이라 그런 뜻인가? 큰 길에는 문이 없다고 하네(大道無門). 대도를 향해 가는 데는 거리낄 게 없다는 뜻이지. 빛도 그림자도 모두 큰 도에 담기는 걸세. 청성파의 대의를 위해 나는 언제고 이 한 몸을 버릴 각오가 돼 있다네. 청성을 위해서라면 기꺼이 그림자가 될 생각이지."

도진명이 선뜻 대꾸를 하지 못했다.

장문인 주면공이 덕망으로 제자들을 이끄는 동안 궂은 일, 험한 일을 도맡아온 둘째 사형이다.

모진 말과 행동이 필요한 순간이면 언제고 악역을 자처하고 나선 사람이기도 했다. 그런 사형이 처음으로 도움을 청하는데 어찌 모른 척을 하겠는가?

"제가 할 일을…… 알려주십시오."

"고맙네. 칠십이검좌(七十二劍座)를 소집하게. 그리고 그자의 주변을 살펴주고…… 시간은 사흘밖에 없다네."

"알겠습니다."

도진명이 물러간 뒤 천소응은 오랫동안 생각에 잠겨 들었다.

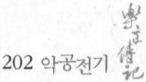

석도명을 제대로 상대하기 위해서는 많은 궁리가 필요했다.
 "사숙…… 저 또한 청성을 위해서라면 길이 아닌 길을 갈 겁니다."
 천소응이 혼잣말을 하며 주먹을 불끈 움켜쥐었다.
 청성파의 비도행은 아직 끝난 게 아니었다.

제7장
죄를 다스리다(治罪)

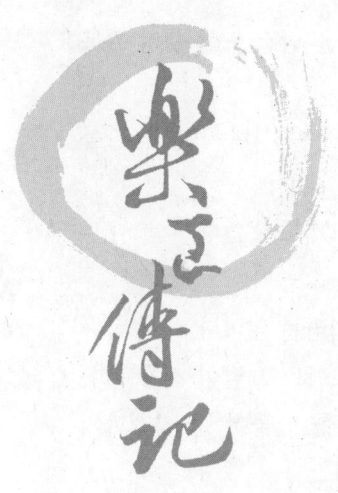

 청성파가 위치한 산등성이 동쪽으로는 청류곡(靑流谷)이라는 깊은 골짜기가 패여 있다.
 청성파에서 청류곡이 갖는 의미는 독특했다.
 우선 본산에서 벗어나 있지만 엄연히 청성파 경내에 포함되는 구역이다. 청류곡 제일 안쪽에 자리를 잡은 천사동(天師洞)은 법력이 뛰어난 도사들이 많이 배출돼 세속인들에게는 영험한 장소로 이름이 높았다.
 오늘 청류곡 요소요소에 청성파 제자들이 자연지물에 의지해 몸을 가린 채 숨어 있었다. 석도명을 맞기 위함이다.
 천사동으로 이어지는 골짜기가 갑자기 좁아져 병목을 이룬

곳에는 천소웅과 도진명, 그리고 환갑을 넘긴 노인 셋이 길목을 지키는 중이었다.

"사우(師友)분들께서 이렇게 힘을 보태주시니 고마울 따름입니다."

천소웅이 노인들을 향해 정중하게 고개를 숙였다.

사우.

원래는 스승으로 모실만한 좋은 벗이라는 의미다.

하지만 청성파에서는 조금 다른 뜻으로 그 말이 사용됐다. 그것은 지금의 불안하고 불편한 자리를 만들어 준 청성파의 과거에서 비롯된 부산물이었다.

천마협의 침공 이후 십대문파에서 공통적으로 벌어진 일이지만 청성파는 문파의 재건을 위해 새 제자를 받아들이는 데 혈안이 돼 있었다. 장기적인 안목에서 보통 다섯 살에서 일곱 살 즈음의 어린아이를 가려 받는 전통에 연연할 겨를이 없었다.

그래서 10대 중반, 심지어는 20대 초반까지 마구잡이로 제자를 뽑던 시절이 있었다. 그들에게는 청성파의 공식적인 배분이 주어지지 않았다.

이들은 주면공이나 천소웅 같은 정식 입문제자들보다 청성파에 늦게 들어왔지만 나이는 평균적으로 열 살가량 많았다.

게다가 입문 전에 이미 무공을 익힌 상태였기 때문에 이들이 실무에 배치되는 시기 또한 정식제자보다 빨랐다. 입문이 늦다는 이유만으로 사제가 되라고 강요하기는 어려운 형편이었다.

더욱이 이들에게는 사부가 따로 정해지지 않았다. 그저 청성파의 공동(共同)제자로만 불렸을 따름이다. 속가제자와 입문제자의 중간쯤이 이들의 정확한 위치였다.

공동 제자들은 그같이 어정쩡한 처지에도 불구하고 청성파의 재건을 위해 헌신적인 노력을 아끼지 않았다. 그리고 그 같은 노력 덕분인지 그들 가운데서도 적지 않은 고수들이 출현했다. 그들의 존재를 제대로 인정해 주지 않을 수 없는 상황이 된 것이다.

전대 장문인 모지광은 고심 끝에 입문제자와 공동제자들이 서로를 '사우'로 부르게 했다. 같은 스승을 모신 벗 같은 존재라는 의미였다.

정고석이 은거에 들어간 뒤 젊은 장문인과 장로들이 이끄는 청성파에서 원로의 자리를 채우고 있는 건 바로 그들이었다.

오늘 이 자리에는 그 중에서 천소응과 뜻을 같이 하는 세 사람이 나와 있었다. 그리고 소림사의 백팔나한에 종종 비견되는 청성파의 자랑 칠십이검좌가 총동원됐다.

천소응은 이 정도 전력이면 석도명을 사로잡았다는 여진족의 철전사에 못지않을 것임을 확신했다.

두 번 다시 청성파 앞에서 고개를 들지 못하도록 석도명에게 치욕을 줘서 내쫓거나, 그게 여의치 않으면 아예 목숨을 취할 계획이었다. 그리고 그 결정은 전적으로 석도명이 어떤 태도를 보이느냐에 따라 달려 있었다.

"크흠…… 대비는 잘 된 거겠지요? 뒤탈은 없어야 할 텐데……."

천소응의 사우 가운데 한 명인 지로용(池露溶)이 못 미더운 표정으로 입을 열었다.

평소 천소응에게 신세를 진 일이 많아서 부탁에 응하기는 했지만 장문인의 이목을 속인다는 게 찜찜했다.

"허허, 별일이야 있겠습니까? 청류곡이 이처럼 깊은데 말입니다. 게다가 칠십이검좌는 장문인의 승낙을 받고 나온 걸요."

"뭐, 그렇다면 다행입니다."

천소응은 지로용의 걱정을 이해하면서도 정작 본인은 덤덤했다. 치밀하게 준비를 했기 때문이다.

천소응은 석도명에게 아침 일찍 천사동으로 나와 달라고 전갈을 보냈다. 과거의 일을 증언해 줄 전대 원로가 천사동에 머물고 있는데 중병을 앓고 있어 밖으로 나갈 수가 없다는 핑계를 댔다.

마음 같아서는 청성파에서 멀찍이 떨어진 곳에서 일을 벌이고 싶었지만, 석도명이 바보가 아닌 다음에야 외부로 유인될 것 같지가 않아서 청류곡으로 부른 것이다.

청류곡은 계곡이 깊어 산 위에서도 내부가 잘 들여다보이지 않았다. 게다가 정고석이 머물고 있는 참회동으로 이어지는 길목과는 정반대 방향이도 했다.

정고석과 주면공에게는 석도명이 신시(申時; 오후 3~5시)에 청성파를 찾아올 것이라고 거짓을 고해뒀다. 칠십이검좌를 밖으로 빼돌린 것도 민감한 시기에 혹시라도 수상한 자들이 출몰할 수 있으니 외곽을 정찰하도록 하겠다고 둘러댄 상태였다.

석도명과의 싸움이 결국에는 들통 나겠지만, 일을 마무리 지을 시간은 충분했다. 본산에서 상황을 알고 달려왔을 때는 모든 게 끝난 다음일 것이다.

"옵니다."

어떻게 하면 깔끔하게 뒷수습을 할 수 있을까를 고민하고 있던 천소웅이 도진명의 긴장한 음성에 고개를 들었다.

저편 골짜기 어귀에서 석도명이 느릿하게 걸어오고 있었다.

"자네가 과연 청성파를 훈계할 자격이 있는지를 먼저 시험해 보겠네. 할 말이 있으면 그 다음에 하게."

천소웅은 그 한 마디로 석도명의 입을 막아 버렸다.

졸지에 청성파를 훈계하러 온 주제넘은 놈이 돼 버렸지만 석도명은 아무 대꾸도 하지 않았다. 이 정도의 장애는 충분히 예상했던 일이다. 천하에 자기 명예만 소중한 줄 아는 게 명문정파의 잘못된 버릇이었다.

시험이든 도전이든 기꺼이 받아 주리라 생각하며 석도명이 검을 뽑아 들었다.

채채채챙.

사방에서 검을 뽑는 소리가 들려왔다. 곳곳에 숨어 있던 칠십이검좌가 석도명이 검을 뽑는 것을 신호 삼아 모습을 드러냈다.

석도명은 미동도 하지 않았다.

골짜기 어귀에서부터 칠십이검좌의 위치를 하나도 놓치지 않고 있었다. 멸겁무상진에서 빠져 나온 뒤로 관음의 경지가 한창 무르익은지라 이젠 어지간한 고수도 석도명의 이목을 속일 수 없었다.

'수단과 방법을 가리지 않겠다 이거지.'

석도명의 가슴 밑바닥으로부터 노기가 끓어올랐다.

석도명이 주저하지 않고 검에 힘을 밀어 넣었다.

푸르스름한 불꽃이 검신을 휘감고 타올랐다.

"헉, 검화(劍火)다!"

"흡!"

칠십이검좌 사이에서 탄성이 터져 나왔다.

이제는 석도명의 성명절학이 된 구화진천무의 불꽃은 동경과 공포의 대상이었다. 칠십이검좌에 속한 청성파의 젊은 제자들은 석도명의 검화가 듣던 것 이상이라는 사실에 놀라움을 감출 수가 없었다.

석도명의 표정이 미미하게 변했다.

감각이 너무 뛰어난 게 꼭 좋지만도 않았다. 칠십이검좌 개개인이 느끼는 두려움과 당혹감이 고스란히 느껴졌다.

'이들이 무슨 죄란 말인가? 젊은 제자를 악행으로 내몬 어른들이 잘못이지.'

이 자리에 있는 사람들 가운데 진실을 알고 있는 사람은 별로 없을 것이라는 데 생각이 미쳤다. 서둘러 자신의 입을 막아 버린 천소응의 소행이 그것을 말해 주고 있었다.

그렇게 이를 악물었건만 끝내 떨쳐 버리지 못한 여린 성정이 석도명의 가슴에 연민을 불러 일으켰다. 과거의 잘못으로 목숨을 잃기에는 저들이 너무 젊었다.

푸시시시.

석도명의 검에서 푸른 불꽃이 사라졌다. 대신 검 전체가 붉게 달아올랐다. 불덩어리를 내뿜어 죄 없는 젊은 제자들의 목숨을 상하게 하고 싶지가 않았다.

"쳐라!"

천소응의 명이 떨어지는 것과 동시에 칠십이검좌가 일사불란하게 움직였다. 골짜기 안의 기류가 삽시간에 바뀌었다.

'연환진인가?'

72명의 청성 제자들이 석도명을 에워쌌다. 석도명을 축으로 빙글빙글 돌아가는 칠십이검좌의 움직임은 기이한 진형을 이뤘다.

석도명은 그것이 사람이 만들어내는 연환진의 일종임을 알았다. 칠십이검좌의 움직임은 어지러웠지만 석도명을 현혹하지는 못했다. 기본적으로 아홉이 한 조를 이뤄 여덟 곳에서 석도명을 압박해 들어오는 형태였다. 그것이 구궁과 팔문의 변화에 기본을 두고 있음을 어렵지 않게 헤아릴 수 있었다.

다만 가상의 공간 속에 기(氣)의 흐름으로 만들어내는 진식과 사람이 유기적으로 조화를 이룬 연환진의 성격은 많이 달랐다. 석도명은 칠십이검좌의 진로를 꿰뚫어 봤으면서도 쉽게 앞으로 나가지 못했다.

따다다당.

금속성이 쉴 새 없이 울려 퍼졌다. 72명의 젊은 고수들이 자리를 바꿔가며 무수히 석도명을 두드렸다. 석도명은 공격을 묵묵히 걷어내기만 했다. 상대를 해치고자 했다면 무리를 해서라도 진형을 깨버렸을 테지만, 석도명은 그렇게 하지 않았다.

"크흠…… 생각보다 강하구먼."

천소응이 낮게 신음했다.

잔꾀가 앞서기는 했지만 천소응은 하수가 아니다. 석도명이 최선을 다하고 있지 않다는 사실을 쉽게 알아봤다. 모든 가능성을 계산에 넣고 있었지만, 상대의 무공이 예상보다 강한 건 반갑지 않은 일이었다.

천소응이 초조한 얼굴로 계곡 어귀를 바라봤다. 뭔가를 기다리는 눈치였다.

그렇게 일다경 정도의 시간이 흘렀다. 석도명과 칠십이검좌의 대결에도 서서히 변화가 나타나고 있었다.

제자리에서 꼼짝도 하지 않고 칠십이검좌의 검을 받아내기만 하던 석도명이 발을 움직이기 시작했다.

앞으로 달려 나가거나 뒤로 물러난 것이 아니라, 한 걸음 한 걸음을 천천히 떼면서 몸을 틀었다. 석도명의 몸은 칠십이검좌의 진형과 반대 방향으로 회전을 하고 있었다.

우웅, 우웅.

석도명 주변에서 세찬 바람 소리가 들려왔다.

칠십이검좌가 펼치는 연환진의 기류와 석도명이 회전하면서 만들어낸 반대의 기류가 부딪치는 소리였다. 석도명이 한가운데서 사방으로 검을 찔러댔다.

"크흑……."

여기저기서 고통스런 신음이 흘러나왔다. 석도명의 검에서 감당하기 어려운 열기가 쏟아져 칠십이검좌의 진형 곳곳에 틈을 만들어낸 탓이다. 석도명이 불덩어리를 쏘는 대신 화기를 퍼부어댄 결과였다.

마침내 칠십이검좌의 연환진이 회전력을 잃고 멈춰 섰다.

"중천지일!"

석도명의 입에서 낭랑한 외침이 떨어졌다.

퍼퍼퍼펑.

석도명이 검을 찔러대는 곳마다 청성의 제자들이 나동그라졌다. 검이 몸에 닿지도 않았는데 말이다.

"헉! 검풍(劍風)……."

도진명과 지로용이 동시에 소리쳤다.

분명 석도명은 검에서 강맹한 바람을 뿜어내 칠십이검좌를 후려치고 있었다.

세간에서는 보통 검을 휘둘러 소매를 세차게 펄럭일 정도의 바람을 일게 하면 검풍을 쓴다고 호들갑을 떨었다. 그러나 진정한 검풍은 그런 게 아니다. 손바닥에서 뿜어지는 장풍(掌風)이 바위를 부수는 것과 같은 정도의 위력이 있어야 하는 것이다.

석도명의 검에서 쏘아진 바람은 그런 의미에서 진짜 검풍이었다.

석도명이 검풍을 얻게 된 건 멸겁무상진에서였다. 일만격의 감춰진 오의를 깨달음으로써 불덩어리에 의지를 실을 수 있게 된 덕분이다.

뜻으로 불을 다룰 수 있게 되자 불덩어리에서 열기를 빼고 더하는 게 자유로워졌다. 석도명의 검풍은 불에서 뜨거움을 뺀 결과였다.

덕분에 과거 검영을 쏘아내는 정도였던 중천지일의 위력이 비교할 수 없을 정도로 강해졌다.

칠십이검좌의 연환진이 무너지는 것을 보면서 천소응이 앞으로 나섰다.

"훌륭한 솜씨군. 자네 같은 기재가 창창한 장래를 외면하고 굳이 과거에 목을 매는 이유를 모르겠구먼. 이제라도 서로의 체면을 지켜줄 방법은 없을까?"

"나는 오직 진실을 확인하고 싶을 따름이오. 당신들이 나를 막아서면 그것이 결국 죄를 자복하는 행동이라 걸 모르시오?"

"흥, 진실을 알고 싶다면 말해 주마. 청성파는 네게 말해 줄 것이 없다! 그럼에도 본파를 겁박하려 든다면 네 모든 것을 걸어야 할 게다. 청성파의 적으로 산다는 게 쉬운 일일 것 같더냐?"

천소응의 말은 노골적인 협박이었다. 그리고 진심이기도 했다.

천소응은 석도명을 이길 수 없다면 처절하게 죽어줄 각오였다. 혈사가 벌어진 뒤에는 과거의 잘잘못을 따질 일이 없을 것이다. 청성파와 석도명 사이에는 과거의 은원을 대신할 새로운 은원이 생길 테니까.

자신과 젊은 제자들의 목숨을 걸어 청성파의 명예를 지키고, 석도명을 척살 대상으로 만들겠다는 것이 천소응의 진짜 속내였다. 물론 도진명이나 지로용에게는 귀띔조차 하지 않았다.

"거짓과 협박을 일삼는 게 청성파의 방식이오? 내 사양하지 않고 받아 주리다."

석도명이 노여움을 참지 못하고 외쳤다.

하지만 정말로 석도명의 분노를 폭발시킬 일은 그 다음 순간에 벌어졌다.

천소응이 냉소를 치며 계곡 어귀를 가리켰다.

"네 모든 것을 걸 각오가 돼 있다니, 나 또한 그 뜻을 기꺼이 받아주마. 청성파를 음해하려고 날뛰던 쥐새끼부터 손을 봐주마."

석도명이 고개를 돌려 뒤를 봤다.

청성파 제자 10여 명이 계곡 어귀에 막 들어선 참이었다. 그리고…… 그들에게 사로잡힌 당환지가 보였다.

천소응이 한편으로는 석도명의 주변을 감시하고, 또 다른 한편으로는 동패의 출처를 역추적해 찾아낸 사람이 바로 당환지였다.

천소응은 석도명이 객잔을 떠나는 시간에 맞춰 자신의 직전 제자들을 보내 당환지를 잡아오게 한 것이다.

"이익!"

석도명이 이를 악물었다.

청성파의 안방이나 다름없는 곳에서 당환지를 객잔에 혼자 남겨두고 오는 게 아니었다.

그동안 당환지를 은밀하게 돕던 이들이 있었던 것 모양이지만 그들도 비도행의 동패를 찾아주는 것을 끝으로 돌아간 눈치였다. 당환지를 먼저 돌려보낼까 했는데 끝까지 결과를 보겠다고 고집을 피우는 바람에 그러지를 못한 게 화근이었다.

명문 정파가 설마 이 정도로 더러운 꼴을 보여줄 줄이야! 아니, 이런 짓을 하는 자들이니까 식음가의 식솔들을 무참하게 살해할 수 있었을 것이다.

석도명의 가슴 속에서 청성파에 대한 마지막 기대가 산산이 부서졌다.

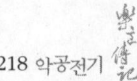

아혈을 점혈 당했는지 당환지는 아무 말도 하지 못했다. 하지만 그 눈에 담긴 뜻은 분명히 전달됐다.

내 목숨은 걱정하지 말고 할 일을 하거라.

당환지의 눈은 그렇게 말하고 있었다.

당환지가 가까이 끌려오자 천소웅이 냉소를 터뜨렸다.

"하하, 네게 남은 수가 더 있더냐? 배짱이 있으면 날뛰어 봐라!"

석도명의 분노에 불을 붙인 한 마디였다.

땅을 향해 늘어뜨려졌던 석도명의 검이 천천히 들어올려졌다.

"나를 원망하지 마시오!"

석도명이 번개처럼 검을 휘둘렀다. 아니, 실제로 검 끝에서 번쩍하고 번갯불이 튀었다.

피피피핑.

마치 암기가 날아가는 듯한 파공성이 울리더니 당환지를 끌고 온 청성파의 제자들이 짚단처럼 쓰러졌다.

석도명의 검에서 아홉 개의 푸른 불꽃이 쏘아져 순식간에 미간을 꿰뚫어 버렸다.

뇌전(雷電)의 불꽃이라고 밖에는 설명할 수 없는 푸른 불꽃은 다시 되돌아와 석도명의 주위를 맴돌았다. 이기어검(以氣御劍)이 아니라, 이기어화(以氣御火)라고 할 만한 신기였다.

칠십이검좌가 손가락 하나 움직이지 못하고 돌덩어리처럼

죄를 다스리다(治罪) 219

얼어붙었다. 감히 맞설 상대가 아니라는 생각이 떠올랐지만 뒤늦은 후회였다.

자신만만하던 천소응의 얼굴에서도 핏기가 사라졌다.

사문을 위해 이 자리에서 죽겠다는 당초의 각오와는 달리 끔찍한 공포가 뼈를 얼리는 느낌이다. 허공을 떠돌며 혀를 날름거리는 아홉 개의 불꽃은 바로 지옥불이었다.

몰살(沒殺).

그 두 글자가 천소응의 뇌리를 스쳤다.

마침내 석도명에게서 사형선고가 떨어졌다.

"내 오늘 그대들의 거짓, 그대들의 위선, 그대들의 죄를 다스릴 것이다!"

피피피핑.

소름끼치는 파공성이 청류곡을 휩쓸어갔다.

석도명이 검을 휘두르는 대로, 마음을 싣는 대로 아홉 개의 불꽃이 무차별적으로 날아가 떨어졌다. 석도명 앞쪽의 땅이 부채꼴로 뒤집어졌다. 돌이 튀고, 바위가 갈라지고, 나무가 불길에 휩싸였다.

석도명의 검은, 분노의 뇌전은 목석(木石)과 사람을 가리지 않고 퍼부어졌다. 청성파의 젊은 제자들을 향해 일말의 연민은 조금도 남아 있지 않았다.

"으악!"

"악, 살려줘!"

불꽃은 순식간에 석도명 앞쪽으로 열려 있는 십여 장 길이의 골짜기를 초토화시켰다.

 단 몇 초 만에 칠십이검좌 가운데 절반 가까운 숫자가 불에 탄 시체로 바뀌었다.

 그러나 얄궂게도 이 참극을 빚어낸 천소응은 죽지 않았다. 불에 잔뜩 그슬리고 피투성이가 되기는 했지만 용케 불꽃을 피해냈다.

 결과적으로 석도명의 분노가 폭발해 무차별적인 공격을 퍼부은 게 오히려 천소응이 화를 면할 수 있게 해줬다. 석도명이 천소응 하나만 노렸더라면 그가 목숨을 부지하지는 못했으리라

 천소응이 살아 있음을 본 석도명이 다시 검을 세웠다. 계곡이 갑자기 좁아지는 병목을 등지고 있던 탓에 미처 빠져나가지 못한 젊은 제자들이 천소응 뒤편에 잔뜩 몰려 있었다.

 천소응이 피하면 그들이 떼죽음을 당할 상황이다. 아니, 석도명이 조금 전과 같은 공격을 펼친다면 모두가 몰살을 당할 판이었다.

 세워진 석도명의 검 끝에서 시퍼런 불꽃이 넘실넘실 피어올랐다. 불꽃은 아까보다 더 커져 있었다.

 천소응이 질끈 눈을 감았다. 제자들을 두고 혼자 몸을 피할 수는 없었다.

 치이익.

눈은 감았지만 불꽃이 사납게 공기를 태우는 소리는 지워지지 않았다. 천소웅은 죽음보다 더한 공포를 이기기 위해 이를 악물었다.

바로 그 순간이었다.

"멈춰라!"

청류곡 위쪽에서 웅혼한 기운이 실린 외침이 들려왔다.

그리고 뒤이어 절벽 위에서 누군가가 바람처럼 떨어져 내렸다.

청성일검 정고석이다.

참회동에 머물러 있을 것이라는 천소웅의 예상과 달리 정고석은 아침부터 청성산 정상에 올라가 있었다.

가슴 가득한 회한을 감당할 수 없어서였다. 그리고 생의 마지막이 될지도 모르는 순간에 그리운 청성산을 눈에 가득 담아두고 싶었다.

그러다 청류곡에서 이상한 기운이 일고 있음을 감지하고는 급하게 달려온 길이었다.

"사숙!"

천소웅과 도진명, 지로용 등이 일제히 무릎을 꿇었다.

털썩, 털썩.

칠십이검좌의 생존자들 또한 정고석을 향해 앞 다퉈 무릎을 꿇었다. 젊은 제자들 가운데 정고석을 본 사람이 거의 없지만 '사숙'이라는 호칭 덕분에 그의 정체를 쉽게 헤아릴 수 있었다.

"네가 어찌하여 이런 일을 벌였더냐? 내 분명 과거를 청산할 기회라고 일렀거늘."

"사숙, 사문을 위해 어두운 길을 가야 했던 선배들을 온 세상이 손가락질한다 해도 저희가 그래서는 안 되는 겁니다. 어찌 그분들을 전부 죄인으로 만들려고 하시는 겁니까? 그런 상황이 닥친다면 저 또한 똑같은 선택을 했을 겁니다."

"네 이놈, 뚫린 입이라고 잘도 지껄이는구나. 이런 짓거리야말로 그분들의 유지를 거스르고 욕 뵈는 일이라는 걸 어찌 모르고! 네놈이 그러고도 도를 닦는다고 할 수 있겠느냐?"

"사숙! 제게는 사문이 바로 큰 도입니다. 대(大)를 위해서 소(小)를 희생하는 것이 큰 도(道)가 아니고 무엇이겠습니까? 그걸 잘못이라 하신다면 벌을 받겠습니다. 하지만 이것만 알아주십시오. 청성파를 위해서라면 저 또한 언제든 길이 아닌 길을 갈 수 있습니다."

이미 죽음을 각오한 탓인지 천소응은 열변을 토했다.

"하아…… 이 어리석은 것아……."

정고석의 눈빛이 가늘게 떨렸다.

정고석은 가슴이 아팠다. 천소응의 모습이 마치 50여 년 전의 대사형을 보는 것 같았기 때문이다.

그러나 그 마음을 이해하면서도 받아들일 수는 없었다.

정고석이 청성파의 제자들을 향해 소리쳤다.

"청성의 제자들은 귀를 씻고 들어라! 어찌 도에 크고 작음이 있겠더냐? 너희들 하나하나가 가슴 속에 작은 도를 지키지 못하면 큰 도 또한 영원히 사라질 것이로다. 진정한 도는 나를 지키기 위해 존재하는 것이 아니라, 남을 위해 나를 버릴 수 있는 것이다. 내 오늘 도를 짓밟는 자가 청성에 있음을 알았으니 존장의 도리를 다하리라. 너희들은 부디 오늘을 교훈 삼아 이 같은 실수를 되풀이하지 말라!"

"사숙……."

천소응은 어느새 흐느껴 울고 있었다.

자신의 진정을 몰라주는 사숙이 야속하기도 했고, 어린 제자들을 끌어들이는 게 아니었다는 늦은 후회도 밀려들었다.

칠십이검좌 사이에서도 숨죽인 울음소리가 곳곳에서 들려왔다.

"소응아…… 너를 잘못 가르친 나 또한 죄인이로구나……."

정고석이 침통한 얼굴로 검을 뽑아 천소응의 심장을 찔렀다.

"흑……."

천소응은 외마디 비명을 남긴 채 숨을 거뒀다. 청성파의 제자들이 달려가 천소응의 시신을 부둥켜안고 통곡했다.

정고석의 처분은 옳았지만, 천소응의 마음 또한 충분히 이해할 수 있었다.

정고석이 석도명을 향해 천천히 돌아섰다.

"일이 이렇게 돼서 진심으로 미안하네."

"……."

석도명이 조용히 고개를 숙였다.

사숙이 사질을 죽인 참담한 현장에서 무슨 말을 하겠는가?

정고석이 말을 이어갔다.

"자네와 청성파는 보통 악연이 아닌 모양일세. 내 오늘 자네를 만나 과거의 죄를 깨끗이 씻고자 했으나 도리어 원한만 깊어졌으니……."

"유감스런 일입니다."

"유감으로 끝날 일이 아닐세."

정고석의 음성은 몹시 무거웠다.

석도명은 정고석이 심상치 않은 결심을 했다는 것을 눈치챘다.

"들을 말이 있으면 듣고, 해야 할 일이 있으면 하겠습니다."

"원한이란 푸줏간에서 고기를 달아 팔 듯 그 무게를 잴 수 있는 게 아니네만, 나는 과거의 일을 풀기 전에 먼저 오늘의 일부터 짚고 넘어가야 하겠네. 자네를 이곳으로 불러내 해치려고 한 못난 사질은 보다시피 내 손으로 죽음을 내렸네. 허나, 한 문파의 존장으로서 자네 손에 죽은 제자들의 목숨 값이 남아 있구먼. 시작은 이쪽에서 먼저 했으나 결과적으로 자네는 털끝 하나 다치지 않았으니, 청성의 제자들이 깊은 원한을 품을 수밖에 없지 않겠나?"

"저 역시 무게를 따질 생각은 없습니다."

석도명이 담담하게 대답했다.

식음가의 죽음과는 무관한 젊은이들이 수십 명이나 목숨을 잃었다. 천소응의 음모를 피하고자 했다면 당환지만 구해서 멀리 달아날 수도 있었을 것이다. 결국 그들을 죽인 건 자신의 선택이었고 정고석이 그에 대한 책임을 묻는다면 피할 도리가 없다고 생각했다.

정고석의 말마따나 근수를 달아서 파는 고기도 아닌데, 식음가 식솔들의 목숨과 청성파 제자들의 목숨을 저울질해서 원한을 서로 청산할 수는 없질 않은가?

"내 고충을 이해해 줘서 고맙네. 내 한 가지만은 분명히 하겠네. 자네가 들고 온 물건에 대한 죄 값은 정확하게 치르겠네. 젊은 제자들의 목숨을 빌미 삼아 죄를 면할 생각은 추호도 없단 말일세. 그 점을 전제로 하고 나는 자네와 싸우고 싶네."

"그렇게 해서 해결되는 것이 무엇입니까?"

정고석이 흐릿하게 미소를 지었다.

"허허, 해결을 바라는 게 아닐세. 이기는 쪽에게 작은 이득을 주자는 것이지. 이를 테면 승자의 권리랄까? 어쨌거나 강호의 일은 싸움으로 푸는 게 순리가 아니겠나?"

"말씀하시지요."

"자네가 나를 이기면 오늘 청성파 제자들에게 살수를 펼친 죄를 묻지 않도록 하지. 대신 내가 이기면 자네를 용서해 주는 대가로 자네의 요구사항 세 가지 중에 하나를 물려줄 수 있겠나?"

두 사람의 대화를 숨죽여 듣고 있던 청성파 사람들이 일제히 술렁였다.

석도명은 승리의 대가로 완전한 면죄부를 받는데, 정고석은 고작 세 가지 요구 중 한 가지만 취소를 해달라고 한다. 더구나 어떤 경우든 석도명의 죄는 묻지 않겠다는 이야기다. 대체 청성파가 석도명에게 무슨 큰 죄를 지었기에 저렇게 불공평한 대화가 오간단 말인가?

석도명은 잠시 정고석의 말을 곱씹었다.

자신이 요구한 세 가지는 죄를 인정할 것과 누군가가 책임을 질 것, 그리고 청성파의 자숙이다.

정고석이 무엇을 요구할 지는 대략 짐작이 됐지만, 나머지 두 가지를 성취하는 것만으로도 식읍가의 응어리가 어느 정도 풀릴 것 같았다.

그리고 솔직히 구화진천무를 대성한 지금에 와서는 정고석에게 질 것이라는 생각은 별로 들지 않았다. 이길 수 있는 싸움을 왜 피하겠는가?

"따르겠습니다."

"허허, 이 늙은이를 많이 봐주는구먼. 고맙네."

석도명과 정고석의 대결을 앞두고 골짜기 안에는 무거운 긴장감이 감돌았다.

헌데 무슨 영문인지 먼저 싸우자고 한 정고석이 움직일 기미를 보이지 않았다.

석도명이 의아한 표정으로 자신을 바라보자 정고석이 낮게 중얼거렸다.

"흐음, 이제 나타날 때가 된 것 같은데……."

그 말이 끝나기가 무섭게 청류곡 어귀에서 시끌벅적한 소리가 들려왔다. 변고를 알아차린 청성파의 사람들이 뒤늦게 몰려든 것이다.

그 중에서 정고석이 기다린 사람은 장문인 주면공이었다.

도진명이 달려가 주면공에게 상황을 전하는 동안 정고석은 고개를 들어 먼 하늘을 바라봤다. 딱히 할 일이 없는 터라 석도명 역시 하늘을 올려다봤다.

"사숙……."

도진명의 설명이 끝나자 주면공이 안타깝게 정고석을 부르며 다가섰다.

그러나 정고석은 손을 들어 주면공을 제지했다.

"어떤 일이 있더라도 내가 이 젊은이와 한 약속은 지켜져야 할 것이네. 그리고 제자들에게 전부 알려주게. 청성파의 선배들이 어떤 길을 갔는지. 그래야만 오늘 같은 일이 두 번 다시 생기지 않을 걸세."

"예…… 그리하겠습니다."

주면공이 머리를 숙였다.

"자, 너무 오래 기다리게 했구먼. 시작해 보세나."

마치 술판이라도 벌이는 것처럼 활기찬 어조였다.

정고석의 마음은 더할 나위 없이 가벼웠다. 평생의 짐을 마침내 내려놓을 수 있었으므로.

석도명과 정고석의 싸움은 치열했다.

검강의 경지에 접어든 정고석의 검은 석도명이 이제껏 접해 보지 못한 위력을 발휘했다. 구화진천무의 푸른 불꽃이 정고석의 검에 부딪치는 족족 깨져 버렸다.

뇌전이 쉬지 않고 검을 두드려대고, 또 번개처럼 빠르게 베어갔지만 정고석은 깃털처럼 날아다니며 모든 공격을 무력화시켰다.

그러나 시간이 한 시진쯤 흘렀을 때 승리를 거둔 사람은 석도명이었다.

정고석의 검강은 끝내 뇌전의 불꽃을 이겨내지 못했다. 거침없이 불꽃을 부숴대던 검강이 결국에는 뇌전에 맞아 부서져 버린 것이다.

검을 부수고 남은 불꽃 하나가 정고석의 복부를 순식간에 관통하면서 싸움은 끝이 났다.

정고석은 석도명이 만나 본 사람 가운데 가장 뛰어난 고수였지만, 완성된 구화진천무의 위력은 그 이상이었다.

주면공이 달려가 정고석의 몸을 안았다. 청성의 제자들이 주변에 몰려들고 땅에 이마를 박고 울었다. 하지만 정고석은 제자들을 물리고 석도명을 향해 손짓을 했다.

석도명이 침울한 표정으로 다가갔다.

"왜 피하지 않으셨습니까?"

다른 사람은 몰라도 석도명은 분명히 보았다. 정고석이 마지막 순간에 피하기는커녕 일부러 불꽃을 끌어들이는 것을. 자신이 이기기는 했지만, 상대를 굳이 죽일 생각까지는 아니었는데 말이다.

"내 손으로…… 사질을 죽였네……. 내가 그 아이를 잘못 가르쳤으니 저승길에 말동무라도 되어야 옳지 않겠나?"

"하아……."

석도명이 깊은 한숨을 내쉬었다. 원한을 갚으러 왔는데, 왜 되레 빚을 진 기분이 드는 걸까?

"부탁하네……. 이것으로…… 원한을 내려놓게……. 원한 따위에 붙잡혀 있기에는 자네가 너무 아깝구먼."

"예…… 잊겠습니다."

"허허허, 다행이야……. 내 평생 꿈이 검선(劍仙)을 만나는 것이었는데…… 필경…… 자네가 검선이 되겠구먼……. 부디 초심을 잃지 말게……."

"과분한…… 말씀입니다."

정고석은 진한 웃음과 함께 숨을 거뒀다. 끝으로 석도명의 손을 잡은 것이 그가 세상에서 한 마지막 일이었다.

석도명은 정고석의 죽음을 뒤로 한 채 당환지와 함께 청류곡을 내려왔다. 아무도 두 사람을 가로막지 않았다. 석도명의 무위가 절대적이기도 했지만, 원한을 끝내라는 정고석의 유지를 청성파는 거역할 수 없었다.
 청성파는 석도명에게 깊은 사죄와 함께 스스로 10년간의 봉문에 들어갔다.
 석도명은 봉문까지 요구할 생각이 아니었다. 정고석이 취소해 주기를 원했던 일이 그것이 아닐까 하는 짐작이 있었기 때문이다.
 그런데 청성파가 스스로 죄를 청하니 막을 수가 없었다.

 석도명은 서둘러 사천을 떠났다.
 그가 떠난 뒤 사천에는 하나의 전설이 생겼다. 청성일검이 쓰러진 곳에 구화검선(九火劍仙)이 현신했다고.

*　　*　　*

 석도명은 여가허로 발걸음을 재촉했다. 식음가의 일이 마무리 됐으니 이제 정연에게 돌아가는 일만 남아 있었다.
 하지만 석도명이 여가허에 채 닿기도 전에 청성파와 일전을 벌인 소식이 곳곳에 전해졌다.
 과거 장강에서 막간대채의 산적들을 상대했을 때와는 비교도 되지 않을 만큼 빠른 속도였다. 십대문파에 얽힌 일이기도 했지만, 무엇보다 강호에서 석도명의 위상이 그만큼 높아진 탓이다.

 석도명의 소식이 강호에 몰고 온 파장은 심각했다.

 정파 무림의 영웅으로 떠오르고 있던 석도명이 전대의 고수인 정고석을 죽이고, 청성파가 그로 인해 봉문에 들어갔으니 보통 충격이 아니었다. 석도명을 제천대주로 지명했던 십대문파와 오대세가의 수장들은 뒤통수를 맞은 기분이었다.

 거의 모든 문파가 청성파에 전령을 급파했고 사천을 중심으로 수백 마리의 전서구가 오갔다. 정확한 진상을 알아보기 위해서였다. 석도명이 십대문파에 반기를 든 것이라면 심각한 상황이 될 수밖에 없었기 때문이다.

 석도명의 행보를 놓고 주판을 두드리는 곳은 정파만이 아니었다.

 "크흠, 재미있구나. 재미있어……."

 허이량으로부터 석도명의 일을 보고 받은 진무궁 궁주 악소천이 웃음을 터뜨렸다.

 "글쎄요…… 워낙 예측불가한 자이기는 합니다만……."

 허이량이 조심스레 악소천의 말을 받았다.

 석도명이 뜻밖의 장소에 나타나, 예상 밖의 일을 벌인 건 한두 번이 아니다. 그로 인해서 자신은 늘 골치가 아팠다. 기껏 다음 수를 세워놓은 장기판에 엉뚱한 말이 떨어져 날뛰는 기분이었다.

그런데 자신의 주군은 시간이 지나면서 자꾸만 석도명에게 묘한 흥미를 느끼는 것 같았다. 그저 관심으로 끝나면 그만이겠지만, 아무래도 그로 인해서 무림의 정세가 뒤틀릴 것만 같은 불안감이 가슴 속에서 꿈틀댔다.

"그래, 그 아이가 청성파에는 왜 뛰어든 건가?"

"청성파가 대문을 꼭꼭 걸어 잠근 상태라 자세한 정보를 얻을 수가 없습니다. 알려지기로는 정고석이 젊었을 때 석도명의 사문과 개인적은 원한을 맺었다고 합니다."

"그만 한 일로 청성파가 봉문에 들어갔다고? 게다가 청성파가 자랑하는 칠십이검좌가 반 토막이 났다면서."

"칠십이검좌는 앞뒤 사정을 잘 모르고 실수로 그를 가로막았다가 낭패를 당한 경우라고 합니다. 존장을 지키지 못한데다가 핵심 전력까지 큰 피해를 입는 바람에 주면공이 노발대발해서는 복수를 다짐하며 봉문을 결정했다고도 하고……. 아무래도 억지로 짜 맞춘 이유 같습니다……."

허이량이 슬그머니 말꼬리를 흐렸다.

자기 이야기에 자신이 없는 것이다. 실제로 청성파와 석도명의 일전에 대해서는 거의 알려진 사실이 없었다.

청성파 제자들은 문밖으로 나오질 않고 또 다른 당사자인 석도명은 바쁘게 이동 중이니 더 이상의 정보를 캐내기가 불가능했다.

일이 그렇게 된 건 석도명이 청성파의 비도행에 대해서 함구(緘口; 비밀을 지킴)하기로 한 탓이다.

석도명은 청성파가 스스로 죄 값을 치르기로 한 마당에 굳이 과거사를 세상에 공개할 필요는 없다고 생각했다.

당시에는 태어나지도 않은 어린 제자들이 평생 치욕을 안고 살아가도록 하고 싶은 마음은 들지 않았다. 더구나 식음가의 불행이 이제 와서 세인의 입에 다시 오르내리는 것도 싫었다.

그리고 한 가지 이유가 더 있었다. 도를 지키기 위해 기꺼이 죽음을 선택한 정고석의 의기(義氣)를 생각해서라도 청성파의 마지막 자존심을 지켜 주고 싶었다.

어쨌거나 그로 인해 허이량은 악소천 앞에서 진땀을 흘릴 수밖에 없었다. 진무궁의 정보망이 아무리 치밀하다고 해도 그런 속사정까지 캐는 건 무리였다.

다행히도 악소천의 관심은 그런 곳에 있지 않았다.

"그 아이를 너무 키웠나? 청성일검이라면 여운도의 하수가 아닐 텐데."

석도명이 칠현검마라는 별호를 얻었을 무렵 허이량은 서둘러 제거하기를 원했다. 하지만 자신의 만류로 그렇게 하지 못했다.

좀 지켜보자는 생각이었는데 그사이에 석도명이 예상 외로 성장한 것이다. 세간에는 청성일검이 석도명을 가리켜 검선으로 불렀다는 소문이 퍼져나가고 있었다.

"그래봐야 독불장군입니다. 걱정해야 할 쪽은 사마세가지요."

허이량의 말에 악소천이 고개를 끄덕였다.

창림에서 사마세가가 보여준 전투력은 가히 충격적이었다. 일 대 일 대결이라면 모를까, 집단전투에서는 무공과 병법을 접목시킨 사마세가의 병력이 압도적인 우위를 보일 게 분명했다.

문제는 사마세가의 전력이 그게 전부라고 장담할 수 없다는 점이다.

50여 년 전에도 지리멸렬 상태의 정파를 규합해 천마협을 물리쳤던 사마세가다. 그리고 무림맹까지 설립해 강호의 정세를 쥐락펴락했다. 사마세가처럼 교활한 토끼가 굴을 몇 개나 갖고 있을지는 연기를 제대로 피워 보기 전에는 알 수 없는 일이다.

십대문파의 집중 견제를 받고 있다고는 하나 여전히 무림맹의 구심점은 사마세가였다.

"사마세가…… 그쪽도 재미있지. 지나칠 정도로 말이야."

"이제는 때가 무르익었다고 봅니다. 거사를 앞두고 쳐낼 것은 미리 쳐내시지요."

"준비는 완벽한가?"

"언제라도 출전을 할 수 있습니다. 사방천군(四方天君)이 이미 하남 땅에 깊숙이 들어가 있는 상태입니다."

"칼만 뽑으면 된다, 이건가?"

"그렇습니다."

"흠, 그러고 보니 미친개가 한 마리 있었지. 그 녀석도 슬슬 풀어놓을 때가 되기는 했는데……."

"……."

허이량이 조용히 고개를 숙였다.

악소천은 중대한 결정을 내릴 때면 말꼬리를 흐리는 버릇이 있었다. 지금 역시 그런 순간이었다.

"좋아, 올 가을에는 청공전에서 국화주를 맛보도록 하지."

"진무승천(震武昇天)! 명을 받들겠습니다!"

허이량이 황급히 무릎을 꿇었다.

악소천의 말투는 무심했지만 그 안에 담긴 뜻은 그렇지 않았다. 무림맹 본전인 청공전에서 국화주를 맛보겠다는 말은 중양절까지는 무림맹을 손에 넣겠다는 의미였다.

허이량은 가슴이 두근거렸다. 평생을 기다려온 강호 출도의 꿈이 드디어 실현을 앞두게 된 것이다.

"군사는 먼저 준비된 계책부터 시행해야 할 것이야. 흔들고 (振), 찢고(裂), 부수고(壞), 마침내 뽑는다(拔)!"

악소천의 말투가 변했다. 결심이 확고하다는 뜻이리라.

"존명!"

허이량이 다시 머리를 조아렸다.

강호를 휩쓸어갈 거대한 태풍이 그렇게 시작되고 있었다.

제8장
강호(江湖)를 등지다

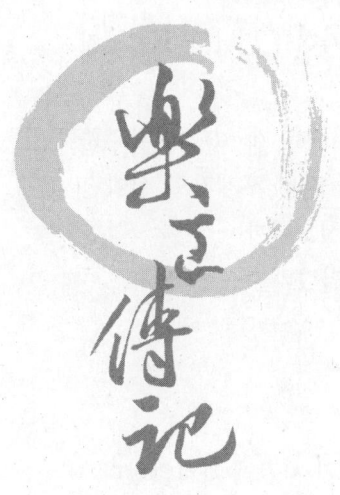

 사천에서 돌아온 석도명은 여가허를 떠나지 못했다. 무림맹의 제동이 있었기 때문이다.
 무림맹은 석도명과 청성파 사이의 일을 조사하겠다며 긴급히 상무원 회의를 소집했다. 불과 40여 일 전에 연석회의를 마치고 각자의 문파로 되돌아갔던 십대문파와 오대세가의 수장들이 서둘러 무림맹으로 향했다.
 석도명에게는 상무원 회의가 열릴 때까지 대기하라는 통지가 떨어졌다.
 마음은 이미 강호에서 떠났지만 석도명은 기다릴 수밖에 없었다. 자신의 행적을 둘러싸고 온갖 추측이 난무했다. 이런 상황에서 무림맹의 제지를 무시하고 여가허를 떠났다가는 자칫 누명을 뒤집어쓸 수도 있었다.

석도명은 밝힐 게 있다면 밝히고, 가려줄 게 있다면 가려준 뒤 정정당당하게 떠나기로 했다. 식음가의 후계자로 살아갈 앞으로의 인생은 거리낄 것이 없어야 했으니까.

그리고 날짜가 흘러 상무원 회의가 열렸다.

* * *

석도명이 들어서자 청공전의 분위기가 차갑게 가라앉았다.

천산파와 모용세가에 이어 청성파가 빠지는 바람에 무림맹에 모인 각파의 수장은 모두 열둘이었다.

석도명을 바라보는 그들의 눈빛은 복잡하고 미묘했다. 누군가는 날카롭게 노려봤고, 또 다른 누군가의 시선에는 아쉬움이 가득했다.

평소 청공전 가운데는 커다란 원탁이 놓여 있었지만 오늘은 자리 배치가 달랐다. 가운데를 비워 놓고 정면과 양쪽 벽에 단을 세우고 그 위에 의자를 늘어놓았다.

석도명이 청공전 복판에 서자 각파의 수장들이 3면에서 에 워싸는 형태가 됐다.

석도명이 도착한 직후, 누군가가 청공전에 들어섰다. 석도명과는 제법 낯이 익은 도진명이다.

무림맹은 석도명을 호출하는 것과 동시에 청성파에도 입장 표명을 요구했다.

양쪽의 이야기를 모두 들어야 공정하다는 이유에서다. 그런 연유로 도진명이 무림맹에 나타난 것이다.

"험, 양쪽이 모두 참석했으니 회의를 시작하겠소이다."

무당파의 장량진인이 입을 열었다.

각파의 수장들이 돌아가면서 맡기로 한 상무원주가 현재는 그의 순번이었다.

장량진인이 말을 이어가려다가 멈추었다. 도진명이 불쑥 앞으로 나선 탓이다.

"장문인께서 무림맹에 전하라는 전갈이 있습니다. 제가 직접 낭독을 하겠습니다."

장량진인이 가볍게 손을 들어 도진명의 발언을 허락했다.

도진명이 주면공의 전갈을 전하기에 앞서 석도명을 향해 포권을 해보였다. 석도명이 같은 자세로 도진명의 인사를 받았다.

각파의 수장들이 놀란 표정을 지었다.

철천지원수가 된 줄 알았던 두 사람이 예의 바르게 인사를 나눈 것이 너무나 뜻밖이었다. 특히나 석도명이 무심할 정도로 담담한 반면, 도진명은 지극히 공손했다. 사문의 원수가 아니라, 마치 은인을 대하는 듯한 태도였다.

자세를 바로 한 도진명이 서찰을 꺼내 읽기 시작했다.

"청성파 장문인 주면공이 무림 동도들께 아뢰는 바요. 최근 무림맹 제천대주와 본파 사이에 오간 일을 두고 항간에 온갖 낭설이 퍼지고 있소이다. 한 문파의 속사정을 어찌 일일이 세상에 밝히겠소이까마는 불필요한 오해를 막기 위해 본파의 입장을 천명하고자 하오이다. 제천대주는 사부의 유지를 받들어 본파와 정당한 비무를 벌였으며 그 결과는 양쪽이 공정하게 수긍할 수 있는 것이었소. 추후 이 일로 인해 본파는 물론, 제천대주의 명예에 누를 끼치는 자가 있다면 이를 좌시하지 않을 것임을 분명히 하겠소이다."

"어허……."

도진명이 낭독을 마치자 곳곳에서 탄성이 흘러나왔다.

청성파가 공개적으로 석도명을 두둔하고 나서리라고는 꿈에도 생각지 못한 일이었다. 피해를 당한 쪽에서 정당한 비무라고 하는데 더 이상 무엇을 따지겠는가?

도진명이 좌중의 반응에는 아랑곳하지 않고 다시 입을 열었다.

"장문인의 영으로 본파는 앞으로 10년 간 강호의 일에 나서지 않을 방침입니다. 무림맹에 파견돼 있는 청성의 제자들은 오늘 저와 함께 돌아갈 것입니다."

도진명이 그 말을 끝으로 몸을 돌려 밖으로 걸어 나갔다. 석도명에게 정중하게 허리를 굽힌 다음이었다.

청공전이 이내 잠잠해졌다. 수천 리 길을 바쁘게 달려온 것

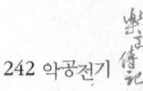

치고는 허망한 결과였다.

장량진인이 다시 나섰다.

그 역시 당황스러웠지만 어쨌거나 회의를 주재해야 할 책임이 있었다.

"크흠, 청성파의 의견이 그렇다고 하니 누군가의 죄를 추궁할 일은 사라진 것 같소이다. 그러나 제천대주가 중책을 맡고 있는 신분으로서 사사로이 무림맹을 벗어나 분란을 일으킨 것 또한 사실이오. 따라서 제천대주를 상대로 몇 가지 짚고 넘어가야 하는 게 아닌가 싶소이다만……. 하실 말씀이 있으면 자유롭게 해주시오."

장량진인은 그 말을 끝으로 굳게 입을 다물었다.

회의를 이끌어가는 모양새를 갖추기 위해 석도명의 잘못을 언급하기는 했지만 정작 자신은 따져 물을 생각이 전혀 없는 눈치였다.

장량진인만 그런 게 아니었다. 평소 석도명에 대해서 곱지 않은 생각을 갖고 있는 사람들조차 쉽게 입을 열지 못했다.

기껏해야 '자리를 비운 죄'다. 그런 걸 따져봐야 채신머리 없다는 소리 밖에 더 듣겠는가?

"흠…… 사부의 유지를 받들었다고 하는데…… 그대의 사문이 어찌 되는가?"

침묵을 깬 사람은 팽가장의 장주 팽만지다.

다른 의미가 있는 질문은 아니었다. 놀라운 무공 솜씨에 비해 석도명의 사문에 대해서는 알려진 게 전혀 없었다. 석도명 본인도 그에 대해서는 언제나 함구로 일관했다.

무림맹에서도 지금까지는 세상을 등진 은거기인의 제자려니 하고 지내왔을 따름이다. 강호에 그런 일이 적지 않기 때문이다.

헌데 석도명이 청성파를 찾아간 이유가 사부의 유지 때문이라고 하자 부쩍 호기심이 생긴 것이다.

"저는 식음가의 후계자입니다."

석도명이 가슴을 펴고 당당하게 자신의 사문을 밝혔다. 이제는 식음가의 이름을 감출 이유가 없었다.

"허어…… 식음가는 무가(武家)가 아니지 않은가?"

누군가가 나지막이 중얼거렸다.

석도명이 주저하지 않고 대답했다.

"무공은 산동 구화문의 검법을 전승했습니다."

장내의 사람들이 고개를 갸웃거렸다.

산동의 구화문이라는 이름은 그 누구도 들어본 기억이 없었다. 그토록 가공스런 검법을 소장한 문파가 어떻게 지금까지 철저하게 무명으로 남아 있었는지 궁금할 따름이었다.

"그러면 구화문이 자네의 사문인가?"

이번에는 남궁강이 끼어들었다. 석도명과 가까이 지냈으면서도 아는 게 없기로는 남들과 별 차이가 없었다.

"아닙니다. 제 의제가 구화문의 유일한 계승자입니다."

"오호라…… 열화검이……."

사람들의 얼굴에 경탄의 빛이 어렸다.

석도명과 단호경이 같은 검법을 구사한다는 것은 이미 알려진 사실이다. 두 사람이 의형제 사이이니 석도명이 동생에게 검법을 가르쳤을 것이라고 생각했는데, 사실은 정반대였던 것이다.

새겨보면 가르친 사람이 미처 대성하지 못한 것을 배운 사람이 먼저 깨우쳤다는 이야기가 아닌가?

이 자리에 모인 사람들은 전부 내로라하는 무공의 고수들이다. 모두의 관심이 한순간에 석도명의 무공으로 옮겨갔다. 천하제일을 다투는 솜씨 좋은 악사가 어떻게 절정고수가 됐을까 하는 호기심이 한껏 부풀어 올랐다.

그러나…… 모든 사람이 그런 것은 아니었다.

"흥, 지금 그런 한가한 이야기나 할 때가 아니외다!"

노성을 터뜨리며 자리를 박차고 일어난 사람은 헌원세가의 가주 헌원소였다.

좌중의 시선이 헌원소에게 몰렸다.

마치 딴 생각에 빠진 것처럼 처음부터 내내 팔짱만 끼고 앉아 있던 헌원소가 갑자기 나선 데는 뭔가 의도가 있어 보였다.

헌원소가 석도명을 쏘아보며 말했다.

"마침 네 의제 이야기가 나왔으니 나도 한 가지만 묻자꾸나. 네 형이라는 자의 사문은 어디냐?"

"……."

그 한 마디에 석도명의 가슴이 철렁 내려앉았다. 헌원소가 몰라서 물은 게 아니라는 사실을 알았기 때문이다.

"내가 대신 말해 주랴? 그가 혈제의 전인이라는 사실을!"

"무엇이오? 혈제라니."

"어떻게 그럴 수가!"

각파의 수장들이 경악을 금치 못했다.

혈제가 누구인가? 사람의 피를 빨아 먹던 전대의 대마두다. 정파인들의 생리상 살인마보다 더 끔찍하게 여기는 게 무공을 위해서 인명을 해치는 자들이다.

게다가 극마이신으로 불리던 혈제 부명화와 녹림왕 곡부야는 천마협 다음 가는 공적이었다.

석도명이 형님으로 모신다는 부도문의 정체가 혈제의 전인이라니!

헌원소가 날카롭게 외쳤다.

"어찌 말이 없느냐? 설마 몰랐다고 할 셈이더냐?"

"아닙니다. 누군가가 그렇게 부르는 것을 들은 적이 있습니다."

"처음부터 알고 어울린 것은 아니다……. 그런 말을 하고 싶은 게로구나. 그런다고 네 죄가 사라지지는 않는다. 감히 마두를 무림맹에 끌어들이다니!"

"제 손으로 누구를 무림맹에 끌어들인 일은 없습니다. 더구나 그분이 무림맹에 해를 끼친 일이 없는데 무엇이 죄가 됩니까?"

"네 이놈! 그자가 네놈과 짜고서 별전대를 따라갔던 게 아니더냐? 흉한 꿍꿍이가 있지 않고서야 마인이 어찌 두 번이나 정파의 제자들을 구했겠느냐?"

"그렇지 않습니다! 그분은 무림맹의 일에는 조금도 관심이 없습니다. 저를 돕기 위해 피치 못하게 나서 주신 게 전부입니다!"

석도명이 목소리를 높였다.

부도문의 신분이 탄로 날 경우 문제가 생기리라는 걱정은 전부터 하고 있었다. 그래도 이렇게 악의적으로 몰아붙일 줄은 몰랐다. 부도문이 적잖은 목숨을 구해 준 사실을 생각하면 말이다.

하지만 일은 거기서 끝나지 않았다. 헌원소가 이번에는 손가락을 들어 사마중을 가리켰다.

"사마 가주에게 묻겠소. 설마 이자를 무림맹에 받아들이면서 아무것도 몰랐던 거요? 군사부의 정보력이 겨우 그 정도였다고는 말하지 마시오!"

장내의 사람들이 사마중과 헌원소를 번갈아 바라봤다.

청성파의 단호한 입장 표명으로 싱겁게 마무리되는 것 같았던 자리가 걷잡을 수 없는 혼란으로 빠져들고 있었다.

사마중은 헌원소의 시선을 피하지 않았다. 그리고 무거운 음성으로 말했다.

"처음부터 모든 것을 알고 있었소이다."

그 한 마디가 모두를 충격으로 몰아넣었다. 사마중의 대답이 놀랍기는 석도명도 마찬가지였다.

"아니, 어쩌자고 그러셨소이까?"

팽만지가 믿을 수 없다는 얼굴로 물었다.

사마중은 이번에도 흐트러짐 없는 자세로 대답했다.

"첫째는 두 사람을 믿었기 때문이고, 둘째는 무림맹에 도움이 될 거라 생각했기 때문이외다."

"궤변이요!"

사마중의 오랜 앙숙인 종남파의 두한모가 버럭 소리를 질렀다.

그러나 사마중의 대응은 여전히 침착했다.

"궤변이란 앞뒤가 안 맞거나 근거가 없는 말이라오. 나는 그런 이야기는 하지 않소. 생각을 해보시오. 무림에서 혈제의 흔적이 사라진 게 오래전이외다. 그동안 혈제의 흡혈마공으로 세상이 혼란했던 적이 한 번이라도 있었소이까? 아니, 제천대주가 무림맹에 온 뒤로 여가허 일대에서 피를 빨린 시체가 단 한 구라도 발견됐소? 부도문이라는 자가 혈제의 무공을 이었는지는 모르겠으나 흡혈마인이 아닌 것은 분명하오. 내가 아는 한 그가 손을 쓴 상대는 장룡구방의 수적들뿐이었소. 자, 두 사람을 받아들인 결과가 무엇이오? 녹림맹, 더 나아가 천마협의 음모를 분쇄하고 정파의 제자들을 구한 것이외다."

"흥, 결과가 좋으면 다 좋다는 이야기구려."

두한모가 사마중의 열변을 비웃음으로 받았다.

그때 누군가가 사마중을 옹호하고 나섰다.

"그래도 결과가 나쁜 것보다야 좋지 않겠소?"

음성이 들린 쪽으로 두한모의 고개가 홱 돌아갔다. 상대는 남궁강이었다.

"어허, 남궁 가주…… 그건 좀 위험한 발상이올시다. 우리가 정도를 외면하면 제자들이 무엇을 배우겠소?"

화산파의 구유청이 혀를 찼다.

뒤이어 이 사람 저 사람이 말을 거들면서 장내의 분위기는 점점 더 혼란스러워졌다.

보다 못한 장량진인이 손을 들어 좌중을 진정시켰다.

"아무래도 회의가 길어질 것 같구려. 미안하지만 두 분은 자리를 비켜주셨으면 하오. 내일 이 자리에서 무림맹의 결정을 알려드리겠소이다."

사람들의 의견이 사마중과 석도명을 옹호하거나 공격하는 쪽으로 갈리고 있는 상황이다. 당사자들을 세워놓고 논의를 계속하기는 아무래도 껄끄러웠다.

사마중이 승낙의 뜻으로 가볍게 고개를 숙인 반면, 석도명은 천천히 좌중을 둘러봤다. 할 말이 남아 있었기 때문이다.

"저를 둘러싼 여러 가지 억측과 우려가 있다는 것을 잘 알고 있습니다. 저는 무림맹은 물론 어느 문파와도 원한을 쌓고 싶지 않습니다. 그러나 개인적인 감정이나 이해관계 때문에 저를 핍박하는 사람이 있다면 그냥 당할 수도 없습니다."

"네가 어디서 검선 소리를 듣더니 간이 부었구나. 감히 우리를 협박을 하자는 게냐?"

헌원소가 눈을 부릅떴지만 석도명은 조금도 개의치 않았다.

"그 반대입니다. 저는 그런 일이 생기지 않기를 바랍니다. 그래서 무림맹을 떠나겠습니다. 다시는 강호에 나오지 않을 겁니다. 이대로 조용히 돌아가게 해주십시오."

각파 수장들의 표정이 복잡하게 변했다.

인심이란 묘한 것이다. 상대가 내 밥상에 숟가락을 얹는 게 아닐까 싶을 때는 가차 없이 물어뜯다가도, 미련 없이 돌아서겠다면 정작 서운해진다. 있을 때는 고마운 줄 모르다가, 가겠다고 하면 아쉬워한다.

지금 장문인과 가주들의 마음이 그랬다.

"자네의 뜻은 알겠네만, 무림맹이란 자기 마음대로 드나드는 곳이 아니라네. 돌아가 조용히 처분을 기다리게."

장량진인의 말에 석도명이 뭔가 대꾸를 할 것 같더니 고개를 숙였다. 사마중이 눈짓으로 석도명을 말렸기 때문이다.

석도명과 사마중이 퇴장한 뒤 격론이 벌어졌지만 회의는 결론 없이 끝났다.

장량진인은 다음날 결정을 내리자며 회의를 마무리했다. 아

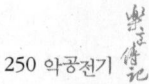

무래도 각자의 입장을 정리할 시간이 필요했다.

*   *   *

소림사 방장 성백선사는 반가운 얼굴의 방문을 받았다. 달마육검을 완성하겠노라며 소림을 떠나 무림맹 파견을 자청했던 사제 성목이 찾아온 것이다.

"제천대주는 의로운 사람입니다. 그를 붙잡아야 합니다."

성목은 자리에 앉기가 무섭게 석도명을 옹호했다.

"사제는 그를 매우 높게 보는군. 그가 제2의 여운도가 될 거라고 보는가?"

"기회를 준다면 불가능한 일도 아닐 것 같습니다."

"확실히 그의 재주가 아깝기는 하지. 허나 그는 결코 여운도가 될 수는 없네. 여운도에게는 천마협에 희생된 여씨세가의 유일한 생존자라는 명분이 있었지. 헌데 제천대주는 희대의 마인과 어울렸어. 정파의 명예를 생각해서라도 그의 이름이 더 높아져서는 곤란하겠지."

"다른 곳은 몰라도 소림까지 그래서는 안 됩니다. 사부님(정각선사)이라면 다른 말씀을 하실 겁니다."

성백선사가 딱하다는 눈빛으로 성목을 바라봤다.

"사부님께서 왜 서품전을 도왔는지 아는가?"

"사부님께 직접 들으신 게 있습니까?"

"두 가지를 말해 주셨지. 사부님께서는 개인적으로 여운도에게 호감을 갖고 계셨다네. 그만큼 사욕이 없는 사람도 드물었으니까. 하지만 또 다른 이유가 있었다네. 사마중의 독주를 견제하려고 하셨던 거지."

"그랬군요."

"자네도 느꼈겠지만 무림맹 안에는 요소요소에 사마세가의 사람들이 심어져 있다네. 사마세가의 두 부자가 50년 넘게 안살림을 꾸려온 결과지. 여운도가 죽고 없는 지금, 사마세가의 영향력은 더욱 강해졌어. 겉으로는 상무원이 무림맹을 이끄는 것 같지만, 사마중이 암암리에 손을 쓰고 있는 형편이지. 적당한 계기가 찾아오면 사마중이 무림맹주 자리를 꿰차게 될 걸세."

"……."

성목은 듣기만 했다. 사마세가에 대한 지적이 그르지 않았기 때문이다.

"무림맹에 오기 전에 사부님을 뵈었지. 딱 한 말씀을 하시더군. 사마중은 야욕이 큰 사람이라고."

"사마세가를 견제하기 위해서 제천대주를 내치겠다는 말씀이신가요?"

"내가 먼저 나서서 그런 이야기를 하지는 않을 거네. 하지만 중론이 그렇게 정해진다면 반대할 이유가 없겠지. 소림사의 미덕은 어디까지나 중용(中庸)이니까."

"하아……."

성목이 한숨을 내쉬었다. 사문에 대해 진한 실망감이 밀려들었지만, 자기 하나가 날뛴다고 사부와 사형의 뜻을 꺾을 수 있는 것은 아니었다.

그 시간 남궁세가의 처소인 봉황전에는 남궁강과 남궁설리, 남궁호천이 무릎을 맞대고 있었다.

"저는 무조건 석 소협의 편입니다."

남궁호천의 생각은 간단명료했다.

"허허, 그간의 정리를 생각하면 아무래도 그래야겠지. 남궁세가가 그의 친구라는 걸 이번 기회에 제대로 보여줄 생각이야."

남궁강은 아직도 석도명에 대한 미련을 버리지 못한 상태였다. 이번 기회를 잘 이용하면 석도명을 사마세가에서 떼어내 확실한 자기 사람으로 만들 수 있을 지도 모른다는 욕심이 자꾸 커졌다.

청성일검을 꺾고 검선 소리를 듣는 석도명이다. 일각에서는 그가 천하제일인이라는 섣부른 이야기까지 나오고 있었다.

남궁강이 동의를 구하는 눈빛으로 남궁설리를 바라봤다.

"저는 그렇게 생각하지 않습니다."

"뜻밖이로구나."

남궁설리의 대답은 누구도 예상치 못한 것이었다.

"이번 일은 생각만큼 간단하지 않습니다. 석 악사와 사마세가가 이미 한 배를 탄 상황이니까요. 석 악사를 옹호하면 사람들은 우리를 사마세가와 한편으로 몰아붙일 겁니다. 아버님께서는 그 같은 일을 원하십니까?"

"네 뜻은 알겠다. 하지만 석 악사는 너와 혼담이 오간 사이다. 이제 와서 우리가 그를 버리면 세상이 남궁세가를 어찌 보겠느냐? 달면 삼키고 쓰면 뱉는다고 손가락질을 할 게다."

"아버님, 남녀 간의 문제가 꼬이고 뒤집히는 것은 흔한 일입니다. 남궁세가의 처사가 옹졸하다고 잠시의 험담은 듣겠지요. 그러나 남궁세가가 마인과 어울렸다는 사실은 오래도록 기억될 겁니다. 모두…… 제 잘못입니다. 그를 세가에 들이는 게 아니었는데……."

"허어……."

남궁강의 얼굴이 굳어졌다. 부도문이 석도명과 함께 항주에 꽤 오래 머물렀다는 사실을 떠올렸기 때문이다.

남궁설리의 초대를 받아 부도문이 석도명과 함께 남궁세가에 며칠 묵은 일 자체는 큰 문제가 아니었다.

하지만 남궁세가의 최대 행사인 등룡식에 부도문이 나타나 손님들과 시비가 붙었던 건 확실히 곤란스런 일이었다. 그것도 하필이면 남궁세가에 반기를 든 소의련측 사람들과 얽혔으니 말이다.

부도문의 정체가 널리 알려지면 그 문제를 꼬투리 잡고 나올 사람이 적지 않으리라.

그 뿐이 아니다. 남궁세가의 기대주로 이름을 떨치기 시작한 남궁호천이 부도문과 자주 어울리는 사이였다. 심지어 부도문으로부터 무공을 지도 받았다고 하지 않던가.

그런 마당에 석도명을 싸고도는 건 부도문과의 친분을 스스로 인정하는 꼴이었다.

"허면 내가 어찌해야겠느냐?"

"그를…… 버리세요. 남들보다 먼저……."

남궁설리의 음성이 가늘게 떨렸다.

아프지만 꼭 해야 할 말이었다. 자신은 남궁세가의 장녀이므로.

한편 아들과 대화를 나누고 있던 사마중의 처소에도 사람이 들었다. 사마세가의 총관 허정이다.

"심려가 크실 줄 알았는데 두 분 모두 표정이 밝으셔서 다행입니다."

"허허, 걱정할 일이 무엔가? 마음이 이미 정해졌거늘."

"그리 생각하신다니 저도 마음이 놓입니다. 헌데 무슨 대화를 나누셨기에……."

허정이 싸늘하게 식은 찻잔을 내려다봤다. 사마중과 사마형은 차에 입도 대지 않은 상태였다. 이야기에 빠져 있다는 증거다.

"제천대주의 무공에 대해 토론하고 있었지. 요즘 형이와 같이 있을 때는 그 이야기뿐이라네."

"저야 무공을 잘 모릅니다만, 검선이라는 소문까지 난 것을 보면 석 소협의 신기가 정말 대단한 모양입니다."

"무공만이 아니지. 그와 비교하면 우리는 모두 눈뜬장님일 테니 말이야."

"눈뜬장님이라뇨?"

허정이 의아한 얼굴로 되물었다.

본신의 실력을 다 드러내지 않아서 그렇지 사마중 또한 손색없는 절정고수다. 그런 사마중이 스스로를 장님이라고 말한 까닭은 납득할 수 없었다.

사마중이 사마형에게 눈짓을 했다. 대신 설명을 해주라는 뜻이다.

"알다시피 그는 악사입니다. 그가 소리를 다스리는 경지는 이미 반백제 때 드러났지요."

"그렇지요. 당시 가주께서는 그가 음률로 심상을 그려내는 경지라고 말씀하셨습니다."

"지금은 그 이상입니다. 관음(觀音), 즉 눈으로 소리를 보는 경지에 다다랐으니까요."

"아니, 소리를 보다니요? 설령 그렇다 쳐도 그게 무공과 무슨 상관입니까?"

허정의 질문이 순진한 탓에 사마중이 크게 웃음을 터뜨렸다.

"허허허, 이 사람아…… 인간의 감각을 넘어선 거라네. 그것만 해도 대단한 일이지. 세상에 누가 그의 이목을 가리겠는가?"

"그렇군요……. 그러면 그를 이기는 게 불가능한 일인가요? 설마 그가 천하제일이라는 말씀은 아니시겠죠?"

"허허, 싸워봐야 알겠지. 그래서 우리가 맨 날 이렇게 마주 앉아서 그 이야기만 하고 있는 걸세."

허정이 질린 얼굴로 머리를 흔들었다.

석도명이 갑자기 무공의 고수가 되어 나타났다는 사실에 누구보다 놀란 사람이 허정이었다. 반백제 때 곁에서 지켜본 석도명의 모습은 철저한 예인이었지, 무림인의 기도는 전혀 느껴지지 않았기 때문이다.

소문으로 들리는 실력만 해도 대단한데 사마중의 말에 의하면 그조차 제대로 드러난 게 아니라고 한다.

허정이 다시 고개를 저었다. 지금은 석도명의 무공에 신경을 쓰고 있을 때가 아니었다.

때마침 사마중이 화제를 바꿨다.

"그나저나 내일부터는 자네가 많이 바쁘겠구먼. 차질 없이 준비를 잘 해주리라 믿네."

"가주, 기어이 결심대로 하실 겁니까? 지난 세월이 너무 억울합니다."

"백척간두 진일보(百尺竿頭 進一步)라 했네. 절벽 끝에서 한 걸음을 내딛을 용기가 없으면 그게 어디 장부겠는가?"

"가주……."

허정이 조용히 머리를 조아렸다.

위기에 처하면 그보다 더 큰 도전에 나서는 것이 사마세가의 방식이었다.

무림맹의 높은 담장 안에서 그렇게 각자의 생각과 고민이 깊어만 가고 있었다.

다음 날은 오늘과는 분명 다른 날이 될 터였다.

*   *   *

석도명과 사마중이 청공전에 모습을 드러낸 것은 정오(正午; 낮 12시)가 멀지 않은 시간이었다. 아침 일찍 소집된 상무원 회의가 지체된 탓이다. 하룻밤의 말미가 있었음에도 각 문파의 이견을 좁히는 데는 여전히 시간이 필요했다.

석도명과 사마중에게 청공전에 들라는 통보가 떨어진 것은 난산 끝에 결론이 도출된 직후였다.

청공전 안에 자신의 자리가 있음에도 사마중은 앉지 않았다. 대신 청공전 복판에 석도명과 나란히 섰다. 자신을 심판의 대상으로 삼은 다른 문파의 수장들을 향한 무언의 항의였다.

장량진인이 곧바로 두루마리를 펼쳐 들었다.

"먼저 사마 가주에 대한 무림맹의 결정이오. 사마 가주가 군사의 신분으로 전대 마인의 계승자를 무림맹의 일에 끌어들인 것은 묵과할 수 없는 잘못이다. 허나 사마세가가 2대에 걸쳐 무림맹에 헌신의 노력을 다 해온 점, 그리고 사마 가주의 행동이 사욕을 위해서가 아니라 무림맹을 위한 고육지책이었다는 점 또한 인정하지 않을 수 없다. 하여 무림맹은 사마 가주 개인에 대해 1년간의 근신을 명한다. 사마 가주는 사마세가로 돌아가 자숙하되 사마세가는 변함없이 무림맹의 일원으로 활약할 것이다."

장량진인이 낭독을 잠깐 중단했다. 사마중의 반응을 살피기 위해서다.

상무원의 결정은 교묘했다.

사마세가에는 아무런 제재도 가하지 않으면서 오로지 사마중의 활동에만 제약을 걸었다. 사마중이 사마세가에 묶여 있는 1년 동안 무림맹을 완전히 자신들의 손 안에 넣겠다는 속내였다.

그 같은 결정을 어떻게 받아들일지 궁금했지만 사마중은 석상처럼 꼼짝도 하지 않았다.

장량진인이 이어 석도명에 관한 부분을 읽어 내려갔다.

"다음은 제천대주에 대한 처분이오. 제천대주의 공과를 신중히 따진 결과 무림맹은 다음과 같이 결정한다. 마인을 무림맹에 끌어들인 책임을 물어 석도명에게서 제천대주의 직을 박탈하고 강제 출맹시킨다. 무림맹의 어떤 문파도 그에게 직위를 내리거나, 그를 일원으로 받아들여서는 안 된다."

석도명에 대한 결정은 한 마디로 추방이었다.

석도명이 스스로 강호를 떠나겠다고 선언한 상황이니 어찌 보면 그 뜻을 수용한 것 같았다.

그러나 석도명이 스스로 강호를 떠나는 것과 쫓겨나는 것에는 중대한 차이가 있었다. 상무원은 석도명에게 죄인이라는 꼬리표를 붙여 불명예 퇴진을 시킨 것이다. 석도명이 이대로 물러날 경우 오래도록 강호의 영웅으로 기억될 것을 우려한 조치였다.

석도명이 고개를 들어 단상 위의 사람들을 하나하나 바라봤다. 가슴속에서 뭔가가 끓어올랐다.

명문 정파의 사람들을 대하면서 늘 느꼈던 것은 참을 수 없는 가증스러움이었다. 필요할 때는 감투를 안겨주면서 끌어다 쓰려고 하고, 필요가 없어지면 모욕을 주며 쫓아내려 한다.

어차피 떠나려는 사람인데 조용히 보내 주면 안 된단 말인가? 사람을 대놓고 쳐 죽이지 않았을 뿐이지 이들의 소행이 청성파의 비도행과 다를 게 뭔가?

석도명이 울분에 겨워 주먹을 불끈 움켜쥐었다.

그러나 석도명이 분노를 터뜨릴 기회는 주어지지 않았다. 사마중이 먼저 입을 열었기 때문이다.

"허허, 이 사마 모(某)가 오늘 여러 사람에게 빚을 지는구려. 혈제의 전인을 알고도 끌어들인 것은 이 사람의 죄인데 1년의 근신은 벌이 너무 가볍지 않소이까? 헌데 석 소협에게는 무슨 죄가 있다고 이런 모멸을 안기시오? 그에게 죄가 있다면 내 부탁을 거절하지 못하고 무림맹에 공을 세운 게 전부라오."

"흥, 속이 훤히 들여다보이오. 저자의 일을 빌미로 우리의 결정을 뒤집어 보자는 속셈이구려. 그렇게 해서라도 궁지를 모면하고 싶은 모양인데, 뜻대로 되지는 않을 것이외다."

종남파의 두한모가 냉소를 날렸다.

11개 문파가 단단히 뜻을 모은 일이다. 아무리 항변을 한다고 해도 달라질 상황이 아니었다.

두한모의 반박을 받은 사마중이 묘한 미소를 지었다. 그 무엇에도 개의치 않겠다는 자신감 같은 것이 그 미소에 배어 있었다.

"허허, 사람을 잘못 봐도 크게 잘못 봤소이다. 책임을 회피하려는 게 아니라, 제대로 지겠다는 것이오. 거듭 밝히거니와 모든 일은 처음부터 내가 계획했소이다. 따라서 석 소협에게 내려진 벌은 사마세가가 받겠소이다. 그래서 사마세가는 오늘부로 무림맹에서 탈퇴할 생각이오. 아니, 죄를 지었으니 강제 출맹을 당하는 것으로 하는 게 옳겠소."

청공전이 궤궤한 침묵에 빠져 들었다. 사마중의 선언이 갑작스럽고 충격적인 탓에 모두들 멍한 얼굴이 돼 있었다.

"그럼 이 죄인은 물러가오이다. 부디 보중들 하시오."

사마중이 비아냥대듯 한 마디를 남겨 놓고는 석도명과 함께 청공전 밖으로 걸어 나갔다.

 2대를 이어온 사마세가의 무림맹 시대가 막을 내리는 순간이었다.

 그날 해가 떨어지기 전에 무림맹에 머물고 있던 사마세가의 무사들은 여가허를 떠났다.

 사마중이 총관 허정을 불러 미리 준비를 시킨 덕분에 사마세가의 무림맹 탈퇴는 조용하고 신속하게 마무리됐다.

*　　*　　*

 사마세가의 사람들이 서둘러 떠난 것과 달리 석도명은 다음 날 아침을 여가허에서 맞았다. 왕문이 송별잔치라도 해야 한다고 우긴 탓이다.

 왕문의 집으로 여러 사람이 찾아왔다.

 단호경과 수하들은 아예 짐을 꾸려가지고 아침 일찍 나타났다. 막무가내로 석도명을 따라갈 심산이었다.

 점심때쯤에는 금강대 출신의 고수 무소진과 송필용이 석도명과의 이별에 아쉬움을 표하고 돌아갔다.

 혼자 찾아온 남궁호천은 석도명 앞에서 고개를 들지 못했다. 그리고 별전대에서 석도명의 도움을 받았던 각파의 제자들이 떼 지어 다녀갔다.

 해가 기울 무렵, 석도명을 만나러 온 사람이 하나 더 있었다.

별채 마당을 차지하고 앉아 왁자지껄 떠들어 대던 단호경과 수하들이 갑자기 조용해졌다. 한운영이 다소곳이 문을 밀고 들어섰기 때문이다.

석도명이 천천히 한운영에게 다가섰다.

두 사람의 만남은 폭우가 쏟아지던 그날 밤 이후 처음이다. 왠지 모를 서먹함이 둘 사이를 맴돌았다.

"제게 인사도 없이 떠날 생각이었나요?"

"아니오……."

한운영의 물음에 석도명은 공연히 가슴이 시큰거렸다.

모든 짐을 털어내고 홀가분하게 떠날 수 있게 됐지만, 딱 한 가지가 마음에 걸렸다. 사마세가마저 떠나는 바람에 외톨이로 남겨진 한운영의 문제였다.

여운도에게 한운영을 돌보겠다고 약속했지만 정작 자신이 해줄 게 없었다. 부친을 잃은 뒤 한운영에게 남겨진 것은 복수심뿐이다. 이적행을 찾아내 자신의 손으로 원한을 갚겠다는 생각이었다.

그것은 석도명이 같이 가줄 수 있는 길이 아니었다. 또다시 정연을 두고 떠날 수 없기 때문이다.

다만 한운영에게 마지막으로 해줄 말이 남아 있었다.

"잠깐 나가시죠."

석도명이 한운영에게 바깥으로 나가기를 청했다. 다른 사람들 앞에서는 할 수 없는 이야기였다.

두 사람이 문밖으로 나가는 모습을 보면서 단호경이 불쑥 한 마디를 뱉어냈다.

"에구…… 애틋해서 못 봐주겠군."

"그러게 말이오. 연애를 하려면 제대로 해보든지."

이광발이 맞장구를 치자 다른 사람들이 일제히 고개를 끄덕여댔다.

그 광경을 바라보는 정연의 얼굴이 살짝 어두워졌지만 이를 눈치챈 사람은 아무도 없었다.

석도명과 한운영은 빈 들판에서 걸음을 멈췄다.

먼저 입을 연 쪽은 한운영이었다.

"저도 떠날 거예요."

"어디로 가십니까?"

"일단 개봉으로 갈 거예요. 어머님 기일이 다가와서……. 그 다음에는 사마세가로 갈까 해요."

"그렇군요."

석도명은 한운영이 사마세가로 가려는 이유를 알았다.

여운도와 함께 천마협의 출현을 막기 위해 노력을 아끼지 않던 곳이다. 무림맹이 흔들리고 있는 지금, 한운영이 천마협과의 싸움을 위해 기대를 걸 곳은 사마세가밖에 없었다. 천마협의 뒤를 쫓다 보면 이적행을 찾아내 부친의 복수를 할 수 있으리라.

그리고 그곳에는 한운영을 진심으로 걱정해 주는 사마형이 있다.

석도명이 잠시 머뭇거리다 입을 뗐다.

"드릴 말씀이 있습니다. 절대로 소저의 출생에 관한 이야기를 밝히지 마십시오. 아버님께서 마지막까지 당부하셨던 일입니다. 평생 사마세가에도 알리지 않으셨지요."

"알고 있어요."

"저는…… 소저를 말리고 싶습니다. 아버님께서는 복수를 원하지 않으셨습니다. 소저가 무사하고 행복하게 살기만을 바라셨지요."

"그러는 분이 청성파에는 왜 달려가셨던가요? 석 악사께서도 그 일로 주변사람들을 잔뜩 걱정시켰잖아요."

한운영의 가벼운 책망에 석도명은 대답할 말이 없었다. 자신 또한 사부가 시켜서 복수를 한 게 아니었으니 말이다.

석도명은 느낄 수 있었다. 한운영 또한 자신을 걱정해 준 사람 가운데 하나라는 것을.

"천마협은…… 사람들이 알고 있는 것보다 훨씬 거대하고 무서운 곳입니다. 소저께는 특히 위험한 존재고요."

"뭔가를 알고 계시군요. 그것도 제 아버님께 들은 이야기인가요?"

"그렇습니다."

"그런데 제게는 비밀인가요?"

"그러라고 하셨습니다."

"……."

한운영이 석도명을 물끄러미 바라봤다.

노을에 물든 한운영의 얼굴은 슬프도록 아름다웠다. 아니, 아름다워서 슬펐다.

언젠가 느껴본 두근거림이 석도명의 가슴을 세차게 흔들었다.

"미안합니다……. 지켜주지 못해서…… 같이 가지 못해서……."

"아니에요. 우리에겐 각자 가야 할 길이 있잖아요. 저는 제게 주어진 운명, 제가 갈 길을 가는 것뿐이에요."

"그렇죠……. 길이 다른 거겠죠."

석도명은 '길이 다르다'는 말을 속으로 곱씹었다.

그것은 남궁호천이 가져다준 남궁설리의 편지에도 들어 있는 글귀였다.

> 죄송하다는 말밖에 드릴 수가 없군요. 여인으로서 당신에게 진실 된 사람이고 싶었지만 제게는 남궁세가의 장녀로서 가야 할 길이 있습니다. 언젠가는 세가의 가주가 될 어린 동생에게 부끄럽지 않은 누이가 되겠다고 오래전에 맹세했습니다.
> 제 동생이 훗날 한 점의 부끄러움도 없이 가문을 물려받기를 원하는 마음으로 저는 당신을 버렸습니다. 남궁세가가 당신을 버려야 한다고 제 아버님을 설득했습니다.

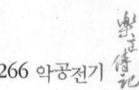

당신의 마음이 제게도, 강호에도 있지 않다는 것을 알
지만…… 평생을 미안해하며 살겠습니다.

석도명은 생각했다. 이것이 각자에게 주어진 인생일까 하고.

남궁설리가 가문과 가족을 위해 원치 않는 선택을 한 것이나, 한운영을 걱정하면서도 정연을 위해 강호를 떠나는 자신의 결심이나 다를 것이 없었다.

석도명과 한운영 사이에 긴 침묵이 이어졌다.

석양마저 사라진 하늘엔 어둠이 밀려들고, 들판에는 서늘한 바람이 바스락거리며 오갔다.

그리고 이별의 순간이 다가왔다.

"그동안 고마웠어요. 부디…… 행복하세요."

"소저도 보중하십시오."

한운영이 몸을 돌려 두 사람이 걸어온 길을 혼자 되짚어 갔다.

석도명이 움직일 줄 모르고 그 모습을 오래도록 지켜봤다.

제9장

진무궁(震武宮)
천하(天下)

 강호를 영원히 등지겠다는 생각과 달리 석도명은 여가허에서 그리 먼 곳으로 떠나지 못했다.
 석도명 일행은 황하를 끼고 있는 초구(湫溝)라는 작은 강촌에 자리를 잡았다.
 초구에서 황하를 건너 남쪽으로 반나절 거리에는 소림사로 유명한 숭산(嵩山)이 있었다. 여가허까지는 고작 이틀 거리였다. 그것도 무림인이 아닌, 보통 사람의 걸음으로.
 석도명이 초구에 정착한 이유는 그곳이 정연의 고향이었기 때문이다.
 정연의 고향집은 누추했다. 여동생 둘은 일찍이 출가를 하고 노모가 홀로 남아 정연을 기다리고 있었다. 정연이 적잖은 재물을 보내줬지만 딸을 팔아 호강을 누릴 수 없다며 다 쓰러져가는 초옥을 떠나지 못한 것이다.

석도명은 정연의 집에서 조금 떨어진 마을 어귀에 집을 한 채 장만했다. 단호경 일행을 생각해서 조금 큰 집을 마련했건만 정작 그곳에 머무는 사람은 석도명과 부도문뿐이었다.

단호경은 정연을 지켜줄 사람이 있어야 한다고 핏대를 올리더니 정연의 동생들이 사용하던 방을 슬그머니 차지해 버렸다. 천리산 등도 정연의 집을 수리한다며 한동안 수선을 피우더니 마당에 움막을 따로 지어 그곳에 눌러앉아 버렸다.

아무래도 부도문과 어울려 살기가 버거운 눈치였다. 무림맹에서 제마오협이라는 거창한 별호를 얻기는 했지만, 혈제의 전인 앞에서는 주눅이 드는 게 당연했다. 게다가 결정적으로 정연과 가까이 있으면 밥걱정을 할 필요가 없었다.

그리고 또 한 사람, 소림사 출신의 성목이 초구까지 따라왔다. 그는 여가허를 떠나기 전날 천리산과 의형제를 맺은 사이였다. 소림사가 석도명을 버린 일이 그에게는 앙금이 되어 남아 있었다.

초구에서의 삶은 소박하지만 평화로웠다.

부도문은 낚시를 한다며 단호경과 어울려 날마다 강가에 나갔고, 석도명은 집에서 혼자 악기를 연주하거나 산으로 들로 돌아다니며 생각에 빠졌다.

천리산과 성목은 하루도 빼놓지 않고 격렬하게 비무를 벌였고, 이광발과 서량, 곽석, 구엽 또한 미친 듯이 검법을 파고들었다.

그렇게 몇 달이 훌쩍 지나갔다.
석도명은 오늘도 집에 홀로 남아 있었다. 아침나절에 정연이 다녀간 뒤 혼자서 호금을 연주하고 또 연주했다. 요즘 들어 석도명이 가장 공을 들이고 있는 악기는 볼품없는 호금이었다.
저벅 저벅.
석도명이 발자국 소리에 고개를 들었다. 낯선 노인이 문가에 서 있었다.
"허허, 호금 소리가 좋구먼."
"좋게 들으셨다니 다행입니다."
석도명이 예의를 갖추며 자리에서 일어났다.
"지나가던 불청객일세만, 폐가 안 된다면 차나 한 잔 얻어 마실 수 있을까?"
"그럼요, 들어오십시오."
노인에게 한없이 약해지는 석도명의 버릇이 되살아났다. 더구나 강단이 있어 보이면서도 탈속한 분위기를 풍기는 노인의 모습은 어딘가 모르게 유일소를 닮아 있었다.
"나는 악소천이라고 하네. 세상을 제 집 삼아 돌아다니는 욕심 많은 떠돌이일세."

"석도명입니다. 보시다시피 궁벽함을 벗 삼아 살아가는 악사입니다."

석도명은 상대가 범상치 않은 노인임을 느꼈다.

그러나 그가 진무궁의 궁주이며, 화월촌에서 달아난 막창소를 거두어 기른 사람이라는 사실은 꿈에도 생각지 못했다.

차 한 잔을 나누며 석도명과 악소천은 소소하고 평화로운 대화를 나누었다.

다 마신 찻잔을 내려놓은 악소천이 방 안을 두리번거렸다. 예절 바른 일은 아니지만, 그렇다고 특별히 수상할 것도 없는 행동이었다.

악소천이 방 귀퉁이에 놓여 있는 바둑판을 보고는 미소를 지었다.

"이것도 인연인데 수담(手談; 바둑)이나 나눠볼까?"

"어이쿠, 바둑은 전혀 둘 줄 모릅니다."

석도명이 손사래를 쳤다.

바둑판을 갖다 놓은 사람은 단호경이다. 초야에 묻혀 사는 풍취를 제대로 즐기려면 바둑과 낚시가 필수라며 거금을 들여 구해 온 물건이었다.

문제는 바둑을 즐길 사람이 없다는 점이다. 그나마 부도문이 바둑을 좀 아는 것 같았지만 상대를 해줄 사람이 전혀 없어서 구석에서 먼지만 쌓이고 있었다.

"허허, 어려워하지 말게. 만나면 인연이요, 손에 잡으면 배움이라고 했네."

노인의 권유인지라 석도명이 차마 뿌리치지 못하고 바둑판을 가져다 가운데 놓았다.

"험, 바둑에서는 초보자가 몇 점을 먼저 깔고 두는 법이지. 처음 두는 거니 아홉 점은 기본으로 깔아야 할 걸세."

"하하, 돌 잡는 법도 모르는데 그 아홉 점을 어디다 둬야 하는지 당최 모르겠습니다."

나이 지긋한 노인이 바둑을 가르치는데 열성을 보이자 석도명도 덩달아 들뜬 기분이 되는 것 같았다. 그 옛날 유일소에게서 글 쓰는 법이며, 악기 다루는 법 따위를 배우던 기억이 새록새록 떠오른 탓이다.

"그러면 내가 먼저 시범을 보여주지. 이런 건 어떤가?"

악소천이 가볍게 손을 움직여 바둑판 위에 검은 돌 아홉 개를 늘어놓았다.

순간 석도명의 얼굴이 딱딱하게 굳어졌다.

"노인장은 뉘십니까?"

"허허, 말하지 않았나. 세상을 제 집으로 여기는 욕심 많은 늙은이라고."

석도명이 놀란 얼굴로 악소천을 쏘아봤다.

말이 조금 바뀌었을 뿐인데 그 의미는 조금 전과 판이하게 달랐다. 세상 구경이 좋아서 떠돌아다니는 사람이 아니라, 천하를 자기 것으로 생각하는 야망가로 바뀐 것이다.

석도명의 태도가 갑자기 달라진 것은 악소천이 늘어놓은 아홉 개의 바둑돌 때문이었다. 그것은 사마형이 그려준 무상진의 기본 포석 가운데 일부였다.

석도명의 머릿속에서 몇 가지 단어가 잇달아 떠올랐다.

신가촌, 무상진, 이적행, 승천패…… 승천패!

이적행을 보내 여운도를 신가촌으로 끌어들이고, 무상멸겁진을 설치해 별전대의 목숨을 노리게 한 사람이 바로 눈앞에 앉아 있는 것이다.

'이 노인이 한 소저의 원수로구나.'

지금 악소천을 제압하면 한운영의 복수를 끝낼 수 있을 것이라는 생각이 빠르게 스쳐갔다.

"서두르지 말게. 할 이야기가 많이 남았으니."

악소천이 석도명의 섣부른 행동을 말렸다. 마치 상대의 머릿속을 들여다보기라도 한 것 같은 말투였다.

"일단은 듣겠습니다."

"허허, 말이 통해서 다행이구먼. 이 욕심 많은 늙은이가 다 늦게 제자 하나를 받아들였다네. 행실이 고약하고 성품마저 삐뚤어진 녀석이었지. 10년 동안 죽어라 기초를 다듬어 놨는데 어느 놈이 그 녀석 배에 구멍을 뚫어버렸지 뭔가. 미우니 고우니 해도 그래도 제자가 아닌가? 그래서 내가 작심을 하고 녀석을 다시 가르쳤지. 이제는 어디 가서 맞고 다니는 일은 없을 정도가 됐다 이 말일세. 내가 잘못한 걸까?"

"제자 분께는 전화위복이 된 셈이니 스승으로서 도리를 다 하신 셈이겠지요."

"그렇게 말해 주니 고맙구먼. 헌데 말이야, 무공이 높아지면 뭐하냔 말일세. 삐뚤어진 성품이 그대로인걸. 실은 내가 자네를 찾아온 것도 그 녀석 때문이라네. 녀석이 미쳐서 날뛰는 통에 견딜 수가 없더란 말이지. 자네가 도와주지 않으면 나는 정말 그놈을 쫓아내야 할 판이라네."

악소천은 말썽꾸러기 손자 이야기를 하는 듯 익살스런 표정을 지었지만 석도명은 함께 웃어줄 수가 없었다. 그 이야기에 뭔가 심각한 의미가 담겼음을 헤아린 까닭이다.

"제가 어떻게 도와드려야 하는 겁니까?"

악소천이 빙그레 웃었다.

"아주 간단한 일이지. 그냥 지금처럼만 살게. 무슨 일이 있어도 이 마을에서 뛰쳐나오지 말고 호금이나 열심히 주무르고 있으라는 이야기네. 그러면 내가 한 손으로 그 미친개의 목덜미를 제대로 잡고 있을 테니까."

악소천이 바둑돌 한 줌을 집어 바둑판 위에 뿌렸다.

마구잡이로 던진 듯 했지만 바둑돌은 가지런히 이어져 하나의 모양을 만들어냈다.

막(鄚)

석도명이 눈을 질끈 감았다.

생각하기도 싫은 이름이 떠올랐다. 악소천의 망나니 제자가 막창소일 줄이야!

"그래, 어찌하겠나?"

"노인장의 말을 따르겠습니다. 어차피 강호를 떠난 몸, 다시 세상에 나갈 일은 없습니다."

"허허, 그 결심 변하지 말게나. 자네의 재주가 아까워서 특별히 배려해 준 것이니 말이야."

악소천이 수염을 쓰다듬으며 호탕하게 웃었다.

그리고 소매 끝을 가볍게 털었다. 그 한 번의 손짓에 바둑판 위에 놓여 있던 바둑돌이 가루가 되어 흩어졌다.

석도명은 악소천이 자신을 배려했다는 이야기가 단순히 빈말이 아님을 알았다. 그의 손짓은 자신의 실력으로도 쉽게 감당할 수 있는 게 아니었다. 그 정도 실력으로 마음만 먹었다면 정연을 잡아 오고도 남았을 것이다.

용건을 마친 악소천이 자리를 털고 일어났다.

"나는 욕심이 과한 편이지만, 결코 피에 주린 미치광이는 아닐세. 그러나 내 앞을 가로막는 자에게는 용서란 걸 모른다네. 부디 그 사실을 잊지 말게."

악소천의 마지막 말이 석도명의 가슴에 깊이 파고들었다. 악소천의 음성에는 지독한 냉기가 배어 있었다.

방 밖으로 나온 악소천은 아무 일도 없었다는 듯 느린 걸음으로 석도명의 집을 빠져 나갔다.

그러나 무슨 생각인지 곧장 떠나지 않고 집 앞에서 잠시 걸음을 멈췄다. 마치 누군가를 기다리는 것 같은 모습이었다.
그 이유는 금세 밝혀졌다.
저편에서 왁자지껄한 소리와 함께 누군가가 모습을 드러냈다. 낚싯대를 어깨에 걸친 채 비틀거리며 다가온 사람은 부도문과 단호경이었다. 여느 때처럼 낚시를 나갔다가 술만 퍼먹고 들어오는 길이다.
"어, 노인장은 뭐요?"
단호경이 몸을 가누지 못한 채 악소천에게 말을 걸었다.
"허허, 지나가다 차 한 잔을 얻어먹고 간다네."
"아, 그러시오. 노인께 차를 대접한 분이…… 끄억, 바로 내 형님이라오. 딸꾹…… 그리고 이분은 또 그분의 형님."
악소천이 부도문을 보며 입가에 미소를 머금었다.
"그러셨구려. 훌륭한 동생을 두셨소이다. 동생 곁에만 붙어 있으면 평생 다른 걱정은 안 해도 되겠소."
"끄끄끄, 평생 할 걱정은 이미 다 했거든……."
"허허, 그러면 다행이오만…… 본시 하늘이 땅이 되고, 땅이 하늘 되는 게 혼돈의 질서인지라……."
악소천이 흘리듯 한 마디를 던져놓고는 휘적휘적 걸어서 사라졌다.
무슨 까닭인지 부도문이 악소천의 뒷모습을 뚫어지게 노려봤다. 부도문의 얼굴에선 취기가 깨끗이 가신 상태였다.

그날 밤 단호경은 누군가가 발로 툭툭 차는 바람에 잠에서 깼다. 눈을 떠보니 어둠 속에 부도문이 자신을 내려다보며 서 있었다.

"크흑…… 너무 하십니다……. 그동안 맞는 건 죽어라 했는데……."

"나와라."

부도문이 소리 없이 방을 빠져나갔다. 단호경은 울며 겨자 먹기로 따라 나설 수밖에 없었다.

부도문은 마을 뒤편의 산속으로 들어가더니 작은 공터에 털썩 주저앉았다. 단호경이 그 앞에 엉거주춤하게 멈춰 섰다.

지금까지 숲에서 부도문하고 좋은 일을 겪은 기억이 하나도 없다. 이번에는 어떤 괴롭힘을 당할까를 생각하니 잠은 싹 달아나고, 오금이 저려왔다.

"저…… 그러니까…… 왜……."

"절이나 해라."

"예?"

단호경이 놀라서 되물었다. 아닌 밤중에 사람을 깨워서는 절을 하라니?

하지만 단호경의 몸은 벌써 땅바닥에 머리를 조아리고 있었다. 부도문의 명령에는 몸이 알아서 반응을 하는 경지였다.

"다시."

뭐가 마음에 안 들었는지 부도문이 퉁명스레 한 마디를 내뱉었다. 단호경이 바짝 긴장한 얼굴로 절을 올렸지만 부도문은 같은 소리를 한 번 더했다. 단호경이 절하고, 부도문이 다시 시키기를 반복했다.

"저…… 그러니까…… 이게……."

단호경이 부도문의 눈치를 살피며 뭔가를 물으려다 그예 절을 한 번 더했다. 아홉 번째였다.

단호경의 예상대로 절을 올리는 건 그게 끝이었다. 졸지에 구배지례를 올리고 사제의 관계를 맺은 것이다.

"이리 와서 앉아라."

"예……."

"무릎은 그만 꿇고 편하게……."

단호경이 부도문 앞에 좌정을 했다.

부도문이 단호경의 어깨에 한 손을 얹었다. 그리고 가볍게 손목을 틀었다. 단호경의 거구가 팽이처럼 훌쩍 돌아갔다. 부도문이 단호경 뒤에 붙어 앉아 두 손바닥을 등에 댔다.

"으흑……."

부도문의 손바닥에서 엄청난 기운이 흘러나와 단호경의 몸으로 들어갔다.

단호경이 이를 악물었다. 참을 수 없는 고통이 몰려왔지만 참아야 했다. 부도문이 자신에게 구배지례를 올리게 한 까닭을 알 수 있었다. 바로 자신의 진신(眞身) 내공을 전해 주려는 것이다.

무림인이 내공을 준다는 것은 목숨을 내주는 것만큼이나 힘든 일이다. 부도문의 속내는 전혀 짐작할 수 없었지만, 이것이 평생에 다시 올 수 없는 기연이라는 사실은 잘 알았다.

 단호경은 이마에 땀을 뻘뻘 흘리면서도 신음소리조차 내지 않았다. 부도문의 내공을 단 한 방울이라도 허비할 수는 없었다.

 단호경이 고통을 참다 참다 못해 의식이 흐릿해진 다음에야 부도문은 단호경의 등에서 손을 뗐다. 기진맥진한 단호경의 귓가에 부도문의 음성이 울렸다.

 "끄끄…… 내가 가진 내공의 칠 할쯤은 될 거다. 에고, 피부가 까칠해져서 더는 못 주겠구나."

 "헉헉…… 이것도 많습니다."

 "끄끄끄, 그럴 테지. 명심해라 그 기운을 네 것으로 만들지 못하면 1년 안에 혈맥이 터져서 죽을 게다."

 "헉!"

 고꾸라져 있던 단호경의 몸이 벌떡 튀어올랐다. 충격으로 심장이 거의 멎기 직전이었다.

 그동안 부도문이 농담처럼 던진 말 가운데 농담은 단 한 번도 없었다. 부도문이 혈맥이 터져 죽는다고 했으면 필경 그렇게 될 터였다.

 "끄끄, 놀라기는. 지금처럼 술만 퍼먹고 뒹굴기만 하면 그렇다는 말이다."

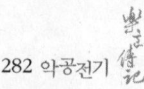

부도문이 품안에서 얇은 서책을 꺼내 바닥에 던졌다.

"이걸 죽어라 익혀봐라. 거기에 네놈이 살 길이 들어 있으니까."

단호경이 허겁지겁 서책을 집어 들었다. 안력을 돋우니 흐릿하게 제목이 보였다.

천지일원공(天地一圓功)

가슴이 심하게 쿵쾅거렸다. 내공심법인 모양인데 제목부터 심상치 않다. 부도문이 이렇게 진지하게 전해 주는 무공이라면 그게 어디 보통 무공이겠는가?

"끄끄, 귀 파고 잘 들어라. 본시 내가 익힌 심법은 곤위지공(坤爲地功)이라는 천고의 무공이다. 하지만, 애초에 반쪽짜리인 탓에 그걸 대성하면 얼어 죽게 되지. 아니면 피를 좀 섭취하든가."

"설마 저도……."

"끄끄, 걱정할 것 없다. 천지일원공은 반쪽짜리가 아니니까."

"이, 이렇게 귀한 걸 왜 저에게……."

"네놈 의형을 주려고 만든 건데 그 녀석은 필요치 않단다. 그러니까 네놈이 꿩 못지않은 닭이 되라. 고마운 줄 알면 형님이나 잘 모시고."

"예, 예, 그러겠습니다. 고맙습니다. 고맙습니다."

단호경이 감사한 마음을 금치 못하고 부도문 앞에 넙죽 엎

드렸다.

자신이 구화진천무를 대성하지 못하는 결정적인 원인은 내공에 있었다. 일만격의 오의에 힘입어 한 고비를 넘기는 했지만, 갈 길은 끝이 보이지 않을 정도다.

그 고민을 부도문이 한방에 해결해 준 것이다. 그것도 엄청난 진신 내공까지 전해 주면서.

휘잉.

한 줄기 바람이 불어왔다.

단호경이 뭔가 허전함을 느끼며 고개를 들었을 때 부도문은 어디론가 사라진 다음이었다.

"사부님……."

단호경은 울컥 목이 메었다. 다시는 부도문을 볼 수 없으리라는 사실을 직감한 탓이다.

"도명아……."

석도명은 잠결에 누군가가 자신의 이름을 부르는 소리를 들었다. 그 목소리가 누구의 것인지를 깨닫고는 조용히 일어나 밖으로 나갔다.

"이렇게 늦은 밤에 떠나십니까?"

석도명은 부도문이 떠나려 함을 알았다.

부도문이 자신의 이름을 부르기는 처음이다. 그 음성은 사부가 세상을 떠나던 날처럼 처연했다. 그 의미를 석도명이 어찌 모르겠는가?

"끄끄, 안 보일 때 가려고. 멧돼지한테 힘을 썼더니 피부가 많이 상했다. 끄끄…… 나이를 먹으면 이런 게 문제라니까……."

"어디에 계시든 보중(保重)하십시오."

"끄끄, 너나 조심해라. 낮에 왔던 그 늙은이…… 무서운 놈이다."

"알고 있습니다."

"징한 것들……. 너나…… 그놈이나…… 끄끄끄……."

궁금한 게 많았지만 석도명은 아무것도 묻지 못했다. 부도문이 한 차례 손을 흔들어 보이고는 바람처럼 문밖으로 사라졌기 때문이다.

부도문의 웃음소리가 어둠 속으로 점점 멀어져 갔다.

* * *

악소천이 다녀간 뒤로도 석도명의 삶은 평화로웠다. 달라진 게 있다면 부도문이 없다는 사실에 가끔 쓸쓸함이 느껴지는 정도였다. 그리고 또 하나의 변화는 단호경이 미친 듯이 무공 연마에 매달리기 시작했다는 점이다.

그렇게 시간이 흘러 어느덧 여름이 끝나가고 있었다.

청성파와 천산파를 제외한 십대문파와 오대세가에 녹색무

복을 입은 일단의 무사들이 나타났다. 진무궁주 악소천의 서찰을 전하기 위해서였다. 그 내용은 간략했다.

정파의 위선과 사파의 만행을 끝내고 진무궁의 이름으로 새로운 강호를 열겠노라. 먼저 십대문파와 오대세가에 고하노니 무림맹을 해체하고 진무궁을 따르라. 따르면 살 것이요, 거부하면 멸문을 피하지 못할 것이니 중양절을 넘기지 말지어다.

그로 인해 무림이 한동안 들썩였다. 진무궁이 대체 어떤 세력이고, 악소천이라는 자는 어떤 인물인지를 놓고 추측이 난무했다. 혹자는 천마협의 일파가 나타났다고 떠들어 댔고, 또 다른 이들은 천마협을 흉내 낸 소행이라고 믿었다.
그 같은 소란도 시간이 지나면서 서서히 수그러들었다. 진무궁의 호언장담과 달리 강호에는 아무런 징후가 발견되지 않았기 때문이다.
그리고 마침내 진무궁이 최종시한으로 통보한 중양절이 다가왔다.

중양절 아침을 맞은 무림맹의 분위기는 조용했다. 진위를 알 수 없는 서찰 한 장에 대응할 필요가 없다는 게 무림맹의 공식 입장이었다.
그렇다고 무림맹이 그냥 팔짱만 끼고 있었던 것은 아니다.

은밀히 병력을 풀어 며칠째 여가허 외곽을 살폈다. 역시 아무것도 포착되지 않았다.

무림맹 최고기구인 상무원에 세 사람이 모였다. 무당파의 장량진인, 종남파의 두한모 그리고 천가장 장주 천구정(千龜丁)이다.

"상황은 어떻소이까?"

"아직은 조용하다고 하오이다. 만일에 대비해 오당의 고수들이 대기하고 있으니 별일이야 있겠소이까?"

장량진인의 물음에 두한모가 자신 있게 대답했다. 평온한 외관과 달리 내부적으로는 비상이 걸려 있는 상태다. 수신고가 울리면 무림맹 전체가 일시에 전투태세에 돌입할 것이다.

전력은 충분했다.

당장 십대문파와 오대세가의 수장이 셋이나 되고, 밖에 있는 무소진과 송필용 또한 손에 꼽히는 고수들이다. 그리고 각 문파에서 파견한 장로급 고수가 열둘이다. 700명에 이르는 병력도 결코 적은 숫자는 아니었다.

진무궁이 아니라, 녹림맹과 소의련이 한꺼번에 쳐들어온다 해도 끄떡없으리라.

"크흠, 사마 군사가 없는 게 좀 아쉽소이다."

두한모와 달리 천구정은 마음이 놓이지 않는 눈치였다.

사마중이 있었다면 무림맹 전체에 진법을 걸어놓았을 것이다. 사마세가에서 설계한 무림맹의 구조는 그 자체로써 거대한 진식이었지만, 사마중이 없는 지금 그것을 발동시킬 수 있는 사람이 없었다.

"허허, 제 발로 나간 사람을 찾아서 뭐하겠소이까?"

두한모가 짐짓 호탕하게 웃었다.

자신이 바로 사마중을 몰아내는 데 앞장선 장본인이다. 천구정의 말에 기분이 좋을 리가 없다.

문득 대화가 끊겼다. 사마세가가 입에 오르는 바람에 분위기가 어색해진 탓이다.

잠시 불편하게 앉아 있던 세 사람이 약속이라도 한 듯이 찻잔을 들어 입으로 가져갔다.

그때였다.

둥둥둥둥.

북소리가 무림맹에 울려 퍼졌다. 비상용 북인 수신고가 울린 것이다.

그 북소리가 잦아들기도 전에 바깥쪽에서 고함과 비명이 잇달아 터졌다. 그것은 분명 무림맹 담장 안에서 들려온 소리였다.

장량진인과 두한모, 천구정이 찻잔을 내려놓고 황급히 일어나 밖으로 달려 나갔다.

"허어, 어찌 이런 일이……."

장량진인이 장탄식을 했다.

수신고가 울리고 장량진인이 상무원에서 달려와 청공전에 도착하는 데는 보통 사람들이 십여 발짝을 뗄 정도로 짧은 시간이 지났을 뿐이다.

하지만 청공전 앞마당은 녹색 무복을 갖춰 입은 200여 명의 괴한들이 차지한 상태였다. 가슴에 새겨진 '진무'라는 두 글자가 그들의 정체를 알려주고 있었다.

무림맹 근처는 물론, 여가허 근방에 낯선 마차 한 대도 함부로 들어오지 못하게 했는데 대체 진무궁의 무사들이 언제 여기까지 들어온 것일까?

진무궁의 공격이 기민했던 만큼 무림맹 쪽은 허둥댈 수밖에 없었다. 청공전으로 들어오는 네 방향의 출입구에서 오당의 고수를 비롯한 무림맹의 무사들이 꾸역꾸역 밀려들었지만 변변한 공격도 해보지 못하고 낙엽처럼 쓰러졌다.

장량진인이 미간을 찌푸렸다. 이 같은 혼전을 헤쳐 가는 재주와 무공실력은 별개의 문제다. 새삼 사마중의 부재가 아쉬웠다.

그때였다.

"멈춰라!"

어디선가 중후한 외침이 들려왔다.

진무궁의 고수들이 일제히 검을 거두고 한 걸음 뒤로 물러났다.

덕분에 한숨을 돌린 무림맹 무사들이 그제야 대열을 재정비해 포위망을 짰다. 순식간에 수십 명이 목숨을 잃었지만 최소한 숫자로는 무림맹이 아직도 진무궁보다 3배 이상 많았다.

장량진인과 두한모와 천구장이 그 틈을 이용해 청공전으로 들어가는 계단 위에 올라섰다.

"진무궁에서 왔는가?"

장량진인의 물음에 진무궁에서는 아무도 나서지 않았다.

대신 담장 밖에서 누군가가 허공을 가르며 날아 들어왔다. 진무궁의 무사들이 녹색 복장을 한 것과 달리 학처럼 새하얀 옷을 입은 노인이었다. 물어볼 것도 없이 진무궁주 악소천이다.

악소천이 절정의 허공답보를 발휘해 천천히 땅으로 걸어 내려왔다.

"그대가 진무궁주겠구려. 무엇을 얻고자 이러는 것이오? 강호의 평화를 위해 이제라도 조용히 물러나길 바라오!"

"그대들 마음대로 정사를 가르고, 자기 이익을 위해 강호를 주무르는 것이 평화인가?"

"세상에 완전한 평화가 어디 있겠소이까? 무림맹의 존재는 강호인들이 힘을 모아 평화를 지키기 위해 노력하고 있다는 증거일 뿐이외다."

"진무궁이 세상에 나온 이유가 바로 그대들의 헛된 수고를 덜어주기 위해서다. 진무궁이 진정한 평화를 위해 길을 열어 줄 테니 선택은 그대들이 하라. 항복하면 받아주고, 달아나면 잡지 않겠다. 그러나 저항하면, 살려두지 않으리라!"

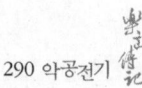

"흥, 어림없는 소리!"

두한모가 코웃음을 치며 앞으로 나섰다.

무림맹을 쉽게 내줄 수는 없었다. 더구나 기습에 잠시 당황하기는 했지만 적은 고작 200명이다. 장문인 3명이 악소천을 잡으면 쉽게 끝낼 수 있는 싸움이다.

장량진인과 천구정이 눈빛을 교환하고는 검을 뽑아들었다. 그것을 신호로 무림맹의 무사들이 공격을 퍼붓기 시작했다.

청공전 앞마당이 다시 치열한 격전장으로 변했다.

* * *

세상이 발칵 뒤집혔다.

정파 무림의 상징이자, 강호의 중심이었던 무림맹이 불과 한 시진도 안 돼 진무궁의 손에 떨어졌다는 소식이 빠르게 퍼져나갔다.

허무한 결과였다. 천하제일을 다툰다는 무당파의 장문인을 비롯해 종남파 장문인과 천가장의 가주가 악소천을 상대로 합공을 펼치고도 일각을 버티지 못했다.

그렇지 않아도 실력에서 밀리던 무림맹의 무사들은 장량진인과 두한모, 천구정이 악소천의 검에 목숨을 잃는 순간 전의를 상실하고 말았다.

이날 싸움에서 300명이 죽고 400명이 달아났다. 그래도 생존자가 많았던 것은 금강대 출신의 고수 무소진이 적시에 퇴각 명령을 내린 덕분이었다. 또한 악소천이 공언한 대로 진무궁의 무사들은 달아나는 사람을 잡으려고 하지 않았다.

무림맹의 현판이 떨어진 자리에 진무궁의 현판이 새로 내걸렸다.

세상은 진무궁의 다음 행보에 촉각을 곤두세웠다.

그러나 달포가 지나도록 악소천과 200명의 무사들은 여가허에 틀어박혀 꼼짝도 하지 않았다. 정파 무림을 향해 겨눠진 진무궁의 두 번째 칼은 다른 곳에서 움직이고 있었다.

그로 인해 강촌(江村)에 깃들어 조용한 삶을 꾸려가던 석도명에게도 어쩔 수 없는 바람이 불기 시작했다.

"자, 밥이나 먹고 하시죠."

석도명이 문간에서 밖을 향해 외쳤다.

초구 마을 어귀에 오롯이 자리를 잡은 석도명의 집은 황하를 향해 열려 있는 구조다. 그리고 집과 강 사이에는 30여 장 가까이 빈 들판과 모래사장이 이어져 있었다.

그 들판에서 흙먼지를 휘날리며 천리산과 성목이 비무를 벌이는 중이었다.

석도명의 외침에도 불구하고 천리산과 성목은 좀처럼 검을 멈추지 않았다.

석도명이 낮게 혀를 차면서 집 안쪽으로 고개를 돌렸다. 석도명과 눈을 마주친 정연이 딱한 표정을 지었다.
"저러다가 몸이 상하겠어."
"쩝, 마음이 들떠서 그런 걸 어쩌겠어요."
벌써 며칠째 되풀이 되는 풍경이었다. 그동안 무공 수련은 석도명의 집 앞 공터에서 하면서도, 먹고 자는 것만은 정연의 집에서 해결하던 사람들이다.
헌데 무림맹이 진무궁에 넘어갔다는 소식을 접한 뒤로는 저렇게 끼니도 잊고 무공 연습에 매달리고 있는 것이다.
그들의 마음이 석도명처럼 강호를 완전히 등지지 못했다는 뜻이리라.
석도명이 복잡한 마음으로 천리산과 성목의 비무를 지켜봤다.
처연하면서도 아름다운 장면이다. 천리산의 검이 날로 예리해지는 반면, 성목의 검은 갈수록 투박해졌다. 투박해진 건 검법만이 아니었다.
머리를 부스스하게 기른 성목의 모습에서는 소림사 승려의 흔적이 거의 남아 있지 않았다. 입고 있던 가사마저 낡아서 버리는 바람에 중의 행색은 찾아볼 수가 없었다.
마을 사람들 사이에서는 이미 성목이 파계승으로 소문이 나 있었다.
"어, 배고프다. 아침은 안 먹나?"
집 안에서 단호경이 배를 어루만지며 걸어 나왔다.

석도명과 정연이 실소를 지었다.

신시(申時; 오후 3~5시)를 넘겨 해가 설핏 기우는 중이다. 확실히 아침타령을 하기에는 좀 무리가 있는 시간이다.

이 역시 근자에 나타난 현상 중의 하나였다.

부도문이 떠난 뒤로 단호경은 만사를 제쳐 놓고 천지일원공을 수련했다. 익혀야 할 것이 내공심법이다 보니 시간 가는 줄 모르고 방 안에 들어앉아 있기가 일쑤였다.

"호호, 아침이야 벌써 차려놨죠. 어서 와서 들어요."

단호경이 입맛을 다시다 말고 바깥쪽으로 걸어 나왔다.

"어이, 이왕 먹는 거 같이 먹자고! 천형! 정 소저가 애써 차린 아침밥이 다 식는다고! 안 오면 내가 간다!"

단호경이 문간에 서서 고래고래 소리를 질러대자 천리산과 성목이 검을 멈췄다. 단호경이라면 중간에 뛰어들어 난리를 피울 게 분명했기 때문이다.

결국 단호경과 천리산, 성목이 한 상에 둘러 앉아 아침도 점심도 아닌, 그렇다고 저녁이라고 하기엔 더 이상한 식사를 마쳤다.

"끄억, 잘 먹었다. 이상하단 말이야. 요즘은 머리만 쓰는데도 식욕이 더 좋아졌다니까."

밥 한 그릇을 순식간에 비워낸 단호경이 배를 쓰다듬었다.

"그거야, 단 조장 뱃속이 편해서 그런 거 아니겠소?"

"크크크, 맞아맞아. 대가리가 터질 것 같아서 그렇지, 뱃속

이야 신경 쓸 게 없거든."

"허허, 그런가요? 부럽습니다. 아우와 나는 머리부터 발끝까지 복잡해서 죽겠는데 말입니다."

성목이 진짜 부러움이 담긴 눈으로 단호경을 바라봤다.

"아우? 아참, 두 분이 의형제를 맺으셨지. 자꾸 깜빡깜빡한다니까요. 이거 원 관계가 너무 복잡해서 정리를 하든지 해야지……."

단호경의 말마따나 서로의 관계가 묘하게 꼬여 있기는 했다.

천리산은 무림맹을 나온 뒤에도 단호경을 깍듯이 조장으로 대했다. 그런 천리산이 성목과는 의형제 사이가 됐다. 그런데 나이로 보나 배분으로 보나 성목은 단호경이 함부로 대할 수 없는 존재다.

그래서 셋이 어울리다 보면 어느 대목에선가는 반드시 어색해지는 사람이 생기곤 했다.

"제길, 복잡하기로는 단 조장이 한 수 위잖소. 형님의 누이를 꼬박꼬박 소저로 부르고 말이야. 뭔 맘을 품었기에 그러는 건지……."

"아니, 여기서 그 얘기는 또 왜……."

단호경의 얼굴이 벌겋게 달아올랐다.

그렇지 않아도 정연을 연모하는 거 아니냐고 수시로 추궁을 당하는 처지였다. 당사자인 정연이 바로 앞에 있는데 천리산이 그 이야기를 꺼내니 당황해서 자신도 모르게 음성이 커졌다.

다행히도 단호경은 계속 얼굴을 붉힐 필요가 없었다. 이광발이 후배들과 함께 황급히 달려 들어왔기 때문이다.

"크, 크, 큰일이 났습니다. 소림사가, 소림사가……."

"소림사가? 대체 무슨 일이오?"

성목이 놀라서 벌떡 일어났다.

몸보다 마음이 멀리 떠나 있지만, 그래도 자신을 길러준 사문이다. 그곳에 큰 일이 생겼다는 말에 성목은 가슴이 덜컥 내려앉았다.

이광발이 숨을 헐떡이며 겨우 말을 이어갔다.

"진무궁이…… 소림사를 쳐서 쑥대밭을 만들었답니다. 정(正)자배가 몰살을 당하고…… 성(成)자배도 절반이 죽어나갔다는데……."

이광발의 말이 채 끝나기도 전에 성목이 밖으로 달려 나갔다.

성목의 경신술이라면 초구에서 숭산까지 두 시진이면 족한 거리다. 가만히 앉아서 남의 말에 귀를 기울이기보다는 직접 눈으로 확인하고 싶은 마음이리라.

성목이 바람같이 사라지고 난 뒤 석도명과 단호경은 이광발로부터 자초지종을 들을 수가 있었다.

악소천이 200명의 수하들과 여가허에 웅크리고 있는 동안,

또 다른 무리가 숭산에 소리 없이 나타났다. 자신들을 진무궁의 서방천군(西方天君)이라고 밝힌 곽오(郭五)와 500명의 수하였다.

소림사는 격렬하게 저항했지만 역부족이었다. 곽오가 거느린 서방천의 무사들은 개개인이 십대문파의 당주급에 맞먹을 정도로 막강했다.

젊은 제자들의 몰살을 우려한 전대 방장 정각선사가 곽오에게 일 대 일 대결을 제안했다. 정각선사가 쓰러지자 정자배의 원로 정경(正憬), 정현(正賢), 정선(正禪)이 잇달아 나섰지만 결과는 마찬가지였다.

뒤이어 방장인 성백선사를 포함해 성자배에서 세 사람이 더 쓰러진 뒤에야 소림사는 마침내 진무궁에 백기를 들었다.

소림사가 항복을 선언한 순간 진무궁의 무사들은 뒤도 돌아보지 않고 물러났다. 항복하면 받아주고, 달아나면 쫓지 않되 저항하면 살려주지 않는다는 악소천의 말은 이번에도 유효했다.

이광발의 이야기가 끝나자 단호경과 천리산이 석도명을 바라봤다. 세상이 이 모양인데 이렇게 살아도 되겠냐는 무언의 물음이었다.

"바람이…… 불어오겠군요."

석도명의 입에서 마치 독백 같은 한 마디가 흘러나왔다.

"험, 그래서 어쩔 거요?"

단호경이 기다렸다는 듯이 물었다.

묻는 단호경의 속내도 편치는 않았다. 자신의 인생이, 그리고 정연의 삶이 석도명의 결심에 달려 있다. 과연 어떻게 하는 것이 옳은 일일까?

그러나 석도명은 시원한 대답을 해주지 않았다.

"바람이 들이치지 않게 문을 단단히 닫아야겠지요."

"허, 싱거운 소리하고는……."

단호경이 혀를 찼다.

과연 석도명의 말대로 강가에서 세찬 바람이 불어오기 시작했다. 활짝 열어 놓은 방문이 바람을 이기지 못하고 덜컹거렸다. 정연이 서둘러 방문을 닫자 곽석과 구엽이 수선을 피우며 열려 있는 문이란 문은 죄다 찾아서 닫아걸었다.

아무도 석도명의 속마음, 진짜 고민을 알아채지 못한 눈치였다.

'성목 스님은…… 돌아오겠지.'

석도명이 저 멀리 흘러가는 강물에서 눈을 떼지 못했다. 강 건너편에서 멀지 않은 곳에 숭산이 자리를 틀고 있었다.

석도명의 예상대로 성목은 다시 초구로 돌아왔다. 소림사가 멀지 않음에도 불구하고 스무 날이나 흐른 뒤였다.

성목은 혼자서 돌아오지 않았다. 무소진과 송필용이 석도명을 찾아왔다. 그리고 100명을 헤아리는 무사들이 그들을 뒤따랐다. 모두 무림맹의 생존자들이었다.

다른 사람들을 강가에 남겨둔 채 성목과 무소진, 송필용 세 사람만이 집 안으로 들어섰다.

"허허, 얼굴색이 좋구먼."

무소진은 석도명이 청하기도 전에 안으로 들어와 탁자에 자리를 잡고 앉았다. 석도명에 대한 친근함의 표시이자, 본인의 시원한 성격을 그대로 드러낸 행동이었다.

"모두들 앉으시지요."

석도명이 성목과 송필용에게도 자리를 권했다.

그 모습을 보면서 정연이 서둘러 부엌으로 들어갔고 단호경과 천리산 등은 마당으로 나갔다. 아무리 석도명과 가까운 사이라고 해도 무소진과 나란히 마주 앉아 있기는 부담스러웠다.

정연이 차를 내올 때까지 네 사람 사이에는 아무런 대화도 오가지 않았다. 특히나 석도명은 다른 사람과 눈도 마주치지 않으려고 했다. 그들이 찾아온 까닭을 이미 짐작한 탓이다.

아쉬운 사람이 나서게 마련인지라, 결국 무소진이 먼저 입을 뗐다.

"크흠, 속에 따듯한 게 들어가니 좋구먼. 자네도 알다시피 내가 거리에 나앉은 지가 제법 됐단 말일세."

"그러게 말입니다. 빨리 살 곳을 찾아야 할 텐데…… 겨울도 멀지 않았고……."

송필용이 맞장구를 치고 나섰다.

"에고, 돌아갈 사문도 없고…… 내 집은 남한테 뺏기고…… 늙어서 이 무슨 고생인지……."

"아아, 눈물이 납니다."

무소진이 계속 능청을 떨어대자, 송필용이 열심히 박자를 맞췄다.

마침내 석도명의 입이 열렸다.

"그만하시지요. 두 분이 뭐라고 하셔도 저는 이 집에서 겨울을 날 생각입니다."

석도명은 무소진이 자신에게 도움을 청하러 왔음을 알고 있었다. 아니, 성목이 초구를 떠나는 순간부터 이런 일이 생길 것을 걱정했다.

그러나 강호로 되돌아갈 생각은 추호도 없었다.

자신이 무소진을 따라 강호로 나가는 순간, 악소천은 막창소를 보낼 것이다.

아마도 과거와는 비교할 수 없을 정도로 강해졌을, 그래서 필경에는 더욱 포악해져 있을 그 악한을 말이다. 그가 정연에게 어떤 짓을 할지는 상상조차 하고 싶지 않았다.

"허허, 제천대주께서 그럴 생각이라면 누가 감히 뭐라 하겠는가? 그리 하시게."

무소진이 의외로 선뜻 자리를 털고 일어났다.

정작 놀란 건 송필용과 성목이었다.

"아니, 무 선배…… 이렇게 돌아가면 어쩝니까?"

"가긴 어딜 가나? 갈 데도 없는데."

갈 데가 없다고 해놓고도 무소진은 뒤도 돌아보지 않고 밖으로 나갔다. 아주 시원한 걸음걸이였다.

문밖으로 나간 무소진이 강가에서 기다리고 있던 사람들을 향해 힘차게 외쳤다.

"들어라. 제천대주께서 올 겨울은 여기서 보내자고 하신다. 집부터 짓자꾸나."

"예!"

사내들이 입을 모아 우렁차게 대답했다. 그리고는 자기들끼리 분주하게 머리를 맞대기 시작했다. 명이 떨어졌으니 서둘러 집을 지을 생각이었다.

"아니, 무 대협!"

석도명이 다급하게 무소진을 불렀다.

"됐네. 자네가 안 도와줘도 집 정도는 지을 수 있거든."

무소진이 팔을 걷어붙이고는 사람들 사이로 걸어 들어갔다. 텅 빈 벌판에 당장 기둥이라도 세울 기세였다.

그렇게 해서 무림맹에서 쫓겨난 100여 명의 무사들이 초구에 자리를 잡았다. 자기 사문으로 돌아간 십대문파와 오대세가의 제자들과 달리 오갈 데 없는 떠돌이 무사들과 무소진을 따르는 무림지사들이 대부분이었다.

며칠 뒤 마을 어귀에는 급하게 지은 10여 채의 집이 들어섰다. 그리고 그 한가운데 큼지막한 깃발이 내걸렸다.

제천대(制天隊)

과거 무림맹에 세워졌던 제천대가 아니다. 무소진을 비롯한 100여 명의 무사들이 구화검선으로 일컬어지는 석도명을 제천대주로 모신다는 의미로 가져다 붙인 이름이었다.
석도명은 강호로 나서지 않았지만, 강호가 그렇게 석도명을 찾아왔다.

제10장
강촌(江村)에
부는 바람

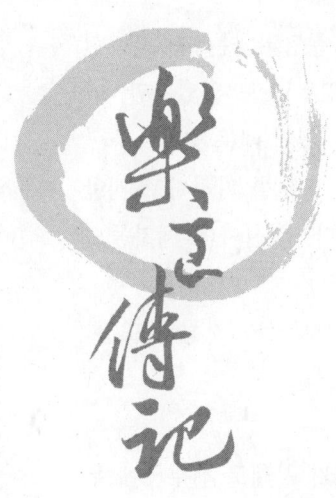

 겨울이 시작되기 전 강호는 두 번의 시련을 겪었다.
 장문인의 죽음을 두고 복수의 칼날을 갈고 있던 무당파에 진무궁의 무사가 들이닥쳤다.
 이번에도 숫자는 500명. 그들을 이끈 사람은 남방천군(北方天君) 권사응(權泗鷹)이었다.
 소림사에서 벌어진 일을 알고 있었음에도 무당파는 목숨을 걸고 싸웠다. 장문인의 복수라는 이유가 있었기 때문이다. 그러나 싸움의 결과는 소림사와 크게 다르지 않았다. 무당파는 결국 문도를 절반 가까이를 잃은 다음에야 저항을 멈췄다.
 거의 같은 시기에 화산파는 북방천군(北方天君) 언목완(偃木

浣)의 방문을 받았다. 화산파의 대응은 무당파와는 달랐다. 신중하기로 소문난 구유청의 성격이 반영된 탓도 있었지만, 아직은 진무궁과 심각한 원한을 쌓기 전이었기 때문이다.

구유청은 언목완에게 둘만의 대결로 승부를 가리자고 제안했다. 구유청은 패배했지만 살아남았다. 화산파의 제자들도 고스란히 목숨을 부지했다.

저항하지 않으면 죽이지 않는다는 진무궁의 철칙이 또 한 번 발휘된 순간이었다.

소림사, 무당파, 화산파.

무림 정파의 최고봉이라는 3개 문파가 차례로 진무궁에 무릎을 꿇었다. 그것도 악소천이 무림맹을 접수하고 채 두 달이 지나기 전에.

세상 사람들은 이제 진무궁이 강호 제일의 문파라는 데 토를 달지 않았다.

그러나 진무궁이 천하 강호의 주인이냐는 물음에는 아직 많은 사람들이 고개를 갸웃거렸다. 진무궁이 이기기만 한 것이 아니기 때문이다.

진무궁의 첫 제물이 된 3개 문파에는 공통점이 있었다. 십대문파 가운데 여가허에서 지리적으로 가장 가까운 문파라는 점이다.

뒤집어 말하면 진무궁의 세력이 미치는 곳이 아직은 하남과 섬서, 호북에 불과하다는 의미다.

진무궁은 곧이어 동쪽으로 눈을 돌렸다. 산동이 목표였다. 오대세가 가운데 최강이라는 사마세가가 버티고 있는 산동마저 손에 넣으면 황하와 장강 사이 즉, 대륙의 중심이 진무궁의 지배 아래에 놓이는 셈이었다.

여기에는 동방천군(東方天君) 문적방(文寂邦)이 이끄는 500의 병력이 투입됐다.

결과는 미심쩍었다.

문적방은 산동 초입의 하택(夏澤)에서 공격을 받았다. 사마중이 친히 이끌고 나온 극병과 궁병, 검병으로 이뤄진 혼성부대의 기습을 받은 것이다.

격렬한 싸움이 벌어졌고, 승부를 알 수 없는 혼전이 전개됐다. 그리고 어느 순간 양쪽 진영이 동시에 뒤로 물러났다.

사마중은 제남(齊南)으로 돌아갔고, 문적방은 남쪽으로 내려가 청화문(靑華門)이라는 작은 문파를 접수하더니 그곳에 눌러앉았다.

이 싸움을 두고 세간의 의견은 갈렸다. 한쪽에서는 사마세가가 진무궁의 진격을 막아냈다고 열광했다. 반면 다른 쪽에서는 진무궁이 사마세가의 방해를 뿌리치고 산동성에 거점을 마련했다고 해석했다.

어쨌거나 최소한 두 가지 사실이 확인됐다.

하나는 사마세가의 전력이 예상 외로 막강하다는 점이다. 과거처럼 사마세가가 정파 무림의 힘을 결집하면 진무궁을 이

길지도 모른다는 희망이 보이기 시작했다.

또 하나는 여가허에 둥지를 튼 악소천의 친위 병력 200명을 제외하면 진무궁이 동원할 수 있는 병력이 사방천군에게 딸린 2,000명 정도라는 사실이다.

단일 문파로는 엄청난 규모지만, 천하를 아우르기엔 충분치 않은 숫자이기도 했다.

그리고 그 한계가 바로 정파 무림의 돌파구가 될 터였다.

그런 한계 때문일까, 아니면 싸움에 적합지 않은 계절 탓이었을까? 겨울에 접어들면서 진무궁은 꼼짝도 하지 않았다.

겨울이 되고도 좀처럼 눈이 내리지 않더니 갑자기 폭설이 쏟아지기 시작했다.

오늘따라 바람이 거의 불지 않는 탓에 굵은 눈발은 아주 느린 동작으로 고요하게 떨어져 내렸다.

황하가 느리게 흘러가는 강가에도 눈이 소복하게 쌓인다. 눈밭 위로 기합이 우렁차게 울려 퍼지고 있다. 얼핏 헤아려도 거의 200명을 헤아리는 사내들이 웃통을 벗어젖힌 채 열심히 무공을 수련하는 중이다.

처음에는 100여 명이었지만, 석도명이 있는 곳이 소문이 나면서 그 숫자는 계속 늘어나기만 했다.

사내들의 기합소리가 얼마나 요란한지 석도명이 들어앉아 있는 방 안이 쩌렁쩌렁 울릴 정도다.

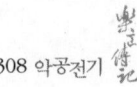

디링, 디링.

석도명은 호금 줄을 고르고 있었다.

"언제까지 그러고 있을 거야?"

정연의 물음에 석도명은 대답을 할 수 없었다.

호금 줄을 고르고 있는 게 벌써 이각째다. 음을 맞추지 못해서가 아니라 마음이 잡히지 않아서다.

정연이 어찌 그 까닭을 모르겠는가? 밖에서 들려오는 저 기합소리가 석도명을 흔들고 있다는 것을.

정연의 물음은 언제까지 줄을 맞출 것이냐는 게 아니라, 언제까지 이렇게 방에 틀어박혀 저들을 외면할 것이냐는 의미였다.

'누이가 행복해질 때까지요.'

석도명이 마음속으로 말했다.

정연이 사실을 알게 된다면 아마도 자신의 등을 떼밀어서라도 다시 강호로 내보내려고 할 것이다. 그렇기에 요즘 정연 앞에서는 자꾸 침묵에 빠져들곤 했다. 다른 이야기를 할 때조차도 가슴이 따끔거렸기 때문이다.

석도명은 생각했다. 진실을 말하지 않는 것과 거짓을 말하는 것의 차이는 무엇일까?

"나는…… 네가 행복해지기를 바랄 뿐이야. 내 곁에만 붙어 있으려고 하지 말고……."

"저는 지금 충분히 행복합니다. 누이는 행복하지 않으세요?"

"행복하지……, 너무."

석도명은 정연의 말을 곧이곧대로 받아들이지 못했다.

석도명의 마음이 편치 않음을 정연이 눈치채고 있듯이 석도명 또한 정연의 마음을 알았다.

그리던 고향에 돌아왔건만 정연은 과거로 되돌아가지 못했다. 고향 사람들은 정연을 어려워했다. 순박하기만 한 시골 사람들에게 고관대작을 쥐락펴락하던 천하제일의 기녀는 다른 세계의 사람이었다.

이곳에서도 정연은 여전히 설화였다.

두 사람 사이에 침묵이 이어졌다.

그 침묵을 깬 것은 방 밖의 변화였다.

강변을 가득 채웠던 기합 소리가 어느 순간 뚝 끊겨 버렸다. 그리고 잠시 뒤 무소진이 바깥에서 석도명을 찾았다.

"제천대주 계신가? 손님이 오셨다네."

초구에 눌러 앉기로 작정을 한 뒤로 무소진은 석도명에게 존대를 했다. 자신 또한 제천대주 휘하의 일개 무사로 살겠다는 일종의 시위였다.

"들어오시지요."

정연이 먼저 일어나 방문을 열었다.

밖에는 낯선 사내가 무소진과 함께 서 있었다.

사내가 성큼성큼 다가와 석도명의 손을 잡았다.

"손강이라 하오."

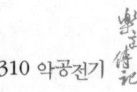

천산파를 봉문에 들어가게 만든 서천산 서극문의 고수이자, 소의련주를 맡고 있는 바로 그 손강이었다.

"석도명입니다."

석도명과 손강이 탁자를 사이에 두고 마주 앉자 무소진이 눈짓으로 정연을 불러냈다. 이어 방문이 닫혔다. 그리고 무소진이 사람들을 데리고 대문 밖으로 나가는 소리가 들렸다. 두 사람이 은밀하게 대화를 하라는 배려였다.

손강은 침묵을 즐기는 성격은 아닌 모양이었다. 거두절미한 채 핵심을 찌르고 들어왔다.

"진무궁이 천마협의 후예라는 소문이 있는데, 어떻게 생각하시오?"

"진무궁에서는 부인을 한다고 들었습니다만."

그것은 사실이었다.

진무궁이 처음 등장했을 때 사람들은 의심을 품을 수밖에 없었다.

천하를 뒤흔드는 막강한 전력을 갖추고도 그 존재가 단 한 번도 알려진 일이 없다는 사실 때문이다. 그 정도의 힘을 보여줄 곳은 오직 천마협뿐이었다.

물론 진무궁은 그 소문을 일축했다.

　진무궁이 버티고 있는 한 천마협은 결코 세상에 나오지 못할 것이다!

그것이 진무궁주 악소천의 선언이었다.

사람들은 그 말의 진위에 대해 반신반의했지만 딱히 반박을 하지는 못했다.

진무궁이 천마협의 후예라는 명확한 증거가 하나도 없었던 것이다. 특히 진무궁주 악소천과 사방천군이 사용하는 무공이 전설로 회자되는 천마협의 극악한 마공과는 많이 달랐다.

석도명이 아는 것도 거기까지였다.

"천마협은 무림의 공적이오. 진무궁주가 바보가 아닌 한 어찌 그 사실을 시인하겠소?"

"소의련주께서는 무슨 증거라도 갖고 계십니까?"

강호를 등졌으면서도 석도명은 천마협이라는 말에 관심을 감추지 못했다. 천마협을 쫓고 있는, 그리고 정체가 드러나면 반대로 천마협에 쫓겨야 할 한운영이 마음에 걸린 탓이다.

"제천대주는 내 이야기를 들을 용의가 있소?"

손강의 질문은 천마협의 일에 연루될 각오를 먼저 하라는 뜻이었다.

석도명의 대답은 모호할 수밖에 없었다.

"들어야 할 이유는 있습니다만……."

"하하, 듣기 전에는 아무것도 약속할 수 없다는 말로 들리오."

"듣고 나서도 약속드릴 수 있는 게 별로 없을 겁니다."

"듣던 대로 솔직한 성격이외다. 그 점은 마음에 드는구려."

"……."

손강이 잠시 생각을 정리하고는 다시 입을 열었다.

"좋소. 비밀을 지킬 수 있다면 말해 주겠소."

"그건 약속드리죠."

손강의 이야기는 서극문의 과거에 관한 것이었다.

"널리 알려진 대로 내 사문인 서극문은 천마협에 가담했던 전력이 있소. 그 까닭은 본문의 절학인 사로검공(娑蘆劍功)을 되찾을 욕심 때문이었다오."

천마협은 사로검공의 비급을 미끼로 협력을 요구했고 서극문은 그 제안을 뿌리치지 못했다.

사로검공만 되찾으면 천산파에 눌려 살던 수백 년의 한을 풀 수 있다고 믿은 탓이다.

서극문은 천마협과 함께 천산파를 치고, 양곡까지 따라 나섰다. 하지만 천마협이 양곡에서 참패를 당하고 뿔뿔이 흩어지는 바람에 사로검공의 비급은 끝내 얻지 못했다.

그런데 20여 년 전 갑자기 사로검공의 비급이 서극문에 돌아왔다. 정체불명의 노인이 손강의 사부에게 말없이 전해 주고 사라진 것이다.

"사로검공의 비급을 되찾은 덕분에 나는 이 자리까지 오게 된 거라오. 하지만 나는 오래도록 궁금했소. 천마협의 수중에 있던 비급이 왜 서극문으로 돌아왔을까?"

"그 답을 찾으셨습니까?"

"나는 생각했소. 아마도 누군가가 서극문이 강해지기를 원하는 모양이라고. 그래서 그 길을 따라 가볼 생각으로 천산을 떠나 여기까지 온 것이오. 그리고 서서히 깨달았소. 비급을 돌려준 자들은 서극문이 강해지길 원한 게 아니라 십대문파가 약해지기를 바란 것이라는 것을. 그들은 이번에도 서극문을 이용해 먹을 생각이었던 게요."

"……."

석도명이 말없이 고개를 끄덕였다.

결과만 놓고 보면 손강의 생각은 충분히 설득력이 있었다. 손강이 이끄는 소의련의 출범으로 무림맹이 지대한 타격을 입었으니까.

그러나 어디까지나 추론일 뿐 명확한 증거가 제시된 것은 아니었다.

"남궁세가에 있었다니 장항당을 기억할 게요."

"설마……."

"원래 소의련주가 될 사람은 내가 아니라, 장항당의 항도였소. 그가 검졸의 손에 죽는 바람에 내가 그 자리를 차지하게 된 게요. 은밀히 알아본 바에 따르면 장항당 또한 대붕천의 비급을 오래전에 잃어버렸었다고 하더이다."

"그랬군요."

석도명은 이제 손강의 생각을 확실하게 이해할 수 있었다.

과거 회유와 강압을 통해 수많은 중소 문파를 끌어들였던 천마협이 그 수법을 교묘하게 바꾼 것이다. 정파 무림의 분열이라는 목표를 위해서.

이번에는 석도명이 손강에게 물었다.

"앞으로 어떻게 하실 생각이십니까?"

그 정도로 진무궁이 천마협과 한통속이라는 것을 밝힐 방도가 없지 않느냐는 반문이자, 손강의 결심을 묻는 질문이었다.

그 의도야 어찌됐든 결과적으로 천마협, 혹은 진무궁이 사로검공의 비급을 찾아서 돌려줬다.

그로 인해서 서극문의 이름이 높아진 것은 물론, 손강 자신도 소의련주에 오르지 않았는가? 어찌 보면 은혜를 입은 처지다.

손강이 의미심장한 웃음을 지어 보였다.

"솔직히 나는 강호의 대의가 뭔지도 모르겠고, 내가 강호를 위해서 대단한 일을 할 거라는 생각도 없소. 하지만 내 사문이 다른 문파에 의해 이용을 당했다는 사실을 참을 수가 없소. 그들을 응징하는 것이 사문의 은혜에 보답하는 길이라고 굳게 믿고 있다오. 설령 이 한 목숨이 끊어지면 어떻겠소? 서극문이 천마협에 이용만 당했던 과거를 씻고, 사문의 명예와 자유를 되찾을 수만 있다면 말이오. 자, 이제 묻겠소. 나와 함께 진무궁에 가지 않으시려오?"

손강은 석도명과 함께 진무궁을 치자고 찾아온 것이었다. 천하제일의 반열에 오르내리고 있는 석도명의 무공도 무공이지만, 그를 따르는 제천대의 이름과 명분이 필요했으리라.
 하지만 손강의 생각이 어떠하든 석도명의 대답은 달라질 수 없었다.
 "저는 강호로 돌아갈 수 없습니다."
 "하하, 무 대협께서 그러시더이다. 시간이 많이 걸릴 거라고. 시간은 충분하니 잘 생각해 보시구려."
 손강은 겨울이 끝나면 다시 오겠다며 초구를 떠났다.
 손강이 떠난 뒤 눈발은 더욱 굵어졌다.
 석도명은 다시 호금을 손에 쥐었다. 그러나 이번에도 연주는 하지 못했다.
 그렇게 겨울이 깊어지고 또 깊어졌다.

* * *

 매섭던 추위가 갑자기 풀리면서 며칠째 봄날을 방불케 하는 따뜻한 날씨가 이어졌다. 지루한 겨울이 어느덧 끝나가는 중이었다.
 다가올 봄을 앞서 맞기라도 하려는 듯 청공전에서 연회가 열렸다. 물론 무림맹이 아니라, 진무궁의 잔치다.
 악소천은 정문에 걸린 현판을 진무궁으로 바꿔 단 것 외에는 무림맹 건물에 조금도 손을 대지 않았다. 그래서 청공무제 여운도가 죽고 없는 지금에도 청공전은 여전히 청공전이었다.

연회에 참석한 사람은 많지 않았다.

태사의가 놓인 정면의 단상 위에는 악소천이 혼자 앉아 있고, 양쪽 벽면을 등지고 마련된 의자에는 좌우에 각각 다섯 명씩 모두 열 사람이 자리를 잡고 있었다. 그리고 악소천의 오른편 아래쪽으로 허이량이 보였다.

악소천 왼쪽에 앉은 다섯 사람은 모두 진무궁주의 제자였다. 그중 넷이 강호를 공포로 몰아넣은 사방천군이다.

그 끝에 앉은 사람은 최근 하산해 수라사자(修羅使者)의 직책을 내려 받은 악소천의 다섯째 제자다. 그가 바로 상당문의 망나니 막창소였다.

자리 배치로 볼 때 막창소의 실력과 지위가 사방천군과 어깨를 나란히 할 정도라는 것을 쉽게 짐작할 수 있었다.

그 맞은편에 앉은 다섯 사람은 진무궁이 따로 길러 내거나 외부에서 포섭한 고수들이다. 진무궁의 오대수호(五大守護)로 불리는 그들 가운데 이적행이 있었다.

오늘의 연회는 다시 원정길에 나서는 사방천군을 격려하기 위해 악소천이 특별히 마련한 자리다.

참석자는 고작 12명뿐이지만, 연회는 호사스러웠다. 음식 시중을 들기 위해 오가는 시녀들이 30명을 헤아렸고, 악사도 100명이나 동원됐다.

풍악이 흥겹게 울리는 것과 달리 참석자들은 조용히 술잔을 기울였다. 악소천이 그만큼 어려운 존재인 탓이다.

그 같은 분위기가 불편했던지 오대수호와 사방천군 가운데 가장 연장자인 이적행이 술잔을 들고 일어났다.

"궁주님께 술 한 잔을 올리겠습니다."

"그리하라."

"진무궁과 궁주님의 영광을 위해 이 한 몸 기꺼이 바치겠습니다."

이적행이 악소천에게 잔을 올리고는 공손히 허리를 굽혔다.

"지금의 그 마음을 잃지 말라."

"명심하겠습니다."

이적행이 제자리로 돌아간 뒤 악소천이 만족스런 표정으로 좌중을 둘러봤다.

"그동안 수고가 많았다. 십대문파와 오대세가를 완전히 굴복시키는 그날까지 고삐를 늦추지 말되 오늘 하루는 편히 즐기도록 하라."

허이량이 일어나 그 말을 받았다.

"허허, 궁주님께서 즐기라 하시니 열심히 즐겨야 할 것이오. 더욱이 수라사자가 처음으로 자리를 함께 했으니 마음껏 환영해줍시다."

허이량이 가볍게 박수를 치자 청공전 문이 활짝 열리며 얼추 50명을 헤아리는 젊은 여인들이 쏟아져 들어왔다. 그와 동시에 악사들의 연주가 더욱 빨라졌다.

"어허, 볼만하구나 볼만해. 으허허!"

이적행이 채신머리없이 몸을 흔들며 웃어댔다.

형형색색의 옷을 차려 입은 여인들은 무희(舞姬)였다. 젊은 여인들이 빠른 음악에 맞춰 장내를 휘몰아가자 방향(芳香)이 실내에 가득 찼다.

붉은 비단 가리개로 얼굴을 반쯤 가린 탓에 여인들의 모습은 신비로우면서 또 뇌쇄적이었다.

연회치고는 딱딱하게 굳어 있던 분위기가 순식간에 풀렸다. 십대문파의 저승사자라는 별명을 얻은 사방천군의 얼굴에도 잔잔한 웃음이 떠올랐다.

그러나 단 한 사람은 여인들의 춤을 즐길 수가 없었다.

막창소의 눈이 흔들렸다.

과거의 한 장면이 고스란히 떠올랐다.

그날도 마치 오늘과 같았다. 10년간의 입산수도 끝에 돌아온 자신을 위해 아버지가 환영 잔치를 열어줬었다. 붉은 비단 옷을 입고 검무를 추던 정연의 모습이 지금도 눈앞에 아른거렸다. 죽어도 그날을 잊지는 못할 것이다.

'나는 지옥을 두 번 다녀왔다. 너를 위해서.'

막창소가 지그시 이를 악물었다.

악소천과 보낸 처음 10년은 지옥같이 괴로웠다. 그래도 정연에게 당당하게 돌아가리라는 꿈 하나로 모든 고통을 참아냈다. 악소천이 자신의 몸에 무슨 짓을 하고 있는지도 모른 채.

석도명에게 부상을 입고 악소천에게 다시 돌아온 뒤에야 알았다. 지나간 10년이 아무것도 아니라는 것을.

악소천은 사부가 아니라 악마였다. 그리고 자신에게도 악마가 되길 강요했다. 그래서 악마가 됐다. 정연을 되찾을 길이 그것밖에 없다고 믿었기에.

묵묵히 술잔을 들어 입으로 가져가던 막창소의 손이 가늘게 떨렸다. 청공전 안을 꽃잎처럼 휘몰아가는 무희들 가운데 하나가 그의 눈에 들어온 직후였다.

가리개가 걸린 콧등 위쪽으로 절반만 드러난 여인의 얼굴은 보기 드물게 아름다웠다. 50명에 달하는 무희들이 하나같이 꽃다웠지만 그녀의 미모는 단연 발군이었다.

이적행을 비롯한 사내들의 시선이 부지불식(不知不識)간에 그녀를 뒤쫓고 있었다.

하지만 막창소가 격동을 참지 못한 것은 여인의 미색 때문이 아니었다.

'저런 눈빛이었어.'

처연함과 결의가 뒤섞인 서늘함. 사춘각에서 검무를 추던 정연의 눈빛이 바로 그랬다.

막창소의 머릿속에서 본능적인 위기의식이 살아났다.

좀 더 자세히 살펴보고 싶었지만 여인은 막창소에게 등을 보인 채 반대편으로 멀어져 가고 있었다.

"으허허, 예쁜 것. 얼굴이나 좀 보자꾸나."

내심 눈여겨보고 있던 여인이 자기 앞으로 다가오자 이적행이 헤프게 웃었다.

　여인이 망설이지 않고 얼굴 가리개를 벗어 이적행에게 던졌다. 붉은 비단이 너울거리며 이적행의 눈앞으로 날아들었다. 이적행이 냉큼 손을 뻗어 가리개를 받아들었다.

　다음 순간 이적행의 눈에 여인의 얼굴이 들어왔다. 그 모습이 낯설지 않았다.

"헉!"

이적행이 비명을 질렀다.

　상대의 정체를 떠올릴 겨를도 없었다. 여인의 손끝에서 쇠붙이가 번쩍이며 튀어나왔다.

　이적행이 다급히 몸을 틀면서 뒤로 넘어졌다. 그 바람에 빗나간 여인의 검이 왼쪽 어깨에 깊이 박혔다.

"이익!"

　첫 번째 공격이 심장에서 빗나가자 여인이 잔칫상을 타고 넘어가며 재차 검을 찔러 넣었다.

　이적행이 손을 저어 자신의 절학인 손절고권을 펼쳤지만 반 박자가 늦었다. 이적행의 손가락 틈새로 들어온 검이 가슴을 뚫어버렸다.

"크흑…… 네, 네가……."

얼마 버둥대지도 못하고 이적행의 고개가 꺾였다.

　오대수호와 사방천군이 어이없는 표정을 지으며 자리에서 일어섰다.

여인의 기습이 워낙 빠른데다 무공 또한 뛰어났기에 이적행의 목숨을 구하기는 어려웠다. 그래도 누군가가 손을 썼다면 그 다음 순간에 여인을 제압하고도 남았을 것이다.

그러나 아무도 그러지 않았다.

이적행에게 깊은 정이 없기도 했지만, 감히 진무궁에 뛰어든 대담한 여인에게 묘한 호기심이 먼저 일었기 때문이다. 그리고 마음만 먹으면 언제든 상대를 제압할 수 있다는 자신감의 표시기도 했다.

"너는 누구냐?"

허이량이 물었다.

"흥, 원수를 갚았을 뿐이다."

여인이 사납게 소리쳤다. 분노와 흥분이 채 가라앉지 않은 목소리였다.

그 말에 허이량의 눈빛이 변했다.

"원수라…… 아가씨가 바로 총명함이 과하다는 우문낭자로구먼. 쯧쯧, 숙부의 원수를 갚겠다고 여기까지 오다니…… 기개는 가상하나 별로 현명한 짓은 아니로구나."

"상관없다. 누구든 저승길의 동무로 삼아줄 테니."

우문낭자, 한운영이 허이량의 말을 당차게 되받아쳤다.

짝짝짝.

그때 갑자기 박수소리가 들렸다. 모두의 고개가 정면의 단상으로 돌아갔다.

악소천이 어느새 태사의에서 일어나 박수를 치고 있었다.

"허허, 귀여운 아이로고. 저승길은 아무하고나 가는 게 아니지. 내가 바로 이적행에게 여운도를 잡아오라고 했느니라. 그러니 원수를 갚으려면 나를 죽여야 하지 않겠느냐?"

"궁주, 저희에게 맡기시지요."

허이량이 나서려 했지만 악소천이 손을 저어 제지했다.

그 손짓에 허이량이 허리를 굽혀 보이고는 한쪽으로 물러났다. 무슨 영문인지 모르겠으나, 악소천이 한운영을 직접 상대하겠다니 지켜볼 일이었다.

"오너라."

악소천이 맨손으로 한운영을 불렀다.

한운영이 주저하지 않고 단상을 향해 날아올랐다.

한운영의 손에 들린 병기는 길이가 한 자 반(45센티미터)에 불과한 소검이었다. 몸에 숨겨 들여와야 했기에 석도명이 준 검은 갖고 올 수가 없었다.

피피피픽.

한운영의 검이 연달아 파공성을 뿜었다. 수비를 도외시한 공격일변도의 초식이었다.

한운영이라고 모르겠는가? 3개 문파의 장문인을 혼자서 해치운 악소천을 이길 수 없다는 것을.

세상에 그 누구도 자신의 복수를 도울 수 없다는 절망감 때문에 이적행이라도 베고 죽을 작정으로 벌인 일이다. 이적행의 숨통을 끊었으니 이제 죽어도 후회는 없었다.

한운영이 있는 힘을 다 짜내 검에 밀어 넣었다. 한운영의 신형이 회전을 하면서 화살처럼 앞으로 쏘아졌다.

악소천이 느리게 손을 털었다. 한운영의 검이 악소천의 손끝에서 토막토막 부서져 내렸다. 다음 순간 악소천이 한운영의 완맥을 잡아버렸다. 혈도를 제압당한 한운영이 지푸라기처럼 쓰러졌다.

"흠, 재미있는 아이로구나. 생긴 것도 예쁘장하고. 내가 직접 거둘 테니 침소에 데려다 놓아라."

"궁주…… 이 아이는 소헌부의 여식입니다. 관부와 문제가 생기는 건 피해야 하지 않겠습니까?"

허이량이 자세를 낮추고 조심스레 말을 꺼냈다. 악소천이 하는 일에 토를 달기가 망설여졌지만, 그래도 진무궁 전체를 생각하면 관부와의 갈등은 피하고 싶었다.

"재상가의 여식이든 황제의 딸이든 내 목숨을 노렸으니 대가를 치러야 할 것이다."

"예……."

허이량이 더는 나서지 못하고 경비무사를 불러 한운영을 옮기도록 했다.

악소천이 결정했으면 잠자코 따를 뿐이다. 설령 그것이 황궁을 치는 일이라 해도.

"피 냄새가 진동을 하는 바람에 술맛이 싹 가시는구나. 오늘 자리는 이것으로 끝내자."

악소천이 이적행의 시체를 못마땅하게 내려다보고는 몸을 돌려 밖으로 사라졌다. 침소로 돌아가려는 모양이었다.

사방천군과 오대수호가 줄지어 밖으로 나갔다. 공포에 질려 숨죽이고 있던 무희들 가운데 몇 명이 그제야 낮은 울음을 토해냈다.

잠시 후 여인들의 울음소리를 뒤로 하고 막창소가 씁쓸한 표정으로 청공전을 나섰다.

"쯧, 어딜 가나 계집이 문제로구나."

이번에도 잔치를 즐길 팔자가 아니었다.

* * *

우문낭자 한운영이 홀로 진무궁에 잠입해 이적행을 죽이고 악소천에게 사로잡혔다는 소식이 빠르게 퍼져나갔다.

소문이 말보다 빠르다고 하더니, 여가허에서 벌어진 사건이 황하를 건너는 데는 고작 이틀도 걸리지 않았다.

정연은 한운영의 소식을 전해 듣고는 달음박질을 해서 석도명의 집으로 갔다.

사립문을 밀고 들어가니 단호경과 천리산 등이 근심 어린 표정으로 마당을 서성이고 있었다.

"도명이는……."

"혼자 있고 싶다고……."

평소에도 정연 앞에서는 주눅이 드는 단호경이 고개를 들지도 못한 채 말꼬리를 흐렸다.

한운영이 위험해지니 석도명이 불편하고, 석도명이 불편하면 정연의 마음이 아플 터였다. 그리고 자신은…… 아무에게도 위로가 되지 않았다.

정연이 그대로 문을 열고 들어갔다. 세상에서 정연만 누릴 수 있는 특권이었다.

석도명은 호금을 쥐고 있었다. 연주는 하지 않았다. 줄을 고르는 것도 아니었다. 그저 호금을 뚫어져라 들여다보기만 했다.

"가봐야 하는 거 아니니?"

"저는 아무 데도 가지 않습니다."

"한 소저를 모른 척할 거야?"

"제가 가도 구해낼 수가 없습니다. 저는 진무궁주를 이길 수 없으니까요."

석도명은 정연과 눈도 맞추려 하지 않았다.

정연은 석도명이 애써 괴로움을 참고 있음을 알았다. 그걸 알기에 정연이 음성을 높였다.

"약한 소리 하지 마! 한 소저가 네게 특별한 사람이라는 거 알아. 그런 사람이 위험에 빠졌는데 여기 앉아서 승산이나 따지고 있을래?"

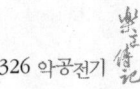

"내게는…… 누이도 소중해요."

짝.

정연이 석도명의 뺨을 후려쳤다.

"누가 너 보고 나랑 한 소저를 비교하라고 했니? 네가 그런 표정으로 여기에 남아 있으면 내가 행복할 것 같아? 내가 전에 그랬지? 내게 마음의 짐을 지우지 말라고. 가서 보여주란 말이야! 그 누구도 네게서 소중한 사람을 뺏어갈 수 없다는 걸. 평생 후회하지 말고!"

"누이……."

정연이 울먹이는 바람에 석도명도 목이 메었다.

"내가…… 왜 너한테 잘 해주는지 알아? 내겐 너랑 나이가 같은 남동생이 있었어. 그 애가 너무 아파서……너무 아파하는데 약값은커녕 집에는 먹을 쌀도 없었어. 그때 동네 할머니가 엄마를 찾아왔어. 나를…… 기생으로 팔면 남동생을 살릴 수 있을 거라고……. 그 말이 난 너무 무서웠어……. 그래서 기루에서 데리러 오던 날 달아나 버렸다고……. 흑흑, 친구 집에 사흘을 숨어 있다 돌아왔는데…… 동생이 다음날 죽었어……. 죽어 버렸어."

"누이……."

석도명이 다가가 정연의 뺨에 흐르는 눈물을 손으로 닦아냈다. 그래도 눈물은 쉼 없이 흘러내렸다.

"뒤늦게 기녀가 되고…… 동생 같은 너를 만났어……. 네가 행복해지는 걸 보기 위해 난 뭐라도 할 거야……. 하지만 그래도 죽은 동생은 지워지지 않아. 내 가슴엔 후회만 가득한 걸……. 제발 너는 그러지 말아……. 나 때문에 네가 후회하는 거 죽어도 보고 싶지 않단 말이야."

석도명은 가슴이 먹먹했다.

고맙고 또 미안했다. 설령 죽은 남동생의 대용물이면 어떤가? 정연이 이렇게 진심으로 자신을 걱정해 주고 있는 걸.

그런데 정연이 위험해질 걸 알면서도 자신은 초구를 떠나야 한단 말인가? 그것이야말로 평생 후회로 남을 일이었다.

그런 석도명의 마음도 모르고 정연이 다시 따지고 들었다.

"그날 두 사람이 보여준 눈빛은 뭐야? 네게 한 소저가 아무 의미도 없는 사람이라면 좋아. 조금도 후회하지 않을 자신이 있으면 여기 이렇게 있어."

"누이…… 내가 강호로 돌아가면…… 누이가 위험해져요."

정연에게 결코 하고 싶지 않았던 이야기가 석도명의 입에서 흘러나왔다. 이렇게까지 하지 않으면 정연을 멈추게 할 자신이 없었다.

"그게 무슨 소리야? 내가 위험해진다니……."

"진무궁주는…… 막창소의 사부예요. 그가 내게 경고했어요. 내가 초구를 떠나면 막창소를 이곳으로 보내겠다고. 아마 그의 무공은 우리가 알고 있는 정도가 아닐 거예요."

"하아…… 그래도, 그래도 가. 가서 한 소저를 구해."

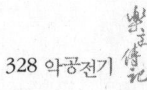

"한 소저는 내 만류에도 불구하고 스스로 그 길을 갔어요. 하지만 누이는 무슨 죄가 있어서 위험을 당해야 하죠? 누이가 잘못되면 나는 평생 누구를 원망하죠?"

"그래도 가야 돼. 그래, 내가 멀리 달아나면 되잖아. 네가 돌아올 때까지…… 숨어 있으면 되잖아."

"누이……."

그 순간 방문이 벌컥 열렸다.

"야! 아니…… 형님! 남자가 우물쭈물 대기는! 정 소저는 내가 지키면 되잖아. 내가 죽어도 지킨다고!"

단호경이 밖에서 두 사람의 이야기를 듣다가 급한 성미를 이기지 못하고 뛰어든 것이다.

"허엄. 우리도 있다고요."

"진무궁주의 제자가 얼마나 센지는 모르겠지만 숨는 건 자신 있단 말이지."

천리산과 이광발까지 단호경을 거들고 나섰다.

석도명이 천천히 일어섰다.

"그자는 오래전부터 누이에게 나쁜 욕심을 품고 있습니다. 더구나 내게 상처를 입고 달아난 일도 있고. 자기 욕심을 위해서라면 다른 사람의 목숨쯤은 쉽게 끊어 놓는 포악한 성정을 지닌 사람이에요. 진무궁주가 공을 들여 키웠다니 무공실력은 말할 것도 없겠죠."

"제길, 내가 사부님의 내공만 다 흡수했으면 그깟 놈은 걱정도 안 할 텐데……. 그래도 걱정마쇼! 숨는 건 자신 있으니까! 형님이 빨리 돌아오면 되잖소."

"내가 빨리 돌아오지 못하면요?"

"아 그러면 깊은 산속에 꼭꼭 숨어서 정 소저랑 평생 살면 되고……."

"야야, 단 조장 너무 노골적인데."

"이러다 우리도 떼어놓고 둘이 도망치는 거 아냐?"

천리산과 이광발의 편잔에 단호경이 버럭 소리를 질렀다.

"아 시끄러워! 하여튼 정 소저는 내가 이 한 목숨 바쳐서 반드시 지킨다 이거야."

정연이 다가가 석도명의 손을 쥐었다.

"나는 단 소협을 믿어. 다른 분들도."

석도명도 더 이상은 버틸 수 없었다. 가도 후회하고, 가지 않아도 후회할 것이다. 노력조차 해보지 않고서 포기할 수는 없지 않은가?

"그러면…… 여러분만 믿겠습니다."

"옳거니, 열화검과 제마오협이 이참에 힘 좀 써보자고."

"좋지, 좋아."

단호경과 천리산 등이 손을 맞잡고 환호했다. 그들의 얼굴에서 진무궁주의 제자를 상대한다는 두려움 따위는 조금도 찾아볼 수 없었다.

그로부터 닷새 뒤 손강이 약속대로 소의련을 이끄는 중소문파의 장문인들과 함께 석도명을 찾아왔다. 석도명은 그날 손강 일행과 함께 황하를 건넜다.

무소진을 필두로 한 200여 명의 제천대가 그 뒤를 따랐음은 물론이다.

하지만 석도명은 모르고 있었다. 같은 날 반대편에서 배 한 척이 황하를 가로질렀다는 사실을.

그 배에는 막창소가 타고 있었다. 강을 건넌 막창소는 초구에는 발도 들여놓지 않고 곧장 서쪽으로 향했다.

사흘 전 단호경이 정연과 함께 떠난 방향이었다.

제11장
세상이 온통 길이다

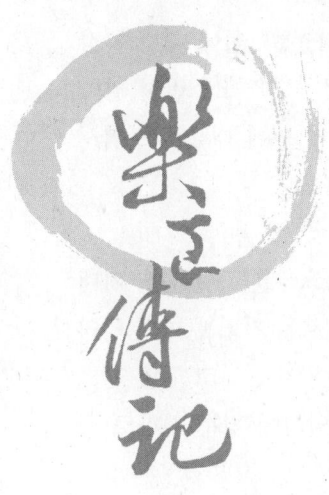

 황하를 건넌 석도명과 손강을 소의련의 무사 500명이 맞았다. 제천대와 소의련을 합하면 이제 병력은 700명에 달했다.
 그뿐이 아니었다. 사흘 뒤 날카로운 예기를 뿜어내는 100명의 고수가 더 나타났다. 그들을 이끌고 있는 사람은 놀랍게도 3년 전 손강에게 패해 봉문에 들어갔던 천산파의 장문인 구마신검 목순이었다.
 "3년 전 천산파와 약조한 것이 있었소. 나를 이끌어낸 것이 천마협의 음모라면, 개인적인 은원은 잠시 미르고 같이 천마협에 맞서기로."
 손강은 석도명에게 목순을 소개하며 그렇게 말했다.

목순이 다가와 말없이 포권을 취했다. 천마협에 대항해 잠시 손을 맞잡을지언정 손강에 대한 적개심은 고스란히 남아 있는 듯했다. 그리고 혈제와 연루된 석도명에 대해서도 역시 거리를 두는 모습이었다.

'은원보다 대의가 먼저라 이건가?'

천산파의 등장이 석도명에게 안겨준 느낌은 각별했다. 거대 문파들이 입으로만 대의를 외치면서 뒤로는 자기 문파의 명리를 위해 온갖 짓을 다한다는 편견 아닌 편견을 갖고 있었다.

하지만 결정적인 순간 나서는 법을 알기에 명문 정파로 추앙을 받는 모양이라는 생각이 들었다.

그리고 여가허로 가는 길목에서 다시 천가장의 고수 100명이 가세했다. 그들에게는 가주 천구정의 복수를 한다는 목표가 있었다.

제천대와 소의련에 천산파와 천가장이 가세하자 무사들의 사기는 하늘을 찌를 듯했다. 900명에 달하는 병력도 든든했지만, 그들을 이끄는 고수의 숫자도 과거 무림맹의 전력에 뒤지지 않았다.

어느새 제천대와 소의련의 무사들은 스스로를 정파연당(正派聯黨)으로 부르기 시작했다.

정파연당은 서두르지 않고 여가허를 향해 천천히 진군했다. 진무궁의 내부 상황을 알지 못하기도 했지만, 어차피 상대의 이목을 속이고 진무궁에 도착하기는 불가능한 일이었다.

손강이 여가허 외곽에 미리 심어둔 감시대가 속속 달려왔다.

상황은 희망적이었다. 사방천군이 10여 일 전에 모두 출동을 한 상태였다.

지난해 산동으로 나갔다 사마세가와 접전을 벌였던 동방천군 문적방은 수하들과 함께 동쪽으로 떠났다. 이번에도 목표는 사마세가의 안방인 산동이 될 터였다.

서방천군과 남방천군, 북방천군 역시 같은 날 병력을 이끌고 여가허를 떠났다고 했다. 섬서의 종남파, 사천의 아미파가 표적이 될 가능성이 높았다. 다만 북쪽으로 올라간 북방천군의 목표는 명확치 않았다.

결과적으로 2,000명에 달하는 병력이 여가허를 떠난 터라 진무궁에 남은 숫자는 200여 명에 불과했다.

석도명과 손강이 악소천과 접전을 벌인다면 900명으로 200명 정도는 어떻게 해볼 수 있지 않겠냐는 낙관적인 기대가 부풀어 올랐다.

석도명과 손강의 무공이 지난해 중양절 악소천의 손에 쓰러진 3개 문파의 수장보다는 앞선다는 것이 중론이었다. 특히나 석도명은 청성일검으로부터 검선이라는 칭송을 받았다고 하지 않던가?

정파연당은 아무런 제지도 받지 않고 여가허로 들어갔다. 진무궁으로 바뀐 무림맹 앞에 도착해서야 진무궁의 무사들을 만날 수 있었다.

정문을 가로막고 있는 100여 명의 진무궁 무사들을 향해 무소진이 주저하지 않고 공격명령을 내렸다. 병력을 지휘하는 임무는 전투경험이 풍부한 그의 소관이었다.

"쏴라!"

200여 명의 제천대원들이 진형을 갖춘 채 활을 쏘아댔다.

무림맹에서 쫓겨난 뒤 무소진은 제천대원들에게 심혈을 기울여 활을 익히게 했다.

여진군과의 싸움, 녹림맹을 궤멸시킨 사마세가의 전법을 경험하면서 군문의 전투방식이 갖는 이점을 피부로 느낀 탓이었다.

어차피 검술을 몇 달 더 연마한다고 무공 실력이 크게 달라지는 것도 아닐 테니 차라리 그동안에 화살에 공력을 싣는 방법이나 익히는 게 낫다는 판단이었다.

"쩝, 별 효과가 없군."

무소진이 혀를 찼다. 진무궁의 무사들은 확실히 강했다. 공력이 실린 화살이 빗발처럼 쏟아지는데도 어렵지 않게 쳐냈다.

"가라!"

무소진이 다시 외쳤다.

이번에는 소의련쪽에서 창을 치켜 든 200명의 무사들이 돌격대형을 갖추고 앞으로 달려 나갔다. 무소진의 요청을 받아 창술의 고수들을 따로 추려서 급조한 창병대였다.

소의련의 창병대가 전속력으로 진무궁의 무사들에게 돌진했다. 창과 검이 맞부딪치는 소리가 요란하게 들려왔다. 기세 좋게 달려간 것과 달리 창병대도 진무궁의 방어막을 뚫지는 못했다.

"이런 식으로는 안 되겠군요."

석도명이 검을 뽑아들고 허공으로 날아올랐다. 검 끝에서 귀화(鬼化)를 방불케 하는 아홉 개의 시퍼런 불덩어리가 피어올랐다. 불덩어리가 진무궁의 무사들을 파고들었다.

"으악!"

단 일검에 진무궁 무사 십여 명이 비명을 지르며 나뒹굴었다. 검을 자르고 들어간 불덩어리가 진무궁 무사들의 몸에 구멍을 뚫어 버렸다.

"헉, 구화검선!"

진무궁 무사들이 불덩어리를 피해 좌우로 갈라졌다. 소의련의 창병대가 그 틈을 비집고 들어갔다. 정문이 뚫리자 진무궁의 무사들은 허겁지겁 안으로 물러났다.

"와아! 가자!"

정파연당이 고함을 지르며 진무궁 안으로 뛰어들었다. 900명의 병력이 거의 피해를 입지 않고 청공전 앞마당까지 삽시간에 밀고 들어갔다.

진무궁에 남아 있는 전 병력, 200명의 무사들이 그곳에서 대열을 정비한 채 기다리고 있었다.

"진무궁주는 나오라!"

손강이 외쳤다.

잠시 뒤 청공전 문이 열리며 악소천이 이제는 4명만 남은 오대수호를 거느리고 나타났다. 드넓은 청공전 앞마당이 정파 연당의 무사들로 가득 찼지만 긴장감이라고는 전혀 느껴지지 않는 모습이었다.

악소천은 손강에는 눈길도 주지 않고 석도명을 바라봤다.

"허허, 늙은이의 말이라고 흘려들은 건가? 아니면, 정연이라는 아이가 자네에게 별로 소중하지 않은 건가? 아니, 아니, 아직 어려서 세상이 말하는 그 값싼 대의에 잠시 정신이 홀린 모양이군."

"진무궁을 치는 것이 강호의 대의라면, 당신에게 잡혀 있는 사람을 구하는 것이 나의 대의입니다."

"호오, 운영이 그 아이가 자네의 정인(情人)이었던가? 허허, 진즉에 알았더라면 좋았을 것을……."

"한 소저를 돌려주십시오."

"그 아이만 돌려주면 다시 돌아갈 텐가?"

"그러기는 이미 늦은 것 같습니다. 진무궁의 야욕이 천마협과 다르지 않다는 것을 밝혀 대의를 바로잡기로 약속했기 때문입니다."

"으허허, 그거 정말 다행이로군."

악소천이 파안대소하는 모습을 보면서 석도명은 형언키 어

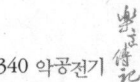

려운 깊은 두려움을 느꼈다. 이미 돌이킬 수 없는 나쁜 일이 벌어진 것만 같았다.

과연 석도명의 예감은 틀리지 않았다.

"자네가 물러날 생각이 없다니, 내가 그 아이를 돌려주지 않아도 되겠구먼. 자네가 많이 늦었네. 그 아이는 이제 내 사람이란 말일세."

"상관…… 없습니다. 저는 그녀를 반드시 찾아갈 겁니다."

석도명이 분노를 억누르며 주먹을 움켜쥐었다.

하지만 석도명이 분노해야 할 일은 거기서 끝이 아니었다.

"허허, 자네 누이는 어쩔 겐가? 설마 멀리 빼돌렸다고 마음을 놓고 있다면 나를 너무 쉽게 본 걸세."

"설마……."

"아마 지금쯤이면 내 막내 제자가 자네 누이와 감격의 해후를 하고 있지 않을까 싶네만."

석도명은 눈앞이 캄캄해지는 기분이었다. 그러나 후회를 하기에도, 돌아가기도 너무 늦은 상황이었다.

석도명이 분노와 함께 악소천을 향해 높이 뛰어올랐다.

"이익! 용서하지 않겠다."

그 모습을 본 손강이 지체 없이 악소천에게 달려들었다.

그와 동시에 무소진이 힘차게 외쳤다.

"쳐라!"

정파연당과 진무궁의 무사들이 고함을 지르며 맹렬하게 맞붙었다.

　　　　　　＊　　　＊　　　＊

 악소천의 말대로 정연은 그 무렵 막창소에게 쫓기고 있었다.
 사흘을 먼저 출발했지만 무공을 전혀 모르는 아녀자를 보호해야 하는 탓에 단호경 일행은 속도를 내지 못했다. 설상가상으로 주변의 이목을 우려해 관도를 버리고 산속으로 길을 잡은 게 더 나쁜 결과를 가져왔다.
 결국 황하 상류의 험지로 유명한 삼문협(三門峽)에서 막창소에게 따라잡히고야 말았다.

 "크흑……."
 단호경이 가슴을 부여잡은 채 비틀거렸다.
 절망이 몰려들었다. 더 이상 달아날 곳이 없었다. 뒤편은 깎아지른 벼랑, 그 밑에는 깊은 강물이 소용돌이를 치고 있다.
 먼저 가라며 막창소를 막아선 천리산을 비롯한 다섯 사람은 어찌 됐을까? 막창소의 검에서 시뻘건 피가 뚝뚝 떨어지는 것을 보면 아무도 무사하지 못한 모양이다.
 '제길, 사부님이 주신 내공만 쓸 수 있었어도…….'
 단호경의 손이 부들부들 떨렸다.

쉬지 않고 불을 쏘아댄 탓에 가뜩이나 보잘 것 없는 내공이 바닥을 드러낸 상황이다. 상대의 다음 수에 자신의 목이 떨어질 테고, 그러면 정연이 홀로 남겨질 것이다.

단호경의 상태를 눈치챘는지 막창소는 검을 늘어뜨린 채 비릿한 미소를 흘리고만 있었다.

"애송이, 목숨이 아깝지 않나? 그만 물러나지 그래. 저년은 어차피 내 계집이었거든."

"닥쳐라. 감히 누구한테……."

단호경은 차마 뒤를 돌아보지 못했다. 겁에 질려 있을 정연의 애처로운 모습을 볼 용기가 나지 않았다.

정연을 생각하니 눈물이 핑 돈다. 정말 목숨을 걸고서라도 지켜주고 싶었는데 그러지 못하는 자신이 못나고 또 못나게만 느껴진다.

단호경이 이를 악물고 검을 내리쳤다. 불덩어리는 쏟아지지 않았다. 붉게 달아올랐던 검은 어느새 싸늘하게 식어 있었다.

막창소와 몇 차례 부딪친 게 더욱 좋지 않았다. 막창소의 검에서 흘러들어온 기이한 기운이 내기를 토막토막 끊어놓는 바람에 아무것도 할 수 없었다. 죽어라 일만격의 오의를 되새겨도 화기는 다시 맺히지 않았다.

막창소가 슬쩍 몸을 피하면서 단호경의 가슴에 좌수를 내리쳤다.

"우헉! 쿨럭……."

세상이 온통 길이다 343

단호경이 피를 뿜으며 뒤로 나뒹굴었다. 막창소가 전력을 다했더라면 즉사를 면치 못했을 테지만, 막창소는 그러지 않았다.

"흐흐, 꼴에 여자 보는 눈은 있어가지고. 아서라, 고작 기생년 때문에 죽기는 억울하잖아."

"닥……치라고…… 정 소저는 내가 지켜……."

단호경이 검을 짚고 일어나 다시 막창소에게 달려들었다.

막창소가 웃음을 터뜨리며 다시 손을 휘둘렀다.

으드득.

단호경의 가슴에서 뼈가 부러지는 소리가 들렸다.

"단 소협…… 그만하세요……."

"아니오…… 죽어도…… 죽어도…… 정 소저는……."

단호경이 연신 피를 게워내면서 두 팔을 휘저었다.

"징그러운 놈. 어째 네년 주위엔 전부 이런 놈들뿐이냐?"

막창소가 치를 떨며 검을 치켜들었다. 이제 그만 희롱을 끝낼 때였다.

'안 돼…… 사부님…….'

단호경이 혼절 직전의 상태에서 절규를 했다. 부도문의 무공을 완성하지 못하게 됐다는 회한, 정연이 모진 시련을 당할 것이라는 아픔, 막창소를 향한 분노가 가슴 속에서 소용돌이쳤다.

단호경은 살고 싶었다. 살아서 정연을 지키고, 부도문의 무공을 완성하고 싶었다.

꿈틀.

그때 뭔가가 단호경의 내부에서 움찔거리며 치솟아 올랐다. 단전에 따로 고여 있던 부도문의 내공이었다. 단호경의 의지에 단 한 번도 반응하지 않던 부도문의 내공이 혈맥을 타고 용솟음쳤다.

단호경이 젖 먹던 힘을 짜내 그 기운을 손끝으로 몰아넣었다.

까강.

단호경의 머리 위에서 두 개의 검이 정면으로 부딪쳤다. 다음 순간 막창소가 휘청거리며 뒤로 세 발자국을 물러났다.

단호경의 상태는 더 심각했다. 검을 떨어뜨리고 나동그라진 채 벼랑을 향해 떼굴떼굴 굴러갔다. 정연이 황급히 단호경의 몸을 받아냈다.

하지만 구르던 힘을 이기지 못해 정연의 몸 또한 뒤로 밀려났다. 두 사람이 멈춰 선 건 벼랑 끝에서였다.

단호경을 뒤에서 부둥켜안은 채로 정연이 막창소를 쏘아봤다.

"당신은 절대로 나를 가질 수 없어요."

"안 돼!"

막창소가 불길한 예감과 함께 손을 앞으로 뻗었다. 그러나 몸이 뜻대로 움직이지 않았다. 마지막 순간에 단호경의 검에서 흘러 들어온 강렬한 기운으로 인한 충격이 채 가시지 않은 상태였다.

 다음 순간 정연은 단호경을 껴안고 벼랑 아래로 뛰어내렸다. 옷깃을 꽃잎처럼 흩날리며 정연과 단호경이 강물 위로 떨어졌다.

 이어 거센 물보라가 두 사람의 몸을 집어삼켰다. 소용돌이에 휘말린 두 사람은 다시 떠오르지 않았다.

 "독한 년……, 나쁜 년……."

 막창소가 벼랑 위에 서서 하염없이 강물을 내려다봤다. 입에서는 욕설이 계속 흘러나왔다. 허망하고 또 분했다. 대체 누굴 위해서 그 지옥을 견뎌냈더란 말인가?

 막창소가 떠나간 뒤, 정연과 단호경을 집어삼킨 강물은 무심히 흘러만 갔다.

 *　　*　　*

 진무궁에서 벌어진 싸움은 치열했다.

 청공전 바로 앞에서는 석도명과 손강이 악소천과 격전을 벌였다. 이적행과 어깨를 나란히 하던 진무궁의 오대수호는 무소진과 목순, 송필용 등이 맡았다. 그리고 남은 병력이 진무궁의 무사들과 뒤섞여 난전에 들어갔다.

 집단전에서는 정파연당의 수적 우위가 조금씩 효과를 내고 있었다. 처음에는 정파연당에서 다섯이 죽어나갈 때 진무궁에서 한 명이 쓰러지는 정도였지만, 시간이 흐르면서 그 비율이 좁혀지기 시작했다.

 제천대와 소의련, 천산파를 가릴 것 없이 정파연당의 무사들이 죽음을 무릅쓰고 차륜전을 벌인 탓에 진무궁의 무사들이 내공을 과도하게 소비한 결과였다.

 이대로 가면 먼저 몰살을 당하는 쪽은 진무궁이 될 터였다. 물론 정파연당 쪽의 생존자도 수십 명에 불과하겠지만.

 그러나 이 싸움의 열쇠를 쥔 건 석도명과 손강, 그리고 악소천이었다.

 석도명과 손강은 처음부터 합공을 펼쳤다.

 손강이 곧장 악소천에게 덤벼든 반면, 석도명은 허공 위에서 공격을 펼쳤다.

 아무래도 불꽃을 쏘아대는 석도명의 검법이 원거리 공격에 유리한데 비해 쾌검을 자랑하는 손강의 무공은 근접한 싸움에 유리하다고 판단했기 때문이다.

 석도명은 첫 수부터 필생의 공격을 퍼부었다. 아홉 개의 불꽃이 방향을 가리지 않고 악소천에게 쏟아졌다.

 두 사람의 신형이 무수히 붙었다 떨어지기를 반복했지만 불꽃은 집요하게 악소천을 노렸다. 석도명의 구화진천무가 이미 마음을 싣는 경지에 도달한 덕분이다.

 손강의 검에서는 두 자 가까운 검강이 뻗어 나왔다. 손강은 세상에 알려진 것보다 훨씬 고수였다. 30대 중반에 불과한 젊은 나이에도 불구하고 부도문이나 여운도를 확연히 앞서는 실력이었다.

천하에 보기 드문 절정고수 두 사람의 협공을 받은 악소천은 방어에 급급했다. 검강을 머금은 손강의 검은 교모하게 비껴냈고, 구화진천무의 불꽃도 간발의 차이로 흘려보내기만 했다.

간간이 불꽃이 악소천의 몸에 적중되는 것 같기도 했는데 어찌된 영문인지 그조차도 몸을 비틀어 흘려냈다.

쾅.

까강.

석도명과 손강이 연거푸 공격을 퍼붓는 소리가 계속 되풀이됐다. 그와 더불어 사방에서 급작스런 비명이 터졌다.

악소천이 흘려보낸 구화진천무의 불꽃 가운데 일부가 정파 연당과 진무궁이 혼전을 벌이고 있는 싸움터 한복판으로 튄 탓이다.

기이하게도 악소천의 검에서 미끄러진 불꽃은 석도명의 의지를 벗어난 방향으로 움직였다.

그 같은 일이 몇 번 반복되자 석도명은 왠지 등줄기가 서늘해지는 기분이 들었다. 어쩐지 자신이 악소천의 수법에 휘말리고 있는 느낌이었다.

그 바람에 분노를 이기지 못하고 세차게 공격을 퍼붓기만 하던 석도명에게 차가운 이성이 되돌아왔다. 석도명은 분주히

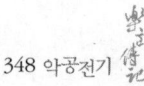

불꽃을 쏘아내는 한편, 자신이 무엇을 놓치고 있는지를 곰곰이 되살피기 시작했다.
 석도명이 관음의 경지를 극대치로 끌어올렸다. 청공전 앞마당이 거미줄보다 가늘고, 안개보다 촘촘한 기의 실타래로 가득 찼다.
 기의 장막이 엄밀하게 모습을 갖추는 것과 비례해 악소천의 움직임이 더욱 선명하게 포착됐다.
 '이상하다······.'
 석도명이 눈살을 찌푸렸다.
 눈에는 보이지 않지만 세상은 기(氣)로 가득 채워져 있다. 마치 물고기가 물속을 헤엄치는 것처럼 땅 위의 생물들은 기의 바다 속을 헤치며 살아가고 있다. 석도명이 관음의 경지를 통해 얻게 된 것은 바닷물을 보듯이 기의 흐름을 볼 수 있는 능력이었다.
 사람이든 동물이든 몸을 움직이면 주변을 가득 채운 기의 장막이 함께 흔들리거나, 흩어지는 것이 정상이다. 그런데 악소천에게서는 아주 미세하지만 이상한 현상이 감지됐다.
 마치 그림자가 흘러가듯 악소천의 신형이 기의 장막을 그대로 투과해 가는 동작이 순간순간 포착됐다.
 기이한 일이었다. 기를 초월하지 않고서야 어찌 저런 움직임이 가능하단 말인가? 귀신이라면 모를까, 육신을 가진 인간으로서는 있을 수 없는 일이다.

구화진천무의 불꽃이 악소천을 제대로 따라 잡지 못하는 것은 분명 저 괴이한 현상 때문이리라.

'위험하다.'

그 순간 석도명은 또 다른 위화감을 느꼈다.

그 대상은 손강이었다. 손강의 몸에서는 뿜어져 나오는 기운이 점차 불규칙해지고 있었다.

단순히 기의 흐름이 고르지 않은 정도의 문제가 아니었다. 손강의 몸을 순환하는 기의 흐름이 갑자기 강해졌다가 다시 약해지고, 빨라졌다가 또 느려졌다.

손강 정도의 고수가 되려면 내공의 양은 물론 운기(運氣) 능력 또한 뛰어나야 한다. 저런 현상이 나타나는 이유는 하나였다. 손강은 비정상적인 방법으로 내공을 증폭시키고 있는 것이다.

"아뿔사!"

3장(9미터) 높이에서 손강을 엄호하고 있던 석도명이 먹이를 노리는 독수리처럼 빠른 속도로 악소천을 향해 떨어져 내렸다. 지든 이기든 손강의 상태가 악화되기 전에 승부를 봐야 한다는 조급한 마음 때문이다.

"흥, 이미 늦었다."

악소천이 석도명의 검을 받아내며 코웃음을 쳤다. 그리고는 그 반탄력을 이용해 청공전 앞의 계단 위로 몸을 피해 버렸다.

"우욱!"

손강이 피를 뿜으며 쓰러졌다. 그리고는 심한 경련을 일으켰다.

석도명이 달려가 손강을 안아들었지만 손을 쓸 방법이 없었다.

"어리석은 놈, 고작 축선단(畜仙丹)을 믿고 덤벼들다니."

악소천의 한 마디로 비밀이 드러났다. 손강은 부작용이 있을 것을 알고서도 단약에 의존해 무리하게 내공을 끌어다 쓴 것이다.

같은 편에게 미리 귀띔이라도 해줬으면 좋았을 테지만, 무인의 자존심이 그것을 허락하지 않았으리라.

그리고 악소천이 단약의 정체를 정확히 꿰뚫고 있는 것을 보면 그 출처가 어딘지도 알 수 있었다.

아마도 서극문을 이용해 먹기 위해 사로검공의 비급과 함께 단약을 전해 줬으리라.

"미안하오……."

손강이 그 말을 끝으로 허망하게 숨을 거뒀다.

석도명이 검을 움켜쥐고 일어섰다. 이제 싸움은 온전히 자신의 손에 달려 있었다.

'잡는다, 반드시 잡고 만다.'

석도명이 그 한 마디를 되뇌었다.

악소천이 어떤 수법을 쓴 것인지 모르지만, 사람인 이상 기의 바다에서 벗어날 수는 없다. 분명 그 움직임을 포착하고,

더 나아가 분쇄하는 방법이 있을 것이다.
 "허허, 그렇지 않아도 네 재주를 좀 제대로 보고 싶었구나. 어서 오너라."
 악소천이 어린 제자를 가르치는 노사부처럼 인자한 표정으로 석도명에게 손짓을 했다.
 석도명이 아홉 개의 불꽃을 몸 주변에 띄운 채 악소천을 압박해 들어갔다. 조금 전과는 정반대로 공격 일변도에서 벗어나 수비에 치중한 수법이었다.
 우르릉, 우르릉.
 가뜩이나 먹구름이 잔뜩 끼어 있던 하늘에서 천둥이 울어댔다. 스산한 바람마저 불어대는 게 금방이라도 폭우가 쏟아질 기세였다.
 "크흠, 네 무공의 뿌리가 소리에 있다고 들었는데…… 하늘이 너를 도울 생각이 없는 모양이로구나."
 악소천이 여유롭게 검을 흩뿌리며 말했다.
 천둥에 이어 폭우가 쏟아지면 귀로 소리를 듣는데 지장이 있지 않겠냐는 걱정 아닌 걱정이었다.
 "하늘이 누구 편인지는 두고 보면 알 것이오."
 석도명이 악소천의 말을 지지 않고 받아쳤다. 그 순간에도 석도명은 악소천의 주변에서 일어나는 미세한 변화에 이목을 집중시키고 있었다.
 헌데 다음 순간 도무지 믿을 수 없는 일이 벌어졌다.

악소천의 신형이 쭈욱 늘어나더니 석도명에게 바짝 다가섰다. 몸놀림이 빨라서 그렇게 보인 게 아니었다. 악소천을 중심으로 공간이 뒤틀어졌다고 밖에는 설명할 수가 없었다.

악소천이 자신의 검으로 석도명의 검을 잡아 세웠다. 석도명의 검로를 비집고 들어와 검신을 지긋이 눌러버린 것이다.

"이르기를 거일량(擧一粱)이면 동태산(動泰山)이라, 기장 쌀 한 알을 들어올릴 마음이 있으면 태산을 움직인다고 했지. 어디 한 번 검을 들어 보아라."

"끄응……."

석도명이 용을 썼지만 악소천에게 눌린 검은 꼼짝도 하지 않았다.

반면, 악소천의 신색은 한량없이 편해 보였다. 내공의 차이가 그 정도라면 기가 막힌 일이고, 내공이 아닌 다른 비결이 있다면 더더욱 놀라운 일이었다.

'일만격이면 될 거다.'

석도명이 일만격의 묘리를 되새기며 검 끝에 자신의 의지를 실었다. 무상멸겁진을 헤치고 나왔던 바로 그 수법이다.

하지만 검은 조금도 움직이지 않았다. 죽을힘을 다해 몸부림을 치는데 정작 팔에서는 점점 무게감이 사라졌다. 귀신 곡할 노릇이었다.

악소천이 웃음을 터뜨렸다.

"으허허! 아이야, 관음의 경지를 열었다고 우쭐했더냐? 검에 마음을 실었다고 정말 검선이 된 줄 알았더냐? 어리석고 어리석구나."

석도명은 충격으로 심장이 얼어붙는 느낌이었다.

악소천은 자신을 경지를 밑바닥까지 꿰뚫고 있었다. 그런 상대를 무슨 수로 이기겠는가?

악소천이 초구로 자신을 찾아온 것은 두려워서가 아니었다. 무슨 까닭인지 모르겠지만, 자신을 오히려 봐주려고 했던 것이다.

'나는 정말 어리석었구나.'

뒤늦은 후회가 밀려들었다.

초구를 떠나면서 혹시나 하는 마음을 가슴에 품고 있었다. 그런데 결과적으로 그 실낱같은 가능성에 너무 많은 것을 걸어 버렸다.

가까운 사람들의 목숨은 물론이고 이 자리에 따라 나선 수백 명의 생명이 위태로워졌다.

악소천이 웃음을 멈췄다. 그리고 냉혹한 음성으로 석도명에게 최후의 일언을 고했다.

"나를 원망하지 마라. 다 네가 자초한 일이니."

악소천이 왼손을 들어 가볍게 흔들었다. 악소천의 손에서 무형지력(無形之力)이 쏘아져 석도명의 눈으로 날아들었다.

석도명이 기겁을 하면서 몸을 뒤로 젖혔지만 검이 잡혀 있는 탓에 제대로 피하지는 못했다.

무형의 경력(經力)이 암기처럼 날아와 눈동자에 박혔다.
"으아아악!"
석도명의 입에서 단말마의 비명이 터졌다.
상상할 수 없는 고통이 밀려왔다.
퍼퍼퍼퍽.
눈 안에서 혈맥이 터져나가는 소리가 석도명의 귀를 가득 채웠다. 혈맥이 아니라 안구가 다 터져나가는 느낌이었다. 육신의 모든 감각이 끊기고 오직 눈의 고통만이 생생하게 전해졌다.
석도명이 검을 떨어뜨리고는 두 손으로 눈을 감쌌다. 얼굴은 삽시간에 피 범벅이 됐다.
인간의 것이라고 하기에는 너무 처참한 석도명의 비명소리가 정파연당과 진무궁의 싸움을 멈춰 세웠다. 드넓은 청공전 앞마당 곳곳에서 흩어져 싸우고 있던 모든 사람들이 놀란 눈으로 청공전 정면 쪽을 바라봤다.
손강은 이미 바닥에 쓰러져 있고, 석도명이 두 눈을 감싼 채 비명을 지르고 있는 광경이 보였다.
악소천이 석도명의 복부를 향해 검을 찔러 넣었다. 검이 찌르고 들어간 곳은 기해혈이었다.
"으으으……"
석도명은 더 이상 비명을 지르지도 못했다. 단전이 깨지면서 온몸이 조각조각 금이 가는 것처럼 아팠다. 이가 덜덜 떨리면서 정신이 점점 혼미해졌다. 석도명이 끝내 의식을 잃고 말았다.

악소천이 석도명의 목덜미를 잡아채고는 뚜벅뚜벅 앞으로 걸어 나갔다. 석도명의 몸이 땅바닥에 끌려가는 자리마다 선혈이 붉게 번졌다.

청공전이 침묵에 빠져 들었다.

제천대와 소의련은 물론 천산파의 제자들까지 넋을 잃은 표정이었다. 진무궁의 무사들 또한 악소천이 냉기를 풀풀 날리는 바람에 주눅이 든 모습이었다.

악소천이 걸어가는 앞쪽으로 사람들이 좌우로 갈라지면서 길이 열렸다. 이편저편 할 것 없이 모두가 악소천에게 공포를 느끼는 분위기였다.

"잔인하구나!"

누군가가 노성을 터뜨리며 악소천에게 덤벼들었다.

무소진이다. 석도명의 참혹한 모습을 참고 볼 수가 없었던 것이다.

악소천이 귀찮다는 듯이 검을 휘저었다. 악소천의 검에서 검강이 뻗어 나와 무소진의 검과 허리를 동시에 베어버렸다.

털썩.

무소진의 시신이 힘없이 땅에 떨어졌다. 무소진의 명성에 비하면 터무니없는 결과였다. 악소천의 무공은 알려진 것보다 훨씬 더 강했다.

악소천이 뒤도 돌아보지 않고 계속 밖으로 걸어갔다.

모든 사람이 그 뒤를 따라 움직이기 시작했다. 제천대도, 소의련도 전의를 완전히 상실한 상태였다.

싸움의 결과는 자명했고, 이제 악소천이 패자에게 어떤 처분을 내릴지가 문제였다.

악소천은 무림맹 정문까지 걸어갔다.

거기서 석도명의 몸을 바깥으로 집어던졌다. 피에 젖은 석도명의 몸은 시체처럼 축 처져서는 꼼짝도 하지 않았다.

악소천이 뒤를 돌아보며 외쳤다.

"자, 너희 가운데 또 누가 나설 테냐? 거듭 밝히거니와 항복하면 살려주고, 달아나면 쫓지 않겠다. 그러나 두 번 저항하는 자는 결코 살려두지 않을 것이다. 자, 이제 결정하라. 이자와 나란히 설 자신이 있으면 나오라. 내 그자에게 같은 벌을 내리리라. 단전을 파괴하고, 사지를 잘라주마. 평생을 죽는 것보다 더한 치욕과 고통 속에 살게 해주겠다! 고작 이자가 너희들의 구원이냐?"

악소천의 창노한 음성에 아무도 항거하지 못했다. 죽기를 각오하고 왔지만, 무공을 잃고 불구가 되어 살고 싶지는 않았다.

천산파 장문인 목순이 앞으로 나섰다.

"우리는 천산으로 돌아가겠소. 진무궁에 대해서는 추후 왈가왈부하는 일이 없을 것이오."

"두 번 다시 돌아오지 말라."

목순은 60여 명으로 줄어든 천산파의 제자를 이끌고 진무궁을 벗어났다. 가주의 복수를 위해 찾아온 천가장의 무사들이 그 뒤를 따랐다.

뒤이어 소의련과 제천대가 무기를 거뒀다. 중소문파의 힘으로 진무궁을 막아 보리라던 생각이 얼마나 허황된 꿈이었는지를 모두가 뼈저리게 느꼈다.

그렇게 사람들이 여가허를 떠나갔다. 거리에 버려진 석도명은 아무도 거두지 못했다. 혹시라도 악소천의 진노를 사게 될까 무서운 탓이다.

같이 왔다고 함께 돌아갈 수 있는 것은 아니다. 세상인심이란 그런 것이다.

쿠르르릉.

쏴아.

찌푸린 하늘에서 폭우가 쏟아졌다.

그 빗속에 석도명이 내버려졌다. 손강과 무소진의 시신이 그 옆에 나란히 놓였다.

진무궁에 대항한 자들의 말로를 세상이 알게 하라는 악소천의 지시에 따른 일이었다.

싸움이 끝났다는 소식을 듣고 사람들이 진무궁 앞에 모여들었다. 싸움의 결과가 궁금했기 때문이다.

그러나 그들 중 누구도 석도명 근처에 다가가지 못했다. 먼

발치에서 혀를 내두르거나 한숨을 짓는 게 전부였다.

"구화검선마저 저 꼴이 되다니…… 진무궁이 강하긴 강하구먼."

"쯧, 저렇게 젊은 나이에 반병신이 됐으니 어쩌누?"

"그러게. 잘 나면 뭐하냐고…… 시류를 잘 읽어야지."

몰려든 구경꾼들이 다시 하나씩 둘씩 흩어졌다. 눈을 똑바로 뜨고 있기가 어려울 정도로 빗발이 굵어진 탓이다.

이런 궂은 날에 뭘 구경한들 즐겁겠는가? 하물며 빗물이 핏물이 되어 흐르는 참혹한 시체 구경이야 말할 것도 없었다.

텅 빈 거리 끝에서 누군가가 허겁지겁 달려왔다.

"아이고, 도명아……."

"쯧쯧……."

왕문과 염씨 노인이 석도명의 몸을 부둥켜안았다.

정문을 경비하고 있던 진무궁의 무사들이 몸을 날려 두 사람 앞에 떨어져 내렸다.

"너희들은 정체가 뭐냐?"

"혹시 무림맹의 떨거지들인가?"

왕문이 황급히 머리를 조아렸다.

"아닙니다. 아닙니다. 저는 대장장이 왕문입니다. 예, 왕석방, 왕석방이 제 겁니다. 이분은 여가허에서 제일 유명한 개백정이시고요."

"그런데?"

"하이고…… 애가 알고 보면 천애고아랍니다. 이렇게 죽게 놔둘 수는 없지 않습니까? 제발……."

경비무사들 가운데 우두머리로 보이는 사내가 혀를 찼다.

"쯧, 천하의 제천대주를 고작 대장장이와 개백정이 거두겠다니…… 데려가라."

석도명의 처분에 대해 악소천은 아무런 지시도 내리지 않았다. 그것은 천하를 발 아래로 내려다보는 자의 오만이었다. 누구든 석도명을 거둬갈 수 있으면 거둬가라는.

그러니 경비무사들이 굳이 나서서 제지할 이유가 없었다. 누가 데려갔는지 알아뒀다가 보고를 하면 그만이었다.

"아이고 감사합니다, 감사합니다."

생각보다 쉽게 허락이 떨어지자 왕문과 염씨 노인이 경비무사들을 향해 연거푸 절을 올렸다.

왕문이 염씨 노인의 도움으로 석도명을 들쳐 업고는 철벅철벅 걸음을 옮겼다. 세 사람의 모습이 이내 굵은 빗속으로 사라졌다.

석도명의 참담한 마음을 하늘이 알았는지 봄날에 어울리지 않는 폭우는 닷새나 계속됐다.

* * *

석도명은 나흘 만에 자리를 털고 일어났다. 몸이 다 나아서가 아니라, 마음이 지옥 같아서다.

아픈 몸을 이끌고 왕문의 옛 대장간을 찾아간 석도명은 그곳에 틀어박혀 한 걸음도 나오지 않았다.

그러면서도 정작 괴로운 내색은 조금도 하지 않았다. 왕문이 챙겨다 주는 식사는 남김없이 먹었고, 때가 되면 잠을 청했다. 그리고 깨어 있는 동안에는 쇳물을 끓였다.

왕문과 염씨 노인은 그게 더 걱정스러웠다. 석도명이 그 누구에게도 입을 열지 않았기 때문이다. 왕문이나 염씨 노인이 찾아가도 불구멍에 풀무질만 하고 있을 따름이었다.

시간이 가면 마음의 상처가 치유되리라 생각하면서도 왕문과 염씨 노인은 불안감을 감추지 못했다.

겉으로 드러내지 않는 사람이 한 번 무너지면 더 대책이 없는 법이다. 아니, 석도명의 평소 성품이라면 대장간에서 평생 나오지 않을 것만 같았다.

그러나 두 사람이 석도명에게 해줄 수 있는 일은 아무것도 없었다.

하루하루 조바심을 내며 말없이 석도명을 지켜봐 주는 것 외에는.

치익치익.

석도명은 오늘도 대장간에 처박혀 혼자 풀무질을 하고 있다. 천으로 눈을 칭칭 동여맨 얼굴에는 아무런 표정도 떠오르지 않았다. 구부정하게 굽혀진 어깨가 굳게 닫힌 마음을 엿보게 할 뿐이다.

눈을 잃은 뒤 석도명은 줄곧 어둠에 갇혀 있었다. 주악천인경을 끌어올려 만들어낸 친숙한 어둠이 아니다.

어둠 속에서 석도명은 차갑고, 고독했다. 코앞에서 불이 활활 타오르고 있는데도, 이마에 땀이 송골송골 맺히는데도 추웠다.

석도명이 팔에 힘을 줬다. 풀무가 더욱 빠르게 접혔다 펼쳐지면서 힘차게 바람을 내뿜었다.

그때 밖에서 발자국 소리가 났다. 누군가가 대장간 안으로 들어섰다. 망설임이 없는 걸음걸이였다.

그리고 귀에 익은 음성이 들렸다.

"헤헤, 그놈 궁상 한 번 제대로 떨고 있구나. 내 이럴 줄 알았지."

"……"

상대가 누군지 금방 알았지만 석도명은 대꾸를 하지 않았다. 지금 이 꼴이 되기 전에 만났더라도 그리 반갑게 말을 섞고 싶은 사람은 아니었다.

하지만 당사자는 석도명의 냉담한 반응에 개의치 않고 계속 떠들어 댔다. 허긴, 원래 그런 사람이었다.

"허, 이놈…… 몸만 망가진 게 아니라…… 마음이 아주 삐뚤어졌네. 쯧쯧, 그러게 내 말 안 듣고 까불더라니. 내가 뭐라고 했냐? 무공이란 자고로 건강을 위해서 하는 거라고 했잖아. 심신의 건강을 두루 망쳤으니 아주 꼴좋구나."

"……."

만수무강(萬隨無康), 만사에 무공과 건강이 함께 가야 함을 역설하던 사람. 바로 해운관의 주인 염장한이다.

석도명의 무반응에도 불구하고 염장한의 수다가 계속됐다.

"하이고, 이놈아! 너는 무려 4년 만에 다시 만났는데 내 얼굴이 반갑지도 않냐? 아, 앞이 안 보이지. 이크, 미안하구나. 어쨌거나 한때 내 밑에 있었으니 옛정을 생각해서라도 한 번 물어 보는 게 예의가 아닐까? 어떻게 여기까지 납시셨습니까, 하고."

석도명이 묵묵히 풀무질만 했다.

하지만 뚫린 귀로 들어오는 염장한의 음성은 어쩔 수가 없었다.

그러고 보면 왜 악소천은 눈을 멀게 하고 귀는 그냥 내버려두었을까? 자신의 무공이 소리에 뿌리를 두고 있다는 점을 알면서도 말이다.

아마도 밑바닥부터 다시 기어 올라와 보라는 도발이 아닐까 하는 생각이 들었다.

석도명이 자신의 생각에 빠져들고 있는 와중에 염장한의 이야기는 넋두리로 흘러가고 있었다.

"크흐, 사실은 말이다. 너도 알다시피 최근 개봉 일대에 엄청나게 비가 쏟아지질 않았더냐? 그 바람에 역사와 전통을 자랑하는 우리 해운관이 말이다. 지붕이 폭삭 내려앉았어. 너도 알다시피 내가 본시 그런 사람은 아니질 않느냐. 그런데 집을 고칠 돈은 없고, 당장 밤에 잘 곳도 없고…… 내가 며칠을 곰곰이 생각을 해봤거든. 음, 아무리 생각을 해도 해운관 출신으로 너만큼 성공한 사람이 없더란 말이지. 무림맹에서 그만큼 공을 세웠으면 상도 잔뜩 받았을 테고…… 게다가 네가 본시 자기가 몸담고 있던 무관에 기부금을 마다할 성품도 아니고…… 그래서 물어물어 찾아왔더니…… 에구, 내가 복도 지지리 없어요.”
 염장한이 석도명을 찾아온 이유는 간단했다.
 집이 무너져서 오갈 데가 없으니 수리비조로 돈이나 얻어가려는 속내였다.
 아마도 개봉을 떠날 때까지는 석도명에게 벌어진 참극을 전해 듣지 못한 모양이었다.
 마침내 석도명이 입을 열었다.
 “돈이 필요하시면 드리겠습니다.”
 염장한이 얼마나 성가신 존재인가? 돈 몇 푼으로 떼어놓을 수 있으면 차라리 다행이었다.
 그런데 정작 염장한은 엉뚱한 이야기를 늘어놓기 시작했다.
 “그런데 너 단전도 파괴됐다면서? 그러면 무공은 영원히 못 쓰는 거냐? 눈은 어떻고? 아, 전에도 장님 노릇을 하고 살았다고 했지. 뭐 그건 별로 문제가 아니겠네. 팔다리 멀쩡하고,

나이도 젊겠다. 먹고 사는 데는 전혀 지장이 없겠구먼. 그래그래, 젊은 놈이 몸 좀 망가졌다고 궁상을 떨면 안 되지!"

염장한의 견딜 수 없는 성가심에 결국 석도명의 가슴 속에서 뭔가가 울컥 치밀어 올랐다.

"지금 먹고 사는 게 중요합니까? 제 누이와 의제는 생사를 알 수 없고, 저를 따르던 수많은 사람들이 목숨을 잃었습니다. 이깟 몸이 망가진 게 문젭니까? 살 이유가 안 보이는데요."

석도명이 화난 음성으로 소리쳤다.

악소천에게 패배한 뒤 꽁꽁 얼어 있던 석도명의 가슴에 처음으로 인간의 감정이 번져나가고 있었다. 정작 자신은 그 사실을 의식하지 못하고 있었지만.

"우헤헤!"

염장한이 크게 웃어젖히더니 불쑥 한 마디를 던졌다.

"이놈아! 자고로 비류직하(飛流直下)는 삼천척(三千尺)이요, 인생장도(人生長途)는 구만리(九萬里)라고 했다."

"……."

당최 알아들을 수 없는 이야기였다. 아니, 너무 잘 아는 말들이라 오히려 이해가 안 됐다.

'비류직하 삼천척'은 시선(詩仙) 이백(李白)이 지은 망여산폭포(望廬山瀑布; 여산 폭포를 바라보다)라는 시의 한 구절이다. 폭포가 떨어지는 광경을 과장해서 그 높이가 삼천척이나 된다고 읊은 것이다.

그리고 '인생장도 구만리'는 인생이 길다는 뜻으로 세간에서 흔히 쓰는 표현이다.

대체 이 두 구절이 무슨 연관이 있으며, 거기에 무슨 심오한 뜻이 있다고 이러는 걸까?

석도명의 뜨악한 표정을 보면서 염장한이 하던 말을 이어갔다.

"미련한 놈. 구만리(3만 6천 킬로미터)하고 삼천척(약 900미터)이란 말이다. 고작 폭포에서 한 번 떨어진 걸 가지고 살 이유가 없다니! 살다 보면 올라 갈 때도 있고 떨어질 때도 있는 거지. 나는 밑바닥에서 시작했으니까, 나는 열심히 살았으니까, 그래서 죽을 때까지 올라가기만 할 생각이었냐? 폭포라는 게 떨어질 때는 요란하고 정신도 없지만, 밑에 한 번 내려와 봐라. 물길은 넓어지고, 물결은 잔잔하고 뭐가 걱정이냐? 바다로 갈 일만 남았지."

말투는 수선스러웠지만, 염장한의 음성에서 특유의 경박함은 어디론가 사라지고 없었다. 가끔 심한 농담을 하기 전에 정색을 하고 목소리를 깔기도 했지만, 이번은 확실히 그런 경우가 아니었다.

"하아……."

석도명의 입에서 긴 한숨이 흘러나왔다. 그것은 누군가에게 자신의 속마음을 털어놓을 준비가 됐다는 의미였다.

이윽고 석도명의 이야기가 시작됐다.

"여기 앉아서…… 궁상만 떨고 있는 게 아닙니다. 못난 저를 꾸짖고 있었던 것도 아닙니다. 수천 번, 수만 번 풀무질을 하면서 생각했습니다. 비워진 풀무는 다시 바람을 채워 넣으면 되지만, 나는 무엇을 채워야 할까 하고……. 그런데 갈 길이 보이지 않습니다. 내 존재 이유라고 믿었던 사람들이 제 곁에서 사라졌습니다. 그들을 되찾을 힘이 제겐 없습니다. 머리를 싸매고 고민해 봐도 방법이 떠오르지 않습니다. 길이 보이면…… 저는 일어날 겁니다. 그리고 저 문으로 걸어 나갈 겁니다. 하지만 지금은…… 빈손입니다. 그래서 이 자리에서 일어날 이유가 없을 뿐입니다."

"우히히, 그놈 생각보다 많이 컸구나. 제법 사내 티도 나고. 뭐? 길이 안 보인다고? 내가 답을 알려주랴?"

"알면 가르쳐 주십시오."

"한 가지는 분명하지. 네놈이 갈 길, 이 안에서는 죽어도 못 찾는다."

"어디로 가면 찾을 수 있습니까?"

"히히, 이제부터 열심히 찾아봐야지. 구만리 인생길에서 최소한 몇 천리는 발품을 팔아야 하지 않겠냐? 내 이날까지 살아 보니 세상이 문제고, 또 세상이 그 답이더라 이 말이야. 세상이 온통 길인데 부지런히 다녀보자고!"

"세상이 온통 길이다……."

석도명이 나지막이 중얼거렸다.

이때껏 염장한에게 들은 이야기 가운데 가장 가슴에 와 닿는 말이었다.

그날 밤 석도명은 오랜만에 꿈을 꾸었다. 꿈속에서 석도명은 유일소를 만났다. 사부의 허리에 매달려 석도명은 목 놓아 울었다. 유일소가 등을 토닥이며 말했다. 힘들면 그만 아파해도 된다고.
꿈에서 깨어났을 때 석도명은 더 이상 울고 있지 않았다. 다시는 울지 않기로 했다.
다음날 석도명은 염장한과 함께 여가허를 떠났다. 왕문과 염씨 노인이 두 사람에게 오래도록 손을 흔들어 주었다. 출발은 초라했지만, 위대한 여정의 시작이었다.

〈7권에서 계속〉

향공열전 鄕貢列傳

조진행 신무협 장편 소설
ORIENTAL FANTASY STORY & ADVENTURE

최고의 작품만을 선보이는 무협의 거장!
『천사지인』, 『칠정검칠살도』, 『기문둔갑』의
베스트셀러 작가 조진행이 심혈을 기울인 역작!

대림사(大林寺) 구마선사가 남긴 유마경(維摩經)의 기연.
월하서생 서문영, 붓을 꺾고 무림의 길로 나선다!

이제, 과거 시험은 작파하고 무공을 배우겠다!

dream books
드림북스

신무협 베스트 '3인 3색'
드림 출간 기념 이벤트!

제 1탄!
『철중쟁쟁』, 『파계』, 『칼』의 작가!
권용찬이 유려한 문장으로 그려간 또하나의 걸작.

중상모략과 권모술수가 판치는
상계에 나타난 상인의 제왕!

상왕 진우몽

금 이십 냥의 빚을 짊어지고 들어선 상인의 길.
반드시 상도에 어긋나지 않는 천하제일의 상인이 되겠다!

제1탄, 권용찬 작가의 『상왕 진우몽』 (8월 12일 출간)
제2탄, 임무성 작가의 『황제의 검 3부』 (8월 출간 예정)
제3탄, 김강현 작가의 『녀신』 (8월 출간 예정)

250만원 상당의 사은품 증정!!

LG. R10.AXE811
- 인텔 코어2듀오 E8200
- RAM:2GB/500GB
- LCD 22인치 Wide

LG. R200-TP83K
- 인텔 코어2듀오 T8300
- RAM:2048MB/200GB
- LCD 12.1인치

캐논. EOS40DFULL
- 1010만화소(1.05" CMOS)
- LCD/DSLR/1:1.6(35mm기준)
- 셔터(1/8000)/연사(초당 6.5장)

컴퓨터 or 노트북 or 디지털 카메라 중 택 1

EVENT ONE

이벤트를 진행하는 3종의 책을 '모두 구입하신 분들 중' 추첨을 통해 사은품을 드립니다.

[사은품]
1명 : <최신형 컴퓨터 or 노트북 or 디지털 카메라> 중 택 1 + 3종의 3권(작가 친필사인)
('EVENT ONE에 참여하신 분들 중 30명'에게 작가 친필사인이 들어 있는 3종 3권을 드립니다.)

[응모요령]
1,2권 띠지에 부착된 응모권 6개를 오려 드림북스로 보내주세요.

EVENT TWO

이벤트를 진행하는 3종의 책을 '개별적으로 구입하신 분들 중' 추첨을 통해 사은품을 드립니다.

[사은품]
3명 : 백화점 상품권(10만원) + 구입한 도서의 3권(작가 친필사인)
(『상왕 진우몽』(1명), 『뇌신』(1명), 『황제의 검 3부』(1명))

[응모요령]
1,2권 띠지에 부착된 응모권 2개를 오려 드림북스로 보내주세요.

EVENT THREE

책을 읽고 감상평을 올리시는 분들 중 11명을 추첨하여 사은품을 드립니다.

[사은품]
으뜸상(1명) : 닌텐도DSL + 서평을 쓴 도서의 3권(작가 친필사인)
우수상(10명) : 문화상품권(1만원)
　　　　　　+ 서평을 쓴 도서의 3권(작가 친필사인)

[응모요령]
이벤트 진행 도서들 중 하나를 읽고 인터넷 서점(YES24) 리뷰란에 감상평을 올려주시고,
그 내용을 복사하여(이메일, 아이디 기재) 한 번 더 '드림북스 홈페이지 감상란'에 올려주세요.

[보내주실 곳] (우)142-815 서울시 강북구 미아8동 322-10
　　　　　　　(주)삼양출판사 2층 드림북스 이벤트 담당자 앞

[이벤트 기간] 2008년 8월 14일~2008년 9월 30일

[당첨자 발표] 2008년 10월 10일(당사 홈페이지 및 장르문학 전문 사이트에 발표합니다.)

드림북스 홈페이지 http://www.sydreambooks.com
드림북스 블로그 http://www.blog.naver.com/dream_books
문피아 사이트 http://www.munpia.com/출판사 소식/드림북스
조아라 사이트 http://www.joara.com/출판사 소식

※ 응모권을 보내주실 때는 '이름, 연락처, 주소'를 정확히 기입해 주세요.
※ 사은품은 이벤트 진행도서 3종 3권의 책이 모두 출간된 직후 일괄 배송합니다.
※ 사은품은 상기 이미지와 다를 수 있습니다.

시니어 판타지 장편 소설
FANTASY STORY & ADVENTURE

불량스크롤 잔혹사

『크레이지 프리스트』,『위저드 킬러』의 작가!
스타일리스트 **시니어**의 이색적인 판타지 기획작.

마법스크롤로 과거로 돌아가 버린 스카이의 처절한 생존기!

젠장! 그 참혹한 전쟁을 나 보고 또 겪으라고?
한 남자와 대륙의 미래를 비틀어 놓은 마법스크롤 잔혹사!